하현옥 작가가 2007년 다대포에서 촬영한 달집태우기 사진
(두 손을 합장한 나무관세음보살의 기도)

자신보다 못한 이웃으로
열려 있는 마음의 손길에서
따스한 인정과 거룩한 체온을 느끼게 하면서
외롭고 가난한 사람들끼리 뭉쳐서
서로 돕는 바람벽을 만드는
공동체 의식으로…

- 정목일 평론 중에서 -

푸른여자 정의의 파수꾼

초판 1쇄 발행 2024년 1월 31일

지은이 하현옥
펴낸이 이길안
펴낸곳 세종출판사

주소 부산광역시 중구 흑교로 71번길 12 (보수동2가)
전화 051-463-5898, 253-2213~5
팩스 051-248-4880
전자우편 sjpl5898@daum.net
출판등록 제02-01-96

ISBN 979-11-5979-659-3 03810

값 15,000원

이 책은 저작권법에 따라 보호받는 저작물이므로 무단전재와 무단복제를 금지하며, 이 책 내용의 전부 또는 일부 내용을 재사용하려면 사전에 저작권자와 세종출판사의 동의를 받아야 합니다.

* 잘못된 책은 교환해 드립니다.

하현옥 소설집

세종출판사

책머리에

내게 문학은 무엇일까
나를 살게 하는 버팀목이었고
뒤늦게 찾은 내 자유의 표상으로 만들어낸
내 소박한 꿈의 그림책이다.

경제적 어려움으로
한동안 책을 내지 못했다가
마지막 정열을 쏟아 부어서 책을 묶었다.
흐르는 세월은 사람을 기다려주지 않는다는 말이
있다. 책을 내어야 할 내 꿈을 다 이룰 때까지만
기다려 달라고 세월에게 부탁하고 싶다.

노년의 건강이 따라주지 않을 때는 마음이 바쁘다.
내 작품들이 컴퓨터에서 많이 사라져 버렸다고 속상해 했는데, 근간의 시디영화 속에서 내 모습을 종종 보면서 위안을 삼기도 한다.
내 인생은 내 것이 아니었고 불우이웃들과 세상의 공익을 위해서 살아왔다. 그것을 보람으로 생각하면서…
내가 사랑하고 존경하는 위인형 큰사람들의 발자국을 따라 가는 일이다. 세상살이에 지칠 때, 양서는 밝은 태양처럼 희망을 보여주기에 독서를 평생 사랑했다.
열 번째 내 책을 세상에 내어놓는다.

2024년 1월 31일
河淨 하 현 옥

차례

제1부 단편소설

정의의 파수꾼 • 11
강 너머 숲속 반딧불 • 38
그는 보살이었다 • 64
닮은꼴 남자 • 89
사랑은 날개가 있다 • 106
영혼의 출구가 없습니다 • 144
마지막 선물 • 166
내게 주오 • 179

하현옥 소설집

제2부 꽁트

푸른 여자 • 231
미운 오리새끼 • 245
혼돈 시대 • 251
빨간 구두 • 261
날개를 접다 • 270

• 국사편찬위원회 연감 / 277
• 추천사-박양근 교수 / 278
• 추천사-강영환 시인 / 279
• 후기 / 280
• 하현옥 약력 / 282

제1부
단편소설

〈단편소설〉
정의의 파수꾼

    검찰청 수사과에서 김정기 수사관이 절도범을 취조하고 있었다. 이름과 나이, 주소를 물어서 적은 후에, 절도범의 인상을 보아하니 몸집도 작고 야윈 얼굴이 초췌해 보이는 것이 도둑 같지가 않았다.
잔뜩 겁을 먹고 순진해 보이는 인상이었다.
    "왜 도둑질을 했는지 말해요."
    그가 훔친 것은 소액의 현금이었다.
주인이 없는 남의 집에 들어가서 방안에 있는 현금을 들고 나온 것이었다. 도둑은 벌벌 떨고 있었다.
    "아내가 어제 아이를 낳았습니다. 힘들게 출산한 아내에게 미역국을 끓여줘야 하는데 미역 살 돈이 없어서……."
    "당신 직업이 뭐요?"
    "노동을 하다가 요새는 일이 없어서… 벌어놓은 돈도 없고 하루살이 인생입니다."
    김 수사관은 피의자의 초라한 행색을 살펴보았다.

얇은 옷으로 잡혀 와서 추운지 어깨를 잔뜩 움츠렸다.
검찰관의 눈빛이 순해졌다. 도둑은 초범이었다.
"산모는 아기를 어디서 낳았소?"
"지가 집에서 받았습니더. 돈이 없어서 병원에도 못 갔지예. 아기를 출산한 산모는 미역국을 먹어야 하는데 쌀은 조금 있는데 미역 살 돈이 없어서 그만…"
"아는 사람이나 친척이 없소?"
"아내나 저나 고아나 다름 없습니더. 공장에 다니다가 만나서 결혼식도 못 올리고 둘이 같이 삽니더."
검찰관은 수사기록을 적어 나가면서 손에 기운이 빠지는 것을 느꼈다. 도둑이나 강도, 사기꾼을 취조할 때는 눈동자에 불을 켜듯 호랑이처럼 무서운 수사관이었지만, 그는 타고난 정의파였고 우직한 성격으로 의협심이 남달랐다.
과거 일제시대에는 경남 진주에 살면서 고등학생 때 독립운동을 이십여 차례나 했던 애국투사였다.
"아…! 슬프다 슬프다."
수사관은 볼펜을 놓고 한숨을 쉬었다.
"산모는 지금 누가 돌보고 있소?"
"혼자 마냥 울고 있을 낍니더. 내가 잡혀가는 것을 보았으니 자기 때문에 그리 되었다고……"
수사관이 눈물을 흘리고 있었다.
"돈이 뭔데… 쌓아놓고 사는 사람이 있는가하면, 잔돈푼이 없어서 산모에게 미역국도 못 끓여주는 불쌍한 사람이 있노."
그는 호주머니를 뒤적이더니 가진 돈을 다 꺼냈다.

"산모가 아기를 낳은 후에 충격을 받아 울고 있으면 병이 날 테니, 이 돈 가지고 돌아가시오. 빨리 가서 산모를 돌보고 그 돈으로 미역 사서 미역국 끓여주시오."

도둑은 눈을 크게 떴다. 놀라서 일어서지 않고 쭈뼛거리며 망설였다. 책상 위의 돈도 받지 않았다.

"빨리 가라니까. 아! 현실이 슬프다 슬프다."

수사관은 자리에서 일어나 도둑의 자리로 가서 그를 일으켜 세웠다. 낡은 잠바 안에 돈을 구겨 넣었다. 잔돈까지 다해서 오만원 정도 되었다. 그를 출입문 쪽으로 와락 밀었다.

"사람들이 보기 전에 빨리 나가요! 가더라도 당분간 다른 곳에 숨어 있어요."

"과장님, 이 은혜 잊지 않겠습니다."

도둑의 눈에 눈물이 글썽거렸다.

수사관은 옷걸이에 걸린 자신의 외투도 걷어서 입고 가라면서 어깨에 덮어 주었다.

"오바는 안 됩니다. 이럴 수는 없습니다."

"그냥 나갔다가는 입구에서 또 잡힐 수 있어."

"빨리 가! 내가 준 돈이 얼마 안 되니 나가거든 그 옷도 팔아서 쓰라구."

수사관은 아이처럼 울고 있었다.

도둑이면 착하지나 말던지… 중얼거렸다.

도둑은 검찰청 건물을 빠져나갔다. 쭈뼛거리며 뒤돌아보지 말아야 하는데, 바보처럼 얼쩡거리면 안되는데, 그가 혹시 문 앞에서 전경에게 잡힐까봐 김 수사관은 현관에 나가서 바라보았다.

그가 무사히 정문을 통과해 가는 것을 보자 비로소 안심했다.
다음날 검찰청에서는 대 사건이 터졌다. 잡은 도둑을 수사하다가 놓쳐버렸다는 것이었다.
"제가 조사하다가 잠깐 한눈을 판 사이에 피의자가 도망을 가 버렸습니다."
"뭐라구?! 이런 개망신이 있나? 잡은 도둑을 바보처럼 놓쳤으니 당신이 책임져!"
검찰청장은 노발대발 소리쳤다. 출입기자들이 안다면 물고 늘어질 일이었다.
"도망갔다면서 추적하기는 한 거야?"
"집을 알아내어 직원을 보냈는데 없었습니다. 어제 아기를 낳은 산모만 있고…"
"산모? 도둑의 아내가 아기를 낳은 가난한 집 산모? 뭔가 이상해. 김정기 수사관이 누군가? 그가 초범인 피래미를 놓쳐? 날 바보로 아나."
"그 성미에 불쌍하다고 놔주었겠지."
"………!!"
김정기 수사관은 예리하게 쏘아보는 청장의 눈빛을 보자 더는 변명하지 못했다.
"자알 한다. 도둑 잡는 검찰이 도둑을 풀어 줘? 이래서야 검찰의 기강이 서겠어?"
"아기 낳은 산모인데 미역 살 돈이 없어서… 전문 도둑이 아니고 어리숙한 초범이었습니다…"
김 수사관은 풀죽은 소리로 말했다.

"도둑, 강도, 사기꾼 백 명을 잡고 다 물어봐라. 핑계 없는 무덤이 어딨어! 그래 다 풀어줘라, 다 풀어 줘 — . 유치장이 텅텅 비도록. 예수님, 부처님 나셨구먼."

"제가 책임지겠습니다."

김정기 수사관은 노발대발하는 청장을 보면서 쉽게 넘어갈 일이 아니라는 것을 직감했다.

청장은 평소에도 김정기 서기과장을 미워하고 있었다. 그의 허점을 잡았으니 잘됐다고 생각하는지도 몰랐다. 자기보다 두뇌가 빼어나게 명석해서 싫었고 남다른 의협심도 싫었다. 부하들이 하늘처럼 존경하고 따르는 것도 눈에 거슬렸다.

부하들은 모이면 김정기 과장의 옛날 일제시대 독립운동 하던 일들을 거론하면서 위인 영웅을 대하듯 했고 "존경하는 우리 과장님"을 노래하듯 했고, 그의 존재는 살아있는 전설이었다.

청장이 또 하나 그를 미워하는 이유는 다른 직원들과는 달리 생전 상사에게 선물이나 뇌물을 주지 않아서였다. 과거 독립운동까지 했던 애국투사 경력으로 보아 파면까지는 안 되겠지만, 시말서를 받고 망신을 주어서 코를 납작하게 해줘야겠다고 생각했다. 이때다 싶은지 계속 김 과장을 벌세우듯 잔소리를 끝내려 하지 않았다.

부하들은 그것을 보고 너무 안타까웠다. 존경하는 상사가 윗사람에게 마구 혼나고 있는 것이.

검찰 계급으로 따지면 청장이 위였지만, 그들에게 김정기 과장은 포청천처럼 하늘이었다. 너무 깨끗하고 순수해서 검찰공무원들의 사표였다.

그분의 심성을 그대로 따라 배울 수만 있다면 사회적인 성공도 빠를 것이었다. 도둑이 불쌍하다고 피의자인 도둑 앞에서 눈물을 쏟아내는 사람은 김정기 과장뿐이었다. 급사가 보았는데 도둑이 홑옷으로 추워 보인다고 자신의 외투도 입혀서 보냈다는 것이다.

청장은 다른 곳에서 이곳으로 온지 얼마 안 되었는데, 위인을 몰라봐도 분수가 있지, 너무한다고 생각했다.

너무 저리 몰아세우면, 대쪽기질에 결벽증이 있는 김 과장이 그 일을 책임지겠다면서 선뜻 사표를 내던질지도 모르는 일이었다.

그들은 신주단지처럼 생각하는 훌륭한 상관을 잃고 싶지 않았다. 청장이 퇴근도 하지 않고 김 과장을 청장실에서 붙잡고 놔주지 않자, 부하들이 모여서 대책회의를 했다.

"이건 너무 지나치다. 피래미인데. 정의로운 과장님이 좋은 일 하시고 덤터기를 쓴 꼴이다. 평소 뇌물 안 준다고 눈에 가시처럼 생각하더니, 잘 걸렸다 싶은 모양이지. 오히려 도둑보다 나쁜 사람은 바로 부정 축재하는 청장 아닌가. 이번에 김 과장님도 뇌물 안 주고는 못 배기겠네."

한 검찰관이 투덜거렸다.

"누가 그걸 모르나~. 낮말은 새가 듣고 밤 말은 쥐가 듣는다. 자네도 청장한테 밉보이면 쫓겨나려고 그러나? 그이는 빽이 좋잖아."

위쪽을 가리키면서 손짓했다.

그때 자유당 시절은 빽 세상이었다. 사람들이 죽으면서도 "빽!"하고 죽는다는 말이 유행처럼 나돌았다.

김 과장을 형님처럼 따르고 좋아하는 조 계장이 한 가지 묘안을 꺼내었다.
 "어쨌거나 도둑을 풀어준 것은 위법이니까 우리가 다시 잡아오자. 그러면 김 과장님 과실도 좀 작아질지 모르니까. 사건기자들이 모르도록 하고."
 "집에 가도 없던데 어디 가서 찾지?"
 "과장님이 미리 입단속을 시켜서 그렇지, 출산한 아내는 남편의 행방을 알겠지."
 그들은 퇴근한 뒤에 모두 도둑의 집으로 몰려갔다. 풀어준 도둑을 만나서 설득해야 했다. 산모는 미역국을 먹으면서 집에 누워 있었는데, 검찰 직원들이 찾아가자 고마운 김 과장님의 은혜를 얘기하면서 울먹였다. 남편은 역시 집에 없었고 보이지 않았다.
 "그래서 찾아왔는데요. 당신 남편을 처벌하지 않고 그냥 풀어주었기 때문에, 과장님이 책임추궁을 받고 시말서를 써야할 처지에 놓였답니다."
 "위에서 어찌나 닦달해대는지 사표를 던질지도 모르겠습니다. 너무나 훌륭한 상관이라서 우리가 울고 싶습니다."
 검찰 직원들은 인간적으로 산모에게 사정했다. 그래야 아내가 남편이 있는 곳을 가르쳐줄 것이기에.
 "우리 때문에 훌륭하신 과장님이 그리되면 안 되지요. 제가 남편한테 연락해서 자수하도록 시키겠습니다. 그이도 김 과장님 얘기를 하면서 내내 울었답니다. 너무나도 고마웠습니다. 저를 믿고 가시면 꼭 그리할게요."

착하고 순박한 여자였다. 펑펑 울었다. 그녀의 말을 믿어도 될 것 같았다. 직원들은 자기들도 김 과장님의 선행을 따르고 싶어서 호주머니를 털었다. 여러 직원들이 추렴해서 돈을 모았더니 제법 큰돈이 되었다. 그 돈을 봉투에 넣었다.

"남편이 자수해도, 한번 도주한 것으로 절도죄 처벌은 받을 테니, 남편이 돌아올 동안 이것으로 아기랑 생활비에 보태 쓰세요. 우리도 도울 테니 힘내서 사시고요."

"고맙습니다, 고맙습니다."

산모는 아기를 안은 채 눈이 빨갛게 되도록 울었다. 부엌에는 연탄이 재어져 있었다. 김 과장님이 준 돈으로 남편이 미리 마련해주고 갔을 것이다.

다음날 오전 일찍 도둑 장 씨는 자수했다. 출근하기 전에 검찰청 문 앞에서 추위로 떨면서 기다리고 있었다. 그는 눈이 붉게 충혈 되어 있었다. 도망 다니다가 무거운 짐을 벗은 듯이 표정은 오히려 홀가분하고 밝아 보였다.

"제가 자수하면 김 과장님은 처벌받지 않게 됩니까? 제발 그렇게 해주십시오."

"와줘서 고맙소. 우리 다 같이 노력해 봅시다."

그가 자수해서 유치장으로 돌아오자, 김정기 과장은 자유의 몸으로 풀어준 새를 다시 새장에 잡아넣었다면서 부하들에게 화를 내었다. 자신의 불이익은 안중에 없었다.

"과장님, 가보니 사는 형편이 무척 어려워 보여서 저희들이 산모에게 십시일반 돈을 모아서 생활비를 주었습니다. 그러니 장씨가 형을 살아도 크게 걱정할 것은 없습니다."

"산모는 저희들이 앞으로도 돕겠습니다."
"그래? 잘했구먼. 고맙네."
 김 과장은 그제서야 당신을 위해서 애써준 부하들에게 목례하듯 고개를 숙여 보였다. 부하들에게도 경우에 따라서는 절을 할 줄 아는 상사이기에 더욱 존경스러웠다.
 청장은 도둑이 자수를 해왔다고 하자, 도둑 장 씨를 불러서 검찰의 위신을 떨어뜨렸다고 다시 한번 호통을 쳤다. 장 씨의 형편을 들어서 알고 있으면서도 냉정하기가 서릿발이었다.
 장 씨는 절도죄로 구속되었다. 검찰직원들이 찾아가서 설득한 것은 끝까지 비밀로 했다.
김 과장이 불쌍한 도둑에게 돈을 주고 외투까지 준 이야기는 그 후에도 두고두고 화제 거리였고, 약자 위에서 법을 다스리는 사람들의 귀감이 되었다.
 김정기 과장은 유도와 아마추어 레슬링 선수이기도 했다. 범법자들을 다스리는 만큼 힘을 기를 필요가 있었다. 강력 범죄자들 앞에서는 천둥 번개처럼 무서운 호랑이였다. 김 과장이 폭력배나 악질 범죄자를 취조하면서 무서운 눈빛으로
"너 내 주먹 맛 좀 볼래 — !"
 우레처럼 소리만 질러도 겁에 질려서 불지 않고는 못 배겼다.
"내가 하늘을 대신해서 짐승이나 버러지 같은 네놈들을 혼내 주겠다 — "
 그럴 때 눈에서는 불이 활활 쏟아져 나왔다.
 김정기 과장의 얘기를 하면 부하들도 신이 났다.
"노장군을 찾아낸 것도 과장님 공덕이지."

부산 역전 부근에 그 시절 깡패가 많았다.
김정기 과장은 그곳의 치안을 바로잡으려고, 부근 초량에 사는 노장군을 집으로 초대해서 여러 차례 그의 인성을 살펴보고, 넓은 대청마루에 판을 펴고는 즉석에서 공격으로 레슬링을 하면서 노장군의 장수처럼 강한 힘을 테스트도 한 뒤에, 깡패들을 소탕하는 그 지역의 파출소장으로 임명하도록 추천하고 중간에서 다리를 놓기도 했다.
노장군은 거인처럼 몸집이 크고 목소리도 뇌성처럼 우렁우렁 울리는가 하면 구두도 굉장히 커서, 동화 속에 나오는 거인처럼 부산의 한 시대 명물이었다.
'부산의 노장군' 하면 모르는 사람이 없었다.
세월이 흘러서 지금은 가고 없지만.
　"김 과장님이 레슬링 할 때 보면, 중간에 쓰러지고 또 쓰러져도 절대로 상대 앞에서 무릎 꿇지 않아. 멧돼지처럼 씩씩거리면서 마지막에 심판이 "김정기 선수 승리 — !" 하고 손을 들어주고 난 뒤에야, 고목처럼 매트 위에 쾅-! 쓰러져 버리지. 기운을 다 탈진하고서도 끝까지 악착같이 버텼던 거야."
　"그분은 남성의 심벌이지. 김정기 과장님은 신으로 보여. 金正基, 바른 터란 이름처럼 이름하고 사람이 똑 같애. 옛날의 이순신장군도 그랬을 거야. 나라를 위하는 투철한 애국심도."
　"의성김씨義城金氏잖아. 알아주는 애국자의 뿌리, 의성김씨 앞에서는 일본 천황도 겁내었다던데."
　"맞아! 그래서 근본이 있는 거야. 저런 분이 지도자로 청장이어야 하는데."

"고위층한테 아부하는 성격이 아니잖아. 일제시대부터 독립운동 한 애국투사였으면서도 순수하고 우직해서 사회적 출세는 늦은 편이지."

그 후에도 청장은 사사건건 김 과장에게 태클을 걸었다. 연말이나 설이 되어도 청장에게 뇌물을 가져오지 않아서였다. 미운털이었다. 그는 기자들에게 김 과장이 얼마 전에 도둑을 풀어주었다는 것을 소문내기 시작했다.
도둑에게 뇌물을 받고 풀어주었을 거라 했다. 나쁜 소문이 나면 승진에도 지장이 있을 거고, 그러면 자기가 있는 곳에서 쫓아낼 수 있을 거라고 계산했다.
청장에게 아부하는 부하를 통해서 들어보니, 김 과장은 아버지 대부터 진주법원 초대판사나 삼천포 시장, 사천 군수 등 고위관리를 지냈기에, 아버지로부터 큰 유산을 받아서 재물이 넉넉하다고 했다.
또 김정기 과장 어머니는 과거 순천고을 원님의 무남독녀 외동딸이었다. 이조시대부터 조상 대대로 관리를 지냈었다. 해서 부모 대에서부터 물려받은 탄탄한 재산이 있었다.

청장은 인간성 좋은 김 과장 초청으로 전에 그의 집에 가보고는, 일본식으로 지어진 대저택의 큰 평수에 놀라서 눈이 휘둥그래졌다. 대지가 천 평이 넘는다고 했다. 시장관사 가까운 동네였다. 이층 구조였고 붉은 장미가 가득히 핀 길고 눈부신 정원에는 연못이 있고 연못 위에 무지개다리도 있었다.
마당 한쪽에는 반지하의 온실 식물원도 있었다.
워낙 집이 커서 아래 위쪽 대문이 두 개였다.

주방이 가까운 뒷마당에는 자동차가 7,8대나 주차할 수 있는 넓은 공터가 있었다. 집안에 일본식 원형 가마솥 같은 목욕탕도 있었다. 부엌에서 참나무 장작불을 때어서 물을 데우고 한꺼번에 3,4명이 같이 들어갈 수 있는 탕이었다.

대저택에서 김 과장은 연례행사처럼 동료들에게 자주 음식대접 하기를 좋아했다.

목욕탕 물을 데워서 식사하기 전 동료들과 집에서 일본식 목욕도 같이 했다. 장미 정원을 한눈에 바라볼 수 있는 대청마루가 오십 평 넓이였다. 큰 마루가 두 곳이나 있었다.

기술 좋은 건축업자를 불러서 특수한 집을 지었다. 그때의 집이 훗날 대형 빌라 서너 채로 변모했다.

커다란 집에서 동료 직원들을 집에 불러서 자주 음식대접을 하는 것은 김정기 과장의 아버지 대부터 내려온 습관이었다.

일제의 식민지에서 해방이 되고난 1950년대는 다들 가난으로 배고픈 사람들이 많았다. 공무원들도 힘들게 일하면서 박봉 월급을 받았고 넉넉하지 않았기에, 김병규 진주법원장은 잔치 집처럼 좋은 음식을 장만하여 집으로 직원들을 불러 모아 자주 대접했다.

음식을 장만할 때는 오십 명이 먹고도 남을 푸짐한 양이었다. 주인 부부의 인심이 좋아서 언제나 그냥 대접하는 것이었다.

법원장님 댁으로 초대를 받는 날은 다들 즐거웠다. 질 좋은 음식들이 학수고대 기다려지기도 했다.

빈손으로 가도 맘이 편했다. 애국자인 그분은 푸른 언덕처럼 의지하고 싶은 푸근함과 부하들을 가족처럼 사랑했다.

따뜻한 인간애, 늘 구국일념 정신으로 배울 점이 많았기에 부하들에게는 존경과 흠모의 대상이었다. 범죄자를 법으로 다스릴 때는 성난 호랑이나 사자처럼 무서웠지만.

당신의 집에 잔치를 하듯 한 달에 몇 번씩 초대를 하면서, 김병규 씨는 사무실에 미리 직원들을 모아놓고 말했다.

"내가 상관이라고 뇌물이나 선물을 가지고 오는 놈들은, 절대로 내 집에 출입시키지 않을 테니 그리 알아라. 자기 집처럼 만만하게 생각해라. 오며가며 배고프면 언제라도 와서 밥 달라고 해라. 우리 집에 먹거리는 풍부하니까. 시대가 가난한데 나는 다행히 부자 부모를 만났기에 먹을 것을 고생해본 적은 없었다. 친부모가 누명을 쓰고 돌아가신 후에는 가난으로 배가 고파서 원님 댁 무남독녀 고명딸 데릴사위로 가긴 했지만. 그래서 나는 한 시절 배고픔을 뼈저리게 알았다. 내가 부하들에게 좋은 음식을 대접하면 나도 행복하다. 뇌물이나 상납으로 내 진심을 금가게 하지마라. 나는 부족함이 없는 사람이니까.

공직자가 비밀 요정에 갈 생각하지 말고 일주일에 한 번씩 주말마다 우리 집에서 만나자. 업무상 애로점을 찾아서 맘 편하게 터놓고 얘기도 하고. 상사인 내게 보답하고 싶다면, 부정을 행하지 말고 진정한 검찰로서 바르게 행동하고 열심히 일하면 된다. 그것이 애국이다. 알겠나 ― ?"

"예 ― 알겠습니다 ― !!!"

사무실이 떠나갈 듯 큰소리로 다 같이 복창했다.
서로 간에 주고받는 끈끈한 맹세였다.
부하들은 그분의 진심임을 알고 있었다.

어딜 가나 소문난 대쪽 판사였다.
전라도 순천고을 원님의 딸이었던 사모님이 여러 찬모들을 데리고 전라도식 음식을 일류로 만들어내기에 초대받아 가서 궁중요리 같은 음식을 맘껏 먹는 것은 커다란 즐거움이자 행복이었다. 귀인 형 사모님도 역시 그런 사고방식이었으니까.
명문가의 타고난 양반기질로 유달리 자존심이 강했지만, 똑 소리 날만큼 매사에 빈틈없고 야무졌다.
직접 해내는 요리 솜씨도 무척 좋았다.

시대적 혼란으로 조정의 쟁정爭政에 연루되어, 잘못도 없이 역적이란 누명을 쓰고 돌아가신 부모님 때문에 일찍이 고아로 남겨진 병규 소년. 그 아이는 눈빛이 너무 총명해 보였다.
순천부사가 그 소년을 데려오게 하여 당신의 자식처럼 옆에 두고 거두었다. 시키는 일을 너무 잘 처리했다. 혀가 내둘릴 정도로 총명한 아이였다. 이방(지금의 비서 역할) 직으로 곁에 두고는 그에게서 많은 도움을 받았다. 능력이 무한대로 빼어났다.
홀어머니 밑에서 가족들 생계를 도우면서 고생하는 청소년기의 그를 데려다 키웠고 데릴사위로 삼아 나중에는 외동딸과 혼인시켰다.

순천부사의 딸 소아는 병규 청년과 혼인하라는 아버지 말씀에, 역적으로 몰린 부모에다 상민 고아출신 이방과 혼인할 수 없다면서 아버지에게 반발했다.

며칠을 뻗대었다. 그만큼 자존심이 강한 소녀였다.

"그러면 니가 이 집을 나가거라. 부모 말 안 듣는 딸자식은 필요 없다."

"누구보다 총명하고 자질이 빼어난 청년인데, 병규 만한 남자는 이 세상에 없다. 나는 병규를 자식삼아 내가 평생 데리고 살 것이다!"

순천부사는 몸종에게 소아의 옷 보따리를 싸게 한 뒤 보따리를 마당에 집어던졌다.

소아는 너무 놀라서 와앙 소리쳐 울었다.

아버지가 원망스럽고 야속했다. 서슬 푸른 눈빛을 보니, 빈말이 아니고 정말로 외동딸을 쫓아낼 것 같았다. 무남독녀보다 고아 소년 병규를 더 사랑하는 아버지를 이길 수 없다고 생각한 소아는 엉엉 울면서 할 수 없이 혼인을 허락했다.

소아가 두 살 위였다. 혼인 후에도 아버지가 안 계실 때는 낭군을 무시했다.

그렇게 만났지만, 후에 김병규는 일제시대 법관시험에서 수석 합격을 했다. 해방 후에 삼천포시장도 지냈다.

순천고을 원님인 아버지도 지금으로 치면 시장인데, 남편도 훗날 시장이었다. 김소아는 두 시장 옆에 사는 아주 복 많은 여자였다. 그래서인지 김소아는 누구보다 사람을 보는 눈이 높았다. 아버지를 닮아서 풍기는 위엄도 있었다. 검 판사, 검찰관들도 사모님 앞에서는 말이나 행동을 함부로 하지 못했다.

여자로서 손님을 대하는 예의범절도 빼어났다. 외동딸이었지만 집안에서 양반교육을 잘 받은 규수였다. 초대받은 날 맛있는 진수성찬 음식을 배부르게 먹은 후에

"너무 맛있는 음식들 잘 먹었습니다 —"

하고 일렬로 서서 크게 복창하듯 절하고 나오면 그만이었다.

가족들에게 줄 떡도 싸주었다. 그분의 아들인 김정기 과장도 역시 부모의 선행을 그대로 답습하듯 동료들에게 밥 먹이는 즐거움을 알고 있었다.
청장은 김 과장 집에 다녀온 날은 배알이 뒤틀렸다.
의심증도 발동했다.
"아무리 부모 유산이 많았다고는 하지만, 검찰에 오래 있었는데 범법자한테 뇌물을 안 먹었겠어? 이리 잘사는 것을 보니 혼자서 몰래 야금야금 뒷구멍으로 독식했군."
김정기 수사관은 맹세코 부정한 뇌물을 받아본 적이 없었는데, 의심 많은 청장은 믿지 않았다. 청장실로 불러서 공연히 생트집을 잡으면서 빈정거리거나 태클을 걸었다. 자신에게 돈 보따리를 싸들고 올 때까지 괴롭힐 참이었다.
김 과장은 청장의 의도를 눈치 채었다. 그 즈음 공무원의 뇌물 받기는 도를 넘고 있었고, 돈이나 빽이면 살인자도 뒷구멍으로 빠져나갔다. 자유당 말기, 돈이면 안 되는 것이 없도록 날이 갈수록 세상이 타락하고 점점 더 썩어가고 있음을 개탄했다.
혼자서만 깨끗하게 산다고 달라질 세상이 아니었다.
청장이 상관인데 바로 대놓고 대들 수도 없는 입장이었다.
김정기 수사관은 생각이 많아졌다.
부정부패로 썩어가는 세상을 바로 잡아야 하는데 어떤 방법이 좋을까 고심했다. 세상에 메시지를 전하고 큰 반향을 불러일으키는 일. 범법자들에게서 부정한 뇌물을 먹지 않았음에도, 청장은 김 과장을 함정에 빠트리려고 뇌물을 많이 먹어서 부자가 된 거라고 나쁜 소문을 내고 있었다.

어딜 가나 집단에서 그런 사람은 있었다.
"그래! 바로 그거다!"
김 과장에게 한 가지 반짝 하고 아이디어가 떠올랐다.
'모험을 하는 거다!'
김 과장은 사건기자를 불러 둘이서 조용히 만났다. 둘이서 머리를 맞대고 속닥속닥 한참동안 얘기를 나누고 중요한 것은 메모하기도 했다. 그런 뒤에 헤어졌다.
다음날 김 과장은 다방에서 피의자를 만나고 있었다.
악질 사기범이었다. 전과도 수두룩한 범죄자였다.
상습적으로 사기를 쳐서 재산을 축재한 거부가 되었고, 최근에도 거액을 사기치고 지명 수배된 자였다.
두 사람이 뭔가 커다란 가방을 주고받았다. 사기범이 김 과장에게 가방을 건넸다. 김 과장은 범죄자에게 다정한 눈짓을 보내고 일어서서 형님처럼 어깨를 두드려 주었다.
"잘 될 테니 걱정 마."
그때 옆쪽에서 번쩍! 하고 후레쉬가 터졌다.
한 젊은이가 구석진 의자에서 달려 나왔다.
다방 안에 앉은 사람들의 시선도 일제히 그곳으로 집중되었다.
"그 가방 좀 봐야겠습니다. 그거 뇌물이지요?!"
젊은이는 사건기자였다. 그는 매서운 눈빛으로 가방을 가로챘다. 김 과장이 놀라서 엉거주춤 하는 사이 사기범은 잽싸게 다방 문을 빠져나가서 달아나 버렸다.
"범법자들에게서 뇌물을 받고 유전무죄로 봐준다고 하더니, 오늘 증거를 제대로 잡았네요."

"김 과장님이 이러실 줄은 정말 몰랐습니다."
"어어… 박 기자. 이거 뇌물 아니야."
"그러면 제가 잠깐 실례하겠습니다."
박 기자는 주머니에서 칼을 꺼내더니 가방의 비닐 부분을 죽 그었다.
마치 의사가 환자의 배를 수술로 집도하듯 가방이 갈라지면서 안에 든 현금뭉치 다발들이 보였다.
"이래도 아니라고 하시겠습니까? 부인하셔도 소용없습니다. 제가 과장님이 어디 소속인지 아니까요."
김 과장은 체념한 듯 의자에 털썩 주저앉았고 눈을 감았다.
박 기자는 카운터로 가더니 경찰에 전화를 걸었다.
큰 건을 잡았다고 생각해서인지 목소리가 우렁차고 컸다.
손님들이 여기저기서 웅성거리면서 주시했다.
"여기 경찰차 좀 보내 주십시오. 다방에서 큰돈을 가방 째 범법자와 검찰이 뇌물로 주고받는 현장을 제가 목격했습니다. 빨리 출동해주십시오."
얼마 안가 사이렌 소리가 들리고 경찰들 네 명이 들이닥쳤다. 그들은 현장에서 돈 가방을 압수하고, 김 과장과 박 기자, 또 한 명의 기자도 대동하고 경찰서로 달렸다.
그날 다방 안은 수라장이 되었다.
김 과장은 뇌물죄로 체포 구속되었다. 경찰이 상부기관인 검찰청 과장을 피의자로 잡은 것이다.
김정기 과장이 근무하는 검찰청이 벌집을 쑤셔놓은 듯이 발칵 뒤집혔다. 직원들이 삼삼오오 모여서서 뉴스를 전하고 있었다.

"김정기 과장이 사기전과 5범에게서 거액 뇌물을 먹다가 다방에서 두 기자에게 발각되어 잡혔단다."
"뭐라구? 그럴 리가 있나?!"
"천 길 물속은 알아도 한 길 사람 속은 모른다더니 김정기 과장도 별수 없군. 꼬리가 길었나?"
"그러면 겉으로는 청렴 과장이었는데, 속에는 능구렁이가 들어앉아 있었단 말이가?"
그런데도 몇 몇 사람들은 별로 놀라지도 않고 덤덤한 표정이었다. 뭔가를 알고 있었다.
"자네는 놀랍지 않나? 누구보다 김 과장을 영웅시하고 사표라면서 좋아하지 않았나?"
"사람도 시류나 바람 따라 가는 거지. 청장이 하도 볶아대니 뇌물 주려고 받았나 보지 뭐."
"하긴 여기 우리들 중에서도 털어서 먼지 안 나는 사람 있겠어? 오십 보 백 보 차이지."
"그릇이 크니까 뇌물도 크게 먹었나 보지."
그것을 안 청장은 또 노발대발했다.
"그러게 내가 뭐랬어? 뒷구멍으로 호박씨 깔 사람이라고 했잖나. 먹어도 들키지 않게 먹을 일이지. 온 세상이 다 알게 되었으니 이런 망신이 어디 있나? 에이 재수 없는 사람 같으니!"
말은 그렇게 하면서도 속으로는 고소해서 박수를 치고 있었다. 청장은 수십 년 뇌물을 받아 챙기고도 탈 없이 멀쩡한 자신의 재주를 보라는 듯 서양인들 제스츄어로 어깨를 으쓱했다. 뒤에서 든든한 빽이 받쳐주는 탓이기는 했다.

뇌물을 먹어도 괜찮은 사람이 있는 것이다.
　김정기 과장은 오래지 않아 법정에 서게 되었다.
아래위 흰 한복을 입은 그가 나타났다.
방청을 하려고 부산 기자는 다 모여들었다. 서울과 대구 광주 전주 충청도 기자들도 다 불러서 집합시켰다.
　그들을 모은 사람은 박 기자였다. 영문을 모르는 사람들은, 긴 세월 청렴 공무원의 표상이었던 김정기 과장이 부정한 뇌물을 받다가 발각되었다니까 놀라서 모여들었다.
박 기자의 언질을 받은 전국 기자들은 김정기 과장이 법정에서 어떤 폭탄선언을 할 것인지, 행여 재판하는 시간에 늦을 새라 동분서주 달려왔다.
　그들은 알고 있었다.
김정기 과장이 받은 돈 가방은 계획적이었다는 것을.
세상의 부정부패를 법정에서 고발하기 위해서 짜여진 각본이었다는 것을.
전국의 기자들을 법정에 모은 후에, 그렇게 하지 않고는 고위직 사람들의 부정부패를 혼내줄 수 없다는 것을.
한꺼번에 신문 언론과 방송을 총동원하여, 썩어빠진 관리들의 부정축재 행태를 세상에 강한 메아리로 고발해야 한다는 것을.
　검사의 심문과 변호사의 변론이 있었고, 피의자의 최후진술이 있는 날이 되자 법정 안은 터져 나갈 만큼 많은 사람들이 운집했다.
기자들 외에도 뜻있는 사람들이 소식을 듣고는 방청석에 모여들었다. 판사도 긴장했다.

김정기 과장은 과거 아버지가 진주법원의 초대판사였고, 아버지 김병규 역시 의성김씨 성씨를 빛낸 애국자였다.
일제시대 법관시험에서 수석 합격한 뒤, 일본인 법관들과 재판에서 정의로운 변론으로 싸웠던 것이다.
그는 한국인들의 짓밟히는 권리를 찾아주기 위해서 애를 썼는데, 그래서 일본인 법관들의 미움을 샀다.
  두뇌가 명석해서 법관 고등고시에서 만점을 받다시피 수석 합격을 하자, 머리 좋은 사람에게서 한국의 법을 배우려고, 다른 한국인들은 모두 떨어뜨리면서 한 사람을 특별히 기용했던 것이다. 그러나 김병규는 자기들이 원하는 친일파가 되어주지도 않았고 호락호락하지 않았다.
그의 아들 김정기까지 진주중학교 5학년일 때 친구들을 동원하여 곳곳에서 독립만세를 20회나 부르면서 지배자인 일본을 곤혹스럽게 만들었다. 그는 만세운동 제일 앞에 선 주동자였다.
  "아버지는 일본제국의 녹을 먹으면서 아들은 일본을 반대하는 독립운동을 하다니! 그게 될 법이나 한 소린가. 당신이 자식을 반일反日로 가르쳤느냐?"
  일본 법관들은 삿대질하면서 노발대발했다.
김병규 씨에게 당장 법복을 벗으라고 호통쳤다.
김병규 재판장은 일본인들을 속으로 미워했지만, 그들에게 항복하고 호락호락 물러날 수는 없었다. 무지해서 일본인들에게 수탈당하고 짓밟히는 조선인들의 권리는 누가 찾아줄 것인가.
  "한창 피가 끓는 나이가 아닌가?"
  김병규 씨는 침착한 목소리로 항변했다.

"입장이 바뀌어서 만일 자네들이 나라를 빼앗기고 강국의 지배를 받는다면, 일본 최고 지성인 자네들도 나라를 되찾기 위해서, 내 아들과 같은 독립운동을 하지 않겠는가?"

김병규 판사의 눈자위가 붉었다.

"바람 앞의 등불처럼 나라가 위태로워도, 강 건너 불 보듯 그냥 가만히 앉아서 쳐다보고만 있겠는가? 진짜 남아라면 사력을 다해 몸부림치지 않겠는가?!"

일본인들 속에 조선인은 오직 하나였지만, 준열하게 피를 토하듯 항변했다. 절규였다.

그의 목소리에는 나라를 빼앗긴 속국 민족의 통한이 묻어 있었다. 일본인 법관들은 하나같이 꿀 먹은 벙어리가 되어 버렸다. 아무도 반격을 가하지 않았다. K.O패였다.

우리들은 아니라고 한다면, 조국인 일본 앞에 부끄러운 비겁자가 된다. 정의의 투사 같은 말 한마디로, 내노라하는 일본 법관 권력자들을 한순간에 제압해버린 것이다.

그날 이후 일본 검찰은 조선인 젊은 학도들의 만세운동을 유야무야 못 본 체하고 그냥 넘겨버렸다. 그들도 모이면 김병규의 용기 있는 담판을 화제로 삼았다. 조선의 인재로 생각했다.

지난날 일제시대 부자父子가 애국자로 자랑스러운 전설을 가지고 있는 김정기 과장이, 오늘 법정에 서서 최후진술을 하는 날이다.

기자들은 김 과장이 박 기자와 짜고 일부러 뇌물을 받고는 현장에서 발각되고 구속되어, 법정에 서서 어떤 진술을 할 것인지 몹시도 궁금했고 기대가 컸다.

나라가 부정부패로 썩어가고 있는 것을 개탄하고 있었지만 워낙 뿌리가 깊어서 속수무책이었다.
"피의자는 최후 진술 하시오."
"제가 사기전과 5범인 범법자로부터 모월 모일 모시에 어느 장소에서 거액의 뇌물을 받았습니다. 인정합니다."
"저는 이 나라를 바르게 세우기 위해서 불철주야 악과 싸우면서 검찰에서 노력해왔고, 부패한 관리들을 잡아내어 징계하는 일을 해왔습니다만, 검찰 내부에서조차 상관에게 뇌물을 바치지 않으면 미움을 받고 쫓겨날 위기에 처했습니다. 뇌물을 주려면 내가 먼저 뇌물을 먹어야 하고 그래야 살아남을 수 있습니다. 썩은 물속에서 노는 고기가, 썩은 물을 마시지 않으면 호흡을 못해 숨이 막혀 질식해서 죽을 것입니다. 이 세상은 부정부패 먹이사슬입니다."
"날이 갈수록 금권이 더 크게 자라고 암암리에 토착화되어 더 심해지고 있습니다. 법을 다스리는 사람들조차 범법자들의 앞잡이로 뇌물을 받고 사는 더 큰 도둑들입니다. 나는 썩어빠진 이 세상을 고발하기 위해서 스스로 범죄자가 되어 이 법정에 섰습니다!"
김정기 과장의 눈에서 불꽃이 튀는가 했더니 뜨거운 눈물이 두 뺨을 타고 흘렀다.
"애국자가 부패한 세상을 한탄하면서 울고 있다."
기자들도 방청석의 방청객들도 눈물을 흘리면서 같이 울었다. 그때, 권력자에게 재물을 빼앗기고 핍박당한 약자들이 벌떡 일어섰다.

김정기 수사관을 보면서 너도 나도 용기가 생겨난 것이다.
"맞습니다! 우리들도 권력자들에게서 무수히 돈을 빼앗기고 당해왔습니다 - !"

종주먹을 쥐고 허공을 향해 흔들었고 엉엉 울음을 터뜨렸다. 방청석은 삽시간에 울음바다가 되었다.
검찰총장도 그 자리에 참석해 있었는데 그는 사색이 되었다. 김정기가 공개석상에서 상관을 이렇게 무참하게 고발할 줄은 몰랐다. 방청석에 앉은 검찰 직원들도 미소 지으면서 고개를 주억거리고 있었다. 자기를 비웃는 듯했다.
'이제 보니 이것들이 짜고 꾸민 수작이었구나!'

청장은 뒤통수가 가려워서 더 앉아있을 수가 없었다.
부하들도 눈을 부릅뜨고 노려보는 듯했다.
그는 방청석이 울음바다가 되고 시끄러운 틈을 타서 재빨리 밖으로 빠져나갔다.
얼마 안가 그는 스스로 사직서를 내었다.

다음날 그 사건은 신문마다 대서특필로 온 세상에 메아리처럼 퍼져 나갔다. 지각 있는 사람들은 너나없이 통쾌하게 환호했다. 삼삼오오 모여앉아 술을 마시면서 위인 같은 김정기 과장을 화제 삼았다.
김정기 과장은 그 일로 얼마간 형을 살았지만 곧 석방되었고, 그 후 그는 검찰계의 영웅이 되었다.
그의 용감한 행동은 사람들의 입에서 입으로 희자되었다. 소문에 소문이 꼬리를 물었던지 나중에는 5.16 혁명정부에서 인재로 발탁하여 중앙의 감찰사로 뽑아 가기도 했다.

그의 나이 약관 39세였다.

그는 마산검찰청에 근무할 때, 가난 속에서도 독학으로 불철주야 공부하여 고등고시에 패스한 정의로운 정신을 가진 남해사람 김일두 검사를 만났고, 서로 의기투합했던 두 사람은 의형제를 맺었다.

의성김씨 성씨도 같았다. 그들은 삼국지의 유비, 관우, 장비처럼 하늘을 두고 굳게 맹세했다.

이 나라를 양어깨에 지고 떠받치면서 부정부패를 몰아내고, 우리 힘으로 대한민국을 반석 위에 올려놓자고.

더 큰 도시로 이전하고, 중앙으로 영전해가는 곳마다 두 사람은 쌍둥이처럼 함께했다.

김정기 씨는 마흔두 살 남자로서는 한창 나이에 병으로 세상을 떠났다. 임종 직전에 오늘이 마지막 날이라는 의사의 얘기를 듣고 남동생 종기가

"형님, 남은 가족들을 제가 잘 보살필 테니까 너무 염려 마십시오."

형님의 손을 잡고 눈물로 작별인사를 하자

"그게 무슨 소리냐? 내 가족들을 니가 왜? 그럼 날더러 이 나이에 죽으란 말가?"

김정기 씨는 그 소리가 너무 서운해서 눈을 커다랗게 떴다. 얼굴이 파리하게 기력을 잃어가면서도.

42세, 남자로서 한창인 젊은 나이에 죽어야 하는 것이 너무 원통해서 두 팔을 허공을 향해서 마구 휘저었다.

그토록 살고자 몸부림쳤지만 그는 갔다.

술자리에서 영웅처럼 두주불사했던 것이 건강을 망쳤던 것인지. 그의 아버지도 52세에 가시고 형님은 26세에 떠났으니 남자들이 단명 하는 집안이었다.

  김 검사는 먼저 떠나가는 의동생 정기의 임종을 옆에서 지켰다. 두 사람은 젊은 시절 마산검찰청에서 처음 만났다. 김일두 검사는 가난한 집안에서 태어나 불철주야 독학으로 공부했고 고등고시에 패스하여 자수성가로 검사가 되었지만, 남해 시골에서 올라온 노모와 대가족들로 부양가족이 많아서 검사 초임 박봉을 받으면서 몇 년을 가난으로 허덕였다. 그래도 박봉으로 살면서 부정한 뇌물을 일체 받지 않았던 청렴검사의 표본이었다.

  마산검찰청에 재직했던 김정기 씨는 신입으로 들어온 김일두 검사를 맞아, 가난하지만 의지력으로 강건하게 대처하는 김 검사를 사랑과 존경으로 대했다. 그가 나이가 몇 살 많았기에 형님으로 대하고 서로 의기투합하여 의형제를 맺었다. 어려움을 물심양면으로 도우면서 두 사람은 그림자처럼 함께했다.

타 도시로 영전이 있을 때마다, 실과 바늘처럼 우리는 같이 가야 한다고 상부에 소명서를 올렸고, 두 사람의 전설 같은 우정에 위의 승인도 받았다.

  검찰에서 부정을 모르는 소문난 정의파들, 일에는 성실하고 똑같이 청렴하기로 소문났던 우수한 인재들이었다.

두 사람은 마산에서 부산으로, 부산에서 서울로 가는 곳마다 일란성 쌍둥이처럼 함께했다.

  집에서는 어머니 소아부인도 김 검사를 큰아들로 대했고 김정기씨 여동생도 김 검사를 한 가족처럼 오빠라고 불렀다.

쌍둥이처럼 가는 곳마다 함께했던, 친형제 이상으로 정들었던 두 사람이 생과 사로 갈라질 때, 김 검사는 하늘이 무너지듯이 통곡했다.

"정기, 우리가 손잡고 힘을 합쳐서 이 나라를 어깨에 지고 가면서, 부정을 타파하고 법과 정의를 바로 세워서 탄탄한 반석 위에 올려놓자고 맹세 안했나!"

"니가 이렇게 빨리 가버리면 나는 이제 누구하고 그 일을 할꼬 — !"

김 검사의 처절한 울음소리가 병실과 건물을 우렁우렁 흔들었다. 아무리 애타게 이름을 소리쳐 불러도 구천으로 떠난 혼은 돌아오지 않았다.

두 사람의 일화는 전설로 남아 후세에까지 사람들 입으로 전해졌다.

〈단편소설〉
강 너머 숲속 반딧불

병규 씨는 퇴근해서 집으로 돌아가는 길이었다.
관차를 운전하는 기사가 걱정스러운 눈빛으로 룸미러로 그를 살폈다. 그는 가족처럼 충직한 부하였다. 어젯밤 과음을 한 탓으로 아직도 머리가 띵하고 무거웠다.
안면을 쓸어보니 얼굴에도 부기가 있었다.
 어제 직장에서 퇴근한 뒤 직원들과 회식을 하면서 요정에서 서로 누가 술이 센지 내기를 하듯이 호기를 부리면서 두주불사했다.
술을 많이 먹는 자랑이 남자의 장기는 아닐진대 왜 사내들은 만나면 그런 내기에 이기고 싶어 하는지, 술이 깬 후에 뒤늦게 후회하기 일쑤였다. 본의 아니게 집에 못 들어간 직원들도 있을 것이다.
 운전기사는 집 앞에 차를 세웠다.
병규 씨의 집은 전통 한옥이었다. 조선 양반들이 사는 커다란 전통 기와집에 살고 있었다.

퇴근시간에 관차가 집 앞에 와서 멎으면 문간방에 사는 하인이 달려 나와 문을 여는 것이 상례인데 기다려도 대문을 여는 기척이 없었다. 병규 씨는 차에서 내려 대문 앞으로 다가갔다.

"덕쇠야, 문 열어라."

"…………"

하인을 불렀지만 좀체 문은 열리지 않고 안에서 수군수군하는 불안한 소리만 조그맣게 들렸다.
하인들이 안에서 싱갱이를 하고 있는 듯했다.

주인어르신 오셨는데 대문을 안 열면 우짜노.

마님이 대문 열어주지 말라고 했다니까.

그라믄 어르신께서 집에 못 들어오시는데?

마님 성깔이 앵간해야 말이지. 나는 무섭데이.

그런 조그만 소리를 귓결로 들었기에 병규 씨는 문의 고리를 흔들었다.

"열어라."

"어르신. 문을 열면 지놈들은 마님한테 맞아죽습니다요."

"외박한 것은 난데 왜 너희들이 맞아죽는단 말이냐?"

"대문 열어주지 말라고 하셨는데… 거역하고 열면 그렇단 말입니더."

안에서 덕쇠가 울먹이고 있었다.
이러지도 저러지도 못하고 안절부절 죽을 지경이 되어서 조바심치고 있었다.
병규 씨는 죄 없는 하인들이 대문을 열어 주었다가 무서운 마님한테 곤욕을 치를 것이 눈에 보이는 듯 선했다.

아내는 성격이 호락호락하지 않았다.
지난날 순천고을 원님의 무남독녀 외동딸이었다.
아버지가 대청마루에서 죄인들을 호령하면서 다루는 것을 자주 보아서인지, 화가 나면 이치를 미주알고주알 따지고 드는 남자 같은 여장부였다.
그녀는 무남독녀 외동딸로 자라서 고집이 세었고 남자에게도 지는 것을 싫어했다.
밖에 나가면 직장에서는 최고 수장이었지만 병규 씨는 아내에게는 늘 지면서 살아왔다. 약한 여자를 이기려고 하는 남자는 진짜 남자가 아니라고 양보하면서.
　안에서 덕쇠가 당황하는 기척이 들렸다.
마님이 대문 가까이로 나온 듯했다.
아내는 하인들을 무서운 눈으로 바라보고 있을 것이다. 또다시 문을 열라고 했다가는 덕쇠와 하인들이 대신 화풀이로 매를 맞을 것이다.
직장에서는 수장으로 지위가 높은 그가, 자기 집에 와서 집안에도 들어가지 못하는 신세가 서글퍼졌다.
　운전기사가 차안에서 보고 있는데 체면도 말이 아니었다. 다시 차를 타고 월선에게로 가버리고 싶기도 했다.
월선이 아내의 입장이라면 남자가 고주망태로 술이 취해서 곯아떨어지고 그 자리에서 잠이든 그를 이리 냉대하지는 않을 것이다. 그는 차를 눈짓과 손짓으로 가라고 돌려보냈다.
기사는 '혼자서 어쩌시려구요?' 하는 표정이다가, 상사가 우울해 보였는지 더는 귀찮게 말을 걸지 않고 순순히 돌아갔다.

어젯밤 술자리에서 취기로 쓰러져 버렸고 아침에 깨어서 일어나 보니 집이 아닌 요정이었다. 술을 마시던 방이 아니고 화사하고 아늑한 이부자리가 깔린 그 방은 월선의 방이었다.
　월선은 병규 씨가 그 요정에 들를 때마다 옆에서 술시중을 드는 단골 기생이었다. 눈을 뜨자 속이 아팠는데 월선이 꿀물을 타서 대령했다. 시계를 보니 집에 갈 여유 없이 바로 출근해야 할 시간이었다.
엄처시하에서 사는 그에게는 아내가 무서운 존재였는데, 일제 강점기 그때는 전화도 없어서 미리 연락할 수도 없었다. 술로 곤드레 늘어진 자신을 밤새 옆에서 보살펴준 월선에게 고마운 성의로 팁을 건넸다. 월선은 나이가 삼십 대 초반으로 기방의 나이도 적지 않았다.
　그녀는 여느 기생들하고는 달랐다. 집에서 아내가 하듯이, 손님이 자기 방에서 불편함 없이 지내도록 시중을 들뿐이었다. 행동이 여염집 규수 같았다.
진주기생으로 가야금을 잘 타는 월선은 타고난 예인藝人 기질을 가지고 있었다.
여덟 살 때 부모를 잃고 혼자 남겨져서 고아가 되었다.
친척도 가난해서 일찍부터 먹는 입이라도 덜려고, 불쌍한 선혜를 친척이 기방에 보냈다. 그곳에서 심부름이나 하면서 배곯지 말라고. 부지런하고 착한 마음씨여서 기방에서 왕 기생 대모가 아홉 살 선혜를 받아주었다.
처음에는 주방에서 찬모들의 잔심부름을 했지만, 몇 년이 지나서 나이가 들자 대모가 선혜를 기생으로 올렸다.

대모代母는 착한 선혜를 딸처럼 사랑했다.
이름도 기생다운 월선月善으로 바꾸어 주었다.
인물이 다른 기생들처럼 예쁜 편도 아니었고 여염집 규수처럼 반듯한 성격을 가졌기에, 대모가 월선을 딸처럼 아꼈는데 병규 씨는 그런 월선이 맘에 들었다.
조신하고 얌전하면서 남자들을 보면 먼저 경계해서 별로 인기 없는 그녀를, 대모의 부탁으로 수년전에 초례청에서 머리를 올려준 사람도 병규 씨였다.

  화려한 물색 옷도 마다하고 있는 듯 없는 듯 구석자리로 도는 그녀가 처음부터 여동생처럼 애처롭게 생각되었다.
가난한 농사꾼 부모 밑에서 배를 곯으면서 자란 성장과정을 듣고 난 뒤였다. 몰락한 양반으로서 배고픈 가난을 그도 어린 시절 똑같이 경험했다. 가난 때문에 부잣집 데릴사위로 갔다.
남자 신데렐라 같은 행운으로, 생전의 아버지 친구였던 순천부사 훌륭한 양아버지를 만나는 행운을 얻었다. 외동딸만 있었던 그분은 두뇌가 명석한 병규가 열심히 공부하고 성공하게 하는 울타리가 되고 밑거름이 되어 주었다.

  병규에게도 고향집에 여동생이 하나 있었다. 억울한 누명을 쓰고 삭탈관직 당한 아버지는 홧병으로 돌아가시고 혼자서 네 자식을 가난 속에서 키운 홀어머니도 있었다.
월선을 보면서 자신의 지난 세월이 떠올랐다.

  병규 씨 역시 어릴 때부터 고난의 시절을 헤쳐 나왔기에, 반듯하고 의지력이 있어 보이면서 성품이 조용하고 예능 소질이 있는 월선이 친누이처럼 살갑고 맘에 들었다.

선한 달이라는 그녀의 이름처럼 차분하고 유난히 마음씨가 착했다. 무슨 일이든 헌신 봉사하는 형이었다.
"술을 너무 많이 안 드시도록 말렸어야 했는데… 제 불찰입니다. 엄한 부인께서 화가 나셨겠습니다. 오늘은 일찍 집에 가시어요."
구겨진 양복을 다림질해 놓았는지 단정해진 옷을 입혀주면서 월선이 말했다.
"집에 있는 것보다 니 방에서 더 편하게 지냈구나."
든든하게 미소 지으면서 병규 씨는 월선을 볼 때마다 애처롭다는 생각이 들었다. 그녀는 기방에 맞는 여자가 아니었다. 제대로 된 가정에서 자라났다면 여자라도 예능이나 공부를 하고 있을 것이다.
그나마 기방에서도 대모가 월선의 재주를 알아보고 일찍부터 가야금을 가르친 것이 다행이었다.
기방에서 자라면서도 남자들 옆에서 술시중 드는 것을 무서워했고 주방에 들어가서 요리 만드는 일을 즐겨했다. 고향이 전라도인 월선은 음식을 맛있게 잘 만드는 재주를 타고났다. 병규 씨는 월선이 직접 만든 요리를 좋아했다.
월선은 병규 씨를 존경심으로 대했다. 아버지 대신 큰 오라버니를 대하듯 한 번씩 얼굴을 보고 사는 것만으로도 행복하다고 생각했다. 두 사람은 정신적으로 서로를 아끼고 사랑하면서 내면이 닮은꼴이었다. 공직자이기에 요정 출입을 할 수 없었지만 업무로 인한 스트레스로 머리가 뒤숭숭하거나 상관의 꾸중을 듣고 마음이 울적하고 괴로울 때는 월선이 생각났다.

상관을 존경하는 부하가 그의 마음을 알고, 미리 단골 기방에 예약을 해놓기도 했다. 가야금 예인 월선은 부장님 여자라면서 월선을 넘보지 않았다.
그녀의 애조 띈 가야금 소리에 금세 피곤을 잊을 수 있었다. 속풀이로 끓여 내온 대구탕 해장국으로 간단히 요기하고 병규 씨는 바로 사무실로 출근했다.
퇴근한 후에는 집으로 바로 갔다. 외박을 하면서 아내에게 걱정을 끼쳤으니 월선이 말처럼 먼저 사과부터 해야 할 것이다. 병규 씨는 담 아래 주저앉았다. 어제 과음한 탓으로 피곤했다.
담이 도로변에 있지 않고 골목에 있는 것이 그나마 다행이었다. 이웃 사람들의 눈길은 피할 수 있으니까.
그는 집에도 들어가지 못하고 잘못을 저지르고 쫓겨난 아이처럼 밖에 쭈그리고 앉은 모양새가 누가 보더라도 불쌍하고 비정상적으로 보일 것이다.
그는 서글픔에 하늘을 올려다보았다. 짧은 초겨울 해가 어느새 검은 비단을 펼쳐놓은 듯 새까만 밤이 되었다.
자신보다 두 살 위인 아내는 같이 살면서도 조심스럽고 두려웠지만, 긴 세월 자신을 아끼고 사랑해주던 장인어른을 생각하면 그의 입가에 잔잔한 미소가 생겨났다.
"병규야, 이리 와서 이것 좀 보아라."
순천고을 부사인 원님을 도와서 소년기에 이방 일을 맡아보고 있던 병규는 부사가 서있는 책상으로 다가갔고 펼치고 있는 여러 장의 서류를 보았다.
여기저기서 민원을 제기한 소송장들이었다.

"민초들이 살기가 어려우니까 잡다한 사건이 유독 많이 생기는구나."
　누가 돈을 꾸어가서 몇 년째 갚지 않는다, 이웃이 밤중에 와서 외양간의 소를 훔쳐갔다, 남의 닭을 잡아먹었다, 사기를 당해서 집을 빼앗겼다, 아이들이 몰래 들어와서 수박 밭을 망쳐놓았다, 땅 속에 묻어둔 무를 훔쳐갔다, 싸움을 하다가 매를 맞았다 등속의 여러 소장들이었다.
병규는 어릴 때부터 천재라 불리면서 머리가 좋았기에 소송에 대한 책도 많이 읽었고 그런 골치 아픈 민원들을 해결하는 방법을 잘 알았다. 일하는 것이 시원시원했다.
부사는 이제 병규만 있으면 어려운 일이 없었다.
병규를 양아들 삼아 데릴사위로 데려온 것은 참 잘한 일이다. 소년가장이었던 병규 대신 부사가 병규 홀어머니와 동생들이 살아갈 생활비를 매달 보조해주었다.
몇 년이 흘러서 병규가 청년으로 자라자 부사는 병규의 도움을 받고 있었다. 양아들 병규에게 이방 직을 맡기자 그의 탁월한 능력이 빛을 발했다. 그 전에 썼던 부하들보다 훨씬 나았다. 뭐든지 못해내는 일이 없었다.

　병규 씨는 집 담을 도둑처럼 훌쩍 넘었다.
　날씨가 차가워서 춥기도 했지만, 밤새도록 기다린다 해도 문은 열리지 않을 것이다.
혈액형 O형으로 유난히 고집 센 아내였다. 늘 양보하는 쪽은 병규 씨였고 아내를 이겨본 적이 없었다.

강추위에 뻣뻣해진 몸으로 안방 문을 열고 들어가자 돌아앉아 있던 아내가 흘깃 보고는

"대문을 열어주지 말라고 했더니…!"

노기 띤 음성으로 쫑알대었다.

"우리 집에 당신 말을 거역할 하인이 어디 있소. 당신은 하늘 아래 왕비님인데. 내가 혼자 담을 넘어왔소."

"부디 용서해주오."

"이제는 도둑처럼 담을 뛰어넘어? 자알 한다. 하이고 그러고도 법관이라니."

"너무 추워서 밖에서 얼어 죽지 않으려고 그랬소. 당신이 과부되고 자식들이 애비를 잃으면 안 되니까."

"외박을 하고서도 할 말이 있나. 기생집에서 잠잔 더러운 몸으로 어딜 들어와. 내가 이 방을 나가야겠네."

아내는 발딱 일어섰다.

병규 씨는 아내의 다리를 잡고 매달렸다.

"직원들하고 회식 하느라고 술을 마시기는 했지만, 기생하고 잠잔 것은 아니오. 술에 곯아떨어져서 혼자 잠잤을 뿐이라오."

"남자란 종자들은 다들 집에 가면 아내 앞에서 변명하지. 그뻔한 거짓말을 누가 믿을 거라고! 날 바보로 아는지."

소아부인은 결벽증이었다. 남편이 밖에서 외박하고 오면 절대로 자신의 옆에도 못 오게 할 뿐 아니라 오래도록 각방을 썼다. 화류계 여자를 상대했으니 나쁜 병이 옮을 거라면서 남편과 동침도 거부했다. 부처님을 모시고 날마다 기도하면서 사는 그녀는 집이 커서 방이 많으니까 기도실에 가서 혼자 잠자곤 했다.

"당신은 나를 싫어하지만 나는 당신을 사랑하오. 내게는 오직 당신뿐이요. 나를 쫓아내면 내가 어디로 가겠소."

"당신을 싫어했다면 우리 사이에 여러 자식들이 생기고 태어나지도 않았겠지. 당신은 나를 바람둥이로 생각하지만 나는 그런 남자가 아니외다. 내가 외방에서 자식을 낳은 적이라도 있소? 말해보오."

"………!"

"나와 우리 집 가족들을 구해주신 아버님의 은혜를 나는 죽어서 저승에 들어도 잊지 못할 거요. 나는 아버님께 마음으로 맹세했다오. 죽을 때까지 당신을 곁에서 보호하고 당신만을 사랑하기로."

"지위나 재산이 있다고 다른 남자들처럼 소가小家를 두거나 허튼 짓 하지 않기로. 어제는 술이 과해서 술자리에서 곯아떨어졌던 거요. 여보, 부디 내 말을 믿어 주시오."

병규 씨는 스스로 아내 앞에 무릎을 꿇었다. 눈물이 쏟아졌다. 울면서 얘기하는 남편을 부인은 말없이 바라보았다. 냉랭하던 좀 전의 눈빛이 수그러들었고 진정어린 사과에 이제는 그녀도 어느 정도 화가 풀린 듯했다.

"남자가 눈물도 흔해."

혼잣소리로 낮게 중얼거렸다. 또 한 고비를 넘겼다고 생각하자 병규 씨는 설움이 북받쳐서 아이처럼 엉엉 울고 말았다. 병규 씨보다 나이가 두 살 많은 아내가 때로는 누나처럼 어렵기도 했다. 온갖 것을 먼저 양보했다. 아내가 방문으로 나갈 기미를 보이자 그는 아내의 치마꼬리를 붙잡았다.

"나는 꼭 당신하고 잠자고 싶소. 내가 밖에서 다른 여자를 품지 않았다는 증거로."

눈물로 얼룩진 얼굴이 충혈 되어 있었다.

외로워 보였다. 남편이 불쌍하다는 생각도 들었다.

소아부인은 나가는 것을 접었다. 시간이 흐르고 밤이 깊어지자 못이기는 체 남편의 요구에 응했다.

그날 또 하나의 자식이 생겨났다.

그는 옛날 데릴사위로 더부살이를 할 때도, 밤중에 담장 아래 혼자 서서 하늘에 떠있는 달을 자주 올려다보았다.

하늘을 보면서 가신 아버지를 생각했고 고생하는 어머니가 불쌍해서 눈물짓고 있을 때가 더러 있었다. 미성년의 나이에 집을 떠나 어머니와 동생들과 헤어져 있으니, 일을 마치고 밤이 되면 가족들이 그리웠다.

김 부사가 마당을 지나다가 보고는 조용히 다가갔다.

"병규야, 뭐하니. 바람이 차다."

부사는 병규의 어깨에 손을 얹었다.

"어린 니가 부모 생각하고 걱정하느라고 고생이 많구나. 내일 집에 한번 다녀오너라. 너희 집에 쌀과 생활용품을 보냈으니 너무 걱정하지 말고."

"예. 어르신. 고맙습니다."

병규는 얼른 눈물을 닦고 부사에게 씩씩하게 절을 했다.

"아버지라고 생각하고 아버지로 부르래도. 나는 너를 아들로 생각하니까. 지금 불러보아라."

"예, 아버님."

"집 나간 니 형은 아직 소식이 없느냐?"

"예……"

"젊은 나이니 나가서 굶기야 하겠냐만… 고생하는 어머니에게 소식도 전하면서 살면 좋으련만… 집 나간 형 때문에 니가 고생이 많구나."

병규는 아직 미성년이었지만 집을 나간 형님은 성인의 나이였다. 친아버지도 살아생전 이렇게 자상하게 위로해주지는 않았었다. 김 부사는 외동딸 하나를 키우면서 네 자식을 둔 병규 아버지를 생전에 많이 부러워했었다. 김 부사는 몸이 약한 아내를 병으로 잃었다. 아내를 사랑했던 김 부사는 재혼도 하지 않고 친척 할머니를 집에 두고 가족을 돌보게 했고 소아 곁에는 언니 같은 몸종을 두었다.

외동딸을 금지옥엽 사랑으로 키웠다.

소아의 신랑감으로 처음에는 두뇌가 명석한 병규의 형을 사위삼고 싶어 했었다. 김 부사는 두뇌가 명석한 젊은이들을 경외심으로 바라보고 좋아했다. 생전의 친구도 그랬지만 병규 집안에 신동이라 불리는 천재가 흔했다.

병규의 형은 글과 그림을 잘 그리고 산에 올라 퉁소도 불면서 여러 가지 재주가 많았지만, 바람 같은 방랑자 기질을 가지고 있었다. 동에 번쩍 서에 번쩍 하면서 진득하니 집에 있지 못하는 성격이었다.

이웃들이 보는 눈에 외줄타기 하는 곡예사처럼 위태위태해 보였다. 해서 똑 부러지게 자존감이 유달리 강한 소아에게는 맞지 않는 성격이라고 부사는 그를 포기했다.

생일을 알아내어 궁합을 보았을 때도 딸과는 상극이었다.
그 아래 둘째인 병규 역시 두뇌가 명석했다.
병규가 딸 소아보다 나이가 두 살 적은 것이 흠이었지만, 조선 시대에는 여자가 두 살쯤 많은 것이 정상이기도 했다. 꼬마 신랑에 누나 같은 여자를 짝 지워서 혼인시켰다. 일찍 철든 신부가 어린 신랑을 성인이 될 때까지 한 집에서 키우기도 했다.
　부사는 역학 책을 곁에 두고 병규와 딸의 궁합을 맞춰 보았는데 다행히도 좋게 나왔다. 그것을 안 부사는 병규 어머니에게 병규를 자기에게 달라고 했다. 남편이 살아생전 친구였던 김 부사를 알고 있었기에 감지덕지했다.
상민으로 추락한 후에 재산까지 몰수당하고 가난해져서 낮에는 남의 집 부엌일을 해주고, 밤에는 삯바느질을 하면서 가난하게 살아 아들에게 서당 공부도 시킬 수 없었던 어머니는 김 부사의 제의를 더없이 고마워하면서 아들 병규를 원님 댁으로 보냈다.
김 부사도 김 씨라서 병규가 그의 양아들이 되어간다면 안성맞춤이었다. 가난한 집에 입도 하나 더는 일이었다.
김 부사는 병규가 자신의 일을 거들면 보수를 쳐서 가족들 생활비로 주겠다고 했다. 마다할 이유가 없었다.
상민으로 추락하지 않았더라면 두뇌가 명석한 아들에게 일찍 공부도 시켰을 텐데, 부사를 따라가서 병규가 공부를 할 수 있다는 것도 좋은 조건이었다. 하늘이 도와주시는 거라고 홀어머니는 더없이 고마워했다. 소년가장이었다. 집에 남은 딸은 오빠와 헤어지는 것이 싫어서 뒤란으로 돌아가서 훌쩍거렸다. 지역이 멀지 않으니 형제가 영 못 만날 것도 아니었다.

김 부사는 병규를 아들처럼 생각했다. 자신에게는 아들이 없으니 외동딸 소아를 그에게 시집보내고 재산을 물려준다면 아무 걱정 없이 죽을 수 있을 것 같았다.
자신이 재혼을 하지 않는 것도, 자존감이 유독 강한 소아가 계모 밑에서 불화하다가 설움을 받을까 염려해서였다.
소아는 자기 집에 온 꾀죄죄한 소년 병규를 눈 아래로 보았고 처음부터 하인으로 대했다.
양반 신분인 김 부사 부녀와 상민 신분인 병규는 천지 차이로 다르다고 생각했다. 이래라 저래라 하고 반말을 했다.
어쩌다 옆에 있을 때는 냄새난다면서 밀어내었고, 이것을 가져와라 저것을 가져와라 하고 심부름시키기 일쑤였다.
병규는 자신도 예전에는 의성김씨 양반집 자손이었지만 할아버지 사건으로 상민으로 강등되고 말았으니 주인집 딸을 대하듯 늘 공손했다.
병규가 공부를 하면서 청년으로 자라자 김 부사는 병규를 이 방 자리에 앉혔다.
그는 하루빨리 병규에게 적당한 자리를 주고 싶었다.
소아가 열일곱 살이 되어 시집가야 할 나이가 되었다. 부사는 병규가 데릴사위로 온 거라고 딸에게 말했다.
그에게 함부로 대하지 말라고.
"아버지, 이 집에 어머니도 안 계신데, 혹시 집 밖에 저 몰래 숨겨놓은 여자와 딸이 있는 건가요?"
"예끼. 딸이 아버지를 놀리면 못쓰느니라."
부사는 난데없이 딸이 하는 소리에 놀라서 호통을 쳤다.

"병규가 데릴사위라면서요. 상놈에게 양반처녀가 시집가는 일은 없으니까요. 병규는 하인이기도 하고. 숨겨놓은 딸과 혼인시키려는 것 아닌가요?"

"누가 하인이라 했느냐. 병규는 의성김씨 양반이었다. 할아버지 대부터 누명을 쓰고 상민이 되었을 뿐이다. 가난하다고 함부로 대하면 못쓴다. 너도 이 애비가 죽고 없으면 그런 일을 당할 수 있다. 세상일은 모르니까."

"아버지, 저를 병규한테 시집가라는 건가요? 나는 죽어도 그런 집에 시집 안 가요!"

소아는 가난하게 사는 그 초가집을 본 적이 있었다.

"아버지는 너무하세요. 병규한테 시집가라고 하면 나는 그만 칵 연못에 빠져 죽어버릴 거예요!"

"니가 몰라서 그렇지 병규 만한 아이는 없다. 내가 옆에서 보아하니 두뇌가 비상해서 그는 꼭 나중에 큰 인물이 될 거다. 인품도 있고 부지런히 일하는 성실성도 갖추었다. 부모에게도 더없이 효성스럽고. 그는 남자 중에서도 귀한 보배란 말이다!"

"보배? 그리 좋으면 아버지가 데리고 사세요! 나는 상민은 싫단 말예요!"

소아는 뾰로통해서 아버지에게 눈까지 흘겼다.

"그리 말해도 못 알아듣다니. 앞뒤가 꽝꽝 막혔구나. 부모 말 안 듣는 딸은 필요 없다. 니가 이 집을 나가거라. 그만큼 키워주었으니 이제 너 혼자서도 살 수 있겠지. 나는 전도유망한 병규를 내 아들 삼아 데리고 살겠다."

그는 할멈을 소리쳐 불렀다.

소아 방 장롱 안의 옷가지들을 챙겨서 보따리에 싸서 가지고 나오라고 했다. 몸종 순이도 소아를 따라가라고 했다.

소아는 눈이 동그래졌다. 하나뿐인 딸자식이 싫다고 하면 포기할 줄 알았다. 딸에게 집을 나가라니. 할멈이 놀란 얼굴로 방에서 보따리를 가지고 나왔다. 순한 주인어른이 노발대발 화가 났다. 말을 안 들으면 자기들도 쫓겨날까 두려웠다. 몸종 순이도 벌벌 떨면서 밖에 대령해 있었다.

아버지는 옷 보따리를 마당에 집어던졌다.

"나가거라. 니가 어디에 살더라도 생활비는 내가 보내줄 것이다. 양반이 좋으면 니 맘대로 양반 도령하고 살고 집에는 절대 오지마라."

김 부사는 단호했다. 서슬 푸른 눈빛이 파랗게 광채를 발했다. 이참에 딸의 고약한 고집을 꺾어놓을 참이었다.

소아는 다시 한 번 아버지의 눈빛을 살폈다. 혹시 장난으로 그러는 것은 아닌지 탐색하려고. 그 순간 김 부사의 눈빛에 더 강한 힘이 뿜어져 나왔다.

"빨리 가거라. 애비 말 안 듣는 딸은 필요 없다 – !"

김 부사는 대청에서 몸을 벌떡 일으키더니 안쪽을 향해 획 몸을 돌렸다. 소아는 눈앞이 캄캄해졌다.

"아버지 – 너무하세요. 엉엉… 아버지 말씀대로 따를게요."

김 부사가 방안으로 들어가 버리면 다시는 딸을 안볼 것만 같아서 소아는 황급히 아버지를 불러 세웠다. 김 부사는 못이기는 척 돌아보았다. 기가 센 소아는 엉엉 소리 내어 동네가 떠나갈 듯이 울고 있었다.

병규를 어제 자기 집에 다녀오라고 보낸 것은 잘한 일이다. 혼인 문제로 부녀가 싸우는 소리를 들었다면 큰 상처를 줄 수도 있었기에.
아버지와 딸의 대결은 올곧은 정의의 승리로 끝났다.
방에 들어가서도 몸종 순이 앞에서 오래 울어서 벌겋게 부은 눈을 하고 있는 딸을, 김 부사가 들어가서 조용히 어깨를 쓰다듬었다. 고집만 버리면 사랑스러운 딸이었다.

"니가 어려서 아직 사람을 볼 줄 몰라서 그런다. 세상에는 복장이 시커먼 도둑놈 같은 젊은이들도 많느니라. 여자 집 부모 재산을 보고 혼인했다가 혼인하고 난 뒤에는 타고난 바람기로 아내를 배신하는 남자들이 있단다."

"다른 여자들을 좋아하고 첩을 데리고 살면서, 아내가 싫어하면 손찌검도 하고 제멋대로 사는 놈들이 얼마나 많은 줄 아니? 병규는 내가 옆에 두고 오랫동안 겪어봐서 안다. 두뇌가 명석하면서도 성실하고 진실하다. 천성적으로 거짓말하는 것을 싫어하기에 인품이 있고 진짜 양반이다. 병규라면 믿을만하다. 내 재산을 다 맡겨도 걱정이 없다. 너는 숨은 보석 좋은 신랑감을 얻은 것이다. 사주를 봐도 나중에 성공할 인물이다. 빼어난 자식들도 둘 것이다."

"그가 훗날 크게 되면 너도 애비한테 고맙다고 절하고 싶을 걸. 실컷 울고 나니까 이제는 속이 후련하니?"

"………!!"

"내가 주변 사람들이 권해도 재혼하지 않고 너 하나 키우면서 홀로 살았는데, 너도 애비 맘을 편하게 해주어야지."

"그래야 좋은 자식이지."

딸을 나가라면서 내쫓을 때와는 판이하게 다른 인자한 눈빛이었다. 사랑하는 딸을 설득시키고 달랬다.

"아버지, 제가 잘못했어요. 병규가 성격이 남자치고는 착하기는 해요."

"신랑이 될 사람인데 병규 병규 하면 못쓰느니."

"그러면 뭐라고 해요?"

"이보오 하고 부르던지. 양반집 규수가 남편에게 반말하면 못쓰느니."

"알았어요, 아버지. 당분간은 눈짓으로 할게요."

"잘 생각했다. 너는 역시 애비 딸이구나."

김 부사는 딸을 달래주기 위해서 공중에 띄웠다. 오래 울어서 눈이 부은 것이 속으로는 가슴 아팠다.

한 달 후에 두 사람의 혼인은 이루어졌고 너무나도 격이 다른 두 집안이 사돈을 맺으면서 행세하는 양반 손님들도 많이 왔는데, 분분한 소문과 뒷얘기를 낳기도 했다.

소아의 시어머니 모습은 너무나도 초라했다. 힘든 일을 하면서 제대로 먹지 못하고 살아서인지 작은 키에 얼굴이 누렇게 뜬 사람처럼 생기가 없어 보였. 각시를 화장시키는 여자가 시어머니 얼굴도 화장을 하고 분을 발랐다. 병규 어머니는 아무 말 없이 그저 사돈집 의사에 고분고분 따를 뿐이었다. 상민으로 추락한 신분이 고을 원님 사돈으로 인해서 다시 상승할 것이라고 생각했다.

큰아들은 아우인 병규의 결혼식에 나타나지 않았다.

그는 여러 지방을 돌아다니면서 유랑자로 살고 있다고 했다. 시를 잘 짓고 글씨도 명필인데다가 시화 그림도 잘 그렸다. 통소(피리)도 잘 불었다. 양반들에게 시와 그림을 그려주면서 동가식서가숙 하면서 식객으로 밥을 얻어먹고 산다고 했다.
타고난 예인이었다.

순천고을 김 부사는 병규를 결혼한 후에도 늘 옆에 두고 살면서 친아들처럼 아끼고 사랑했다.

"우리 사위, 우리 사위"하면서 가는 곳마다 김병규의 명석한 두뇌를 자랑했다.

세월이 흘러 그는 타계했다. 김 부사가 병규 내외의 효성을 받으면서 노병으로 타계한 후에 장례를 잘 치렀다.

병규는 장인에게서 물려받은 집으로 불쌍한 어머니를 모시고 와서 같이 살고 싶었다. 하지만 아내가 반대했다.

서로 살아온 환경이 달라서 이질감 때문에 불화하고 서먹할 거라는 이유였다. 해서 합가는 못했다.

어머니는 멀지 않은 이웃에 살면서 어쩌다가 사랑하는 아들이 보고 싶어서 아들이 사는 집으로 찾아올 때가 있었는데, 며느리가 소 닭 보듯 냉랭했다.

며느리는 병규 소년을 하인으로 대하던 예전과는 달리 신랑과는 부부로서 자리가 잡혔지만, 촌스럽고 낯선 시어머니는 무시하기 일쑤였다. 하인이나 상민을 대하듯 했다.

아버지가 돌아가셨기에 이제는 그런 행동을 나무랄 사람도 없었다. 시누이에게도 정을 주지 않았다. 자신과는 별개의 사람들로 생각했고 곁을 주지 않았다.

형제 없이 금지옥엽 외동딸로 자란 탓에 자신 밖에 모르는 이기심이었다. 아들집에 왔다가도 마치 쫓겨 가듯 돌아서는 어머니와 여동생의 뒷모습을 보면서 병규 씨는 가슴속 울화와 외로움으로 슬펐다. 성격이 강한 아내와 싸우기도 싫었다.
그런 날은 술로서 외로움을 달랬다. 아내가 미워지고 집에 돌아가기 싫은 날도 있었다. 그럴 때 월선이 있는 요정을 찾아가곤 했다. 월선은 아내와는 달랐다.
뭐든 상대가 좋은 쪽으로 양보할 줄 아는 여자였다.
병규 씨의 아내를 흉보는 일도 없었다.
귀하게 자라서 시어머니를 모시는 일에 익숙하지 않아서일 거라고 좋게 말했다. 병규 씨에게 어머니를 자주 찾아뵈면 되지 않느냐고 조언했다.
그녀는 언 가슴을 녹여주는 따뜻한 화로였다.
명색이 기생이었지만 돈을 달라고 요구한 적도 없었다.
병규 씨가 주는 돈을 감사하면서 두 손으로 받았다.
그녀는 보살 같은 마음씨를 가지고 있었다. 누구나 슬픈 사람은 그녀에게서 따뜻하게 위안을 받았다. 가야금 연주도 잘했고 난도 잘 쳤다. 글씨도 썼다. 기생들은 월선의 재주를 부러워했고 옆에서 글씨와 난 그림 그리는 것을 배우기도 했다. 요리도 잘했다. 온갖 손재주를 타고난 여자였다. 손끝이 맵고 무슨 일을 하든지 간에 심혈을 기울여서 최선을 다하는 모습이 아름다웠다. 고상하고 기품 있는 여자였다. 무언의 미소에서도 인간의 향기가 뿜어져 나왔다. 그릇이 큰 여자였다. 그런 여자가 화류계 기방에 있다는 것이 불행이었다.

병규 씨는 월선을 그 요정에서 나오게 했다.
그녀도 착실하게 모아둔 돈이 있었기에 독립할 수 있었다.
어릴 때 들어온 요정과의 계약을 순조롭게 해결하는 일을 병규 씨가 맡았다. 월선이 혼자서는 장사꾼인 그들과 타협을 볼 수 없었다. 법조계 공직자란 지위가 요정 사람들에게는 두려운 것이었다.

그들은 병규 씨가 월선에게 작은 집 살림을 차려주는 것으로 알았다. 이제는 술손님들을 위해서 밤마다 연주를 할 필요도 없어졌기에 기생 냄새가 나는 월선이란 이름도 예전 이름인 선혜로 다시 바꾸었다.

그녀는 전통 찻집을 원했기에 선仙 찻집이란 간판을 달고 문을 열었다. 조용한 도로변 골목 안이라서 안면 있는 공무원들이 가끔씩 찾았다. 독신 남자들은 교양 있는 선혜를 짝사랑하고 좋아하는 사람들도 더러 있었지만, 선혜의 마음은 오로지 일편단심 외길이었다.

작은 댁 같은 것은 병규 씨에게 필요하지 않지만, 정신적으로 공허하고 업무에 유달리 지친 날은 자신도 모르게 선혜를 찾아갔다. 그녀는 늘 반갑게 병규 씨를 맞았다.
병규 씨가 선혜의 집에서 자고 가는 날은 없었다.
선혜가 마다했다. 집으로 돌아가시라면서 보내었다.
그녀는 병규 씨 부부가 싸우는 것을 원치 않았다.
병규 씨에게서 옛날 장인어른이 사위를 친아들처럼 사랑해주었다는 얘기를 들은 뒤에는, 병규 씨가 그 아버지의 은혜를 갚는 마음으로 아내를 배신하지 말아야겠다고 했다.

마음으로만 사랑하려고 안간힘처럼 노력했다.
부처님 앞에서 굳게 맹세했다.
선혜는 병규 씨의 버팀목이었다.
　남자에게도 때로는 정신적인 안식처가 필요하다.
지성인 남자들은 어머니 같은 품이 큰 여자를 좋아한다.
아내가 현명하게 대처한다면, 때로는 친구 같고 때로는 애인 같고 때로는 어머니처럼 아늑하고 인자하고, 때로는 귀여운 누이 같은 여자라면 좋은 아내를 두고 밖에서 다른 여자를 탐내는 남자는 없을 것이다.
재물에 욕심 많은 아내, 늘 남편에게 뭔가를 해달라고 요구하면서 정신적으로 허기져 있는 아내. 피곤한 남편에게 샤워를 하고 나와서는 수시로 잠자리의 즐거움을 요구하는 아내.
남편이 직장에서 무슨 불상사가 있었는지, 상관에게 무슨 꾸지람을 들었는지 이해하려 하지 않고, 힘들게 집안일 하는 자신의 입장만 내세우면서 소리치는 아내라면 남편들은 넌더리가 날 것이다. 결혼이 후회스러워질 것이다.
그럴 때 남자들은 밖에서 다른 여자를 찾는다.
　남편이 만나는 여자가 자기보다 못생겼다거나 학벌이 없다거나 외모가 세련되지 않았다면서 그런 여자하고 바람피우는 남편을 이해할 수 없다고 한다.
전부 외양만을 계산하고 조건만 따질 뿐이다.
남편이 만나는 여자가 남자를 정신적으로 얼마나 편안하게 해주는 여자인지는 생각하지 않으려 한다. 욕심 많은 미인은 사흘만 보면 싫증나지만, 마음이 착하고 따뜻한 여자는 오래간다.

인간적인 향기를 가진 여자는 늘 봐도 싫지 않고, 푸근한 첫인상에서 느낀 호감이 변해서 점점 존경심으로 발전하기도 한다. 선혜는 그런 여자였다.

가난한 집에서 태어났고 어릴 때 부모를 잃고 불행하게 자랐으며 친척 손에 이끌려서 기방에 보내지기는 했지만, 그녀는 인간의 향기를 가진 여자였다.

스스로 공부를 많이 해서 법조계 지위가 높은 병규 씨와 이성적으로 지기 같은 좋은 친구가 될 수 있는 정신적 상대였다. 언제 어디서나 최선을 다했다. 스스로 빛을 내어서 숲속 어둠을 밝히는 반딧불 같았다.

 학벌과 성장과정, 출신이 좋다고 해서 매력적인 여자는 아니다. 병규 씨는 선혜가 기생이란 낮은 자리에서 살면서도 진실과 성실성으로 무장된 고아한 아름다움을 지니고 있는 것을 알았다. 열심히 책을 읽으면서 독학으로 공부하고 자신을 내면적으로 가꾸는 여자의 진정한 품위를 보았다. 오래 사귀었지만 남자에게 선물이나 무엇을 달라고 한 번도 요구하지 않는 아름다운 자존심과 기품을 보았다.

 병규 씨는 그런 선혜가 사랑스러워서 정성으로 마련한 선물을 메모와 함께 슬쩍 방에다 두고 나오곤 했다.

 나중에는 병규 씨 아내 소아부인도 남편의 고백으로 그녀를 알게 되었다. 어떤 여자인지 궁금해서 찻집으로 찾아와 보기도 했다. 빼어난 미인도 아니었고 차림새도 수수하고 화려하지 않아서 우선 안심이 되었다. 그녀는 첫눈에 보기에도 어진 보살 같은 인상이었다.

남편에게서 재물을 빼앗을 여자는 아니라는 것에 안도했고 그녀에게 몇 가지 질문도 했다.
남편이 외박을 하게 되면 용서하지 않겠다고 했을 때, 그런 일은 없을 거라면서 염려마시라고 잔잔하게 웃었다.
자식을 낳아서는 안 된다고 못을 박았다.
　그녀는 평생 병규 씨의 자식을 낳지 않았다.
　나중에는 그녀의 고운 양심을 믿고 소아부인도 작은댁으로 인정하기에 이르렀다.
선혜는 소아부인을 깍듯이 형님이라고 부르면서 맛있는 특별 요리를 만들어서 본댁에 보내주기도 했고, 형님이 몸이 아프다고 들었을 때는 보약을 지어서 보내주기도 했다.
　방학이 되어서 큰집 아들이 놀러오면 맨발로 뛰어나가 그 아들을 진심으로 반겼다. 유독 둘째아들이 아버지처럼 선혜를 좋아했다. 그가 고등학생일 때는 선혜 집에서 학교에 다녔다.
선혜의 찻집에서 학교가 가까웠기에 소아 부인은 둘째아들 정기를 그 집에서 학교에 다니라면서 보내기도 했다.
두 여인은 친형제나 다름없었다. 두 여인이 한 번도 싸우지 않고 긴 세월동안 잘 지낸 것은 순전히 선혜의 착한 마음씨 때문이었다. 소아부인은 귀족 지배자의 눈으로 대했지만.
　병규 씨는 52세에 병으로 타계했는데, 그는 일제 강점기를 지나 대한민국 건국 초기에 고위 공직자로 여러 장長을 고루 지냈다. 전도유망한 인재라는 김 부사의 말이 맞았던 것이다.
　병규 씨는 죽기 전에 보답으로 선혜에게 유산을 표 나게 물려주었다. 선혜는 사양했지만 병규 씨의 사랑이었다.

아내인 소아부인은 아버지로부터 물려받은 기본 재산이 많았기에, 소아부인도 마지막 순간에는 그것을 반대하지 않았다. 시험 삼아 아들 정기를 그 집에 보냈을 때도, 정기를 늘 귀빈처럼 대접하고 사랑으로 아껴준 것을 고마워했다.

병규 씨가 죽고 난 후에도 그녀는 다른 곳으로 떠나가지 않았다. 형님을 친언니처럼 모셨고 큰집 아이들도 잘 거두었다. 집안에 잔치나 일이 있을 때는 큰집에 찾아가서 열심히 집안일을 도왔다. 그녀는 평생 동안 봉사와 헌신을 생명처럼 사랑하면서 살았던 여자였다.

나중에 선혜가 늙어서 죽었을 때는 둘째아들 정기가

"작은 어머니 — !"

소리치면서 미친 듯이 통곡했다. 친어머니보다 더 깊게 모자 사이로 정들었던 것이다.

양심이 고운 그녀의 약속처럼 선혜가 낳은 자식은 없었다. 둘째아들 정기가 작은 어머니의 제사를 맡아서 정성들여 지냈다. 정기는 유독 작은어머니를 좋아했다.

마치 그녀가 낳은 아들 같았다. 전생에서는 그녀의 친아들이었을지도 모를 만큼.

매사에 고아하고 여자로서 기품이 있었기에 김병규 씨에게 정신적 언덕 같았던 선혜. 긴 세월 사랑했기에 마음으로는 소유하고 싶었지만 선혜는 정신적 사랑을 원했다.

그녀의 영혼은 높은 곳에 있었다. 그녀인들 왜 사랑하는 남자 병규 씨를 받아주고 싶지 않았을까.

슬픈 사랑을 안으로 삭이면서 천성적으로 타고난 수도자처럼 무소유 정신을 실천했다.
온 세상 사람들에게 정신적 의지 처로, 깊은 산속 옹달샘처럼 해맑은 성품으로 오로지 봉사하는 삶을 살았던 그녀는, 세속의 사람이 아니라 하늘에서 온 아름다운 천사였다. 관세음보살의 현신이라고 그녀를 아는 사람들은 다들 생각했다.

〈단편소설〉

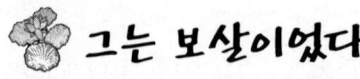 그는 보살이었다

"세상에, 세상에, 그럴 수는 없어! 젊은 여자도 아니고, 남편이 시퍼렇게 살아있는데, 자식을 보더라도 그럴 수는 없어! 내 시어머니가 그런 사람이었더란 말인가?!"

"내가 갑자기 들이닥치지 않았더라면 우리는 어머니가 저런 행동을 하는 것을 까맣게 모르고 지낼 뻔했잖아. 남부끄러워서 못살겠네. 늙은이가 망신살이 뻗쳤어. 이 사실을 그이한테 어떻게 얘기하지?"

"그렇지만 안할 수는 없는 일이야. 무슨 손을 써야지 그냥 넘어가서는 절대로 안 된다구."

기련은 거리를 걸으면서 미친 여자처럼 혼자 중얼거렸다. 손발을 부들부들 떨고 있었다. 못 볼 것을 보았다는 충격이 종내도 가시지 않고 있었다.

한 도시에 살면서도 지역적으로는 먼 거리였기에, 오래 찾아뵙지 못한 시어머니를 보러 기련은 아침 일찍 집을 나섰다. 그녀의 손에는 선물이 한 아름 들려 있었다.

남편이 장남임에도 불구하고 결혼하자말자 따로 살림을 내준 것을 그녀는 무한 고마워하고 있었다. 두 시간이 넘도록 두 번을 갈아타고 온 버스에서 내렸다. 시집이 있는 곳은 대신동의 조용한 주택가였다.
　드르륵 —
　기련은 현관문을 열었다. 밤중 잠자는 시간이 아니면 집에 사람이 있을 때는 문을 잠그지 않는 습관이기에 누구나 편하게 드나들 수 있었다. 피곤하고 배고픈 사람들은 집에 아무도 없는 시간에도 낮에 들어와서, 밥을 먹고 쉬어 가기도 했다. 사람을 좋아하고 인정 많은 김 여사가 그렇게 하라고 아는 사람들에게 미리 말했던 것이다 평소에도 안주인을 찾아오는 방문객들이 많았다.
　"어머니."
　기련은 시어머니를 부르면서 마루로 올라섰다.
마루 바로 옆이 방이었고 열려있는 방문으로 발을 디밀었을 때 아랫목에 누워있는 시커먼 머리가 보였다.
시어머니인가 하고 다가서다가 기련은 우뚝 섰다.
　발이 그 자리에 얼어붙었다. 그것은 남자의 머리통이었다.
겉보기에 시아버지는 아니었다. 시아버지는 집에 계시지도 않았다. 시동생들도 모두 학교에 가고 없는 시간이었다.
부엌에서 달그락거리는 소리가 들렸다. 시어머니가 부엌에서 일을 하고 있다는 것을 소리와 느낌으로 알 수 있었다.
　그렇다면? 기련은 주춤주춤 뒷걸음질 쳤다.
　가슴이 후들후들 떨리고 있었다.

이상한 상상으로 눈앞이 샛노래졌다.

시어머니는 부엌에 있어서 집안으로 들어서는 며느리를 보지 못하고 부르는 소리도 듣지 못한 것 같았다.

기련은 시어머니를 다시 부를 용기가 나지 않았다.

뒷걸음질 쳐서 현관으로 나갔다. 신발을 서둘러 신고 소리 안 나게 현관문을 빠져나왔다.

가지고 온 선물을 마루에 놓고 갈까 생각했지만, 시어머니가 그것을 보면 며느리가 왔다가 간 줄 알고 얼마나 부끄러울까 하는 생각에 선물꾸러미를 그대로 들고 나왔다.

　기련은 집으로 돌아가면서 얼굴이 화끈거렸다.

시아버지가 긴 세월 객지에 나가 있고 몸이 약한 병자이긴 하지만, 자식을 몇이나 출가시킨 어머니가 그게 할 짓인가 싶었다. 기가 막혔다.

　시어머니 김 여사는 남편이 병으로 긴 세월 시골에서 요양을 하면서 가정을 떠나 있었지만, 혼자 몸으로 돈을 벌어서 수많은 자식들을 건사하고 공부도 시켰다. 그녀가 밤잠을 아껴가며 죽도록 일했어도 가난을 면키는 어려웠지만.

　명문 경남중학교 출신의 두뇌가 우수한 길환은 인문학교나 대학에 진학하지 못하고 부산공고 전기과를 나와 바로 직업전선으로 뛰어들었다. 길환이 장남임에도 결혼하자 바로 살림을 내주었다. 위로는 누나 둘이 출가를 했고, 아래로 여동생 하나와 나이 어린 남동생들이 줄줄이 셋이었다. 결혼 후 시집에서 많은 식구들이 바글거리며 함께 살았다면 기련은 맏며느리 노릇을 하느라고 하루도 몸 편한 날이 없었을 것이다.

시동생들 뒷바라지와 여러 가지 장사 일을 동시에 하는 김 여사는, 몸이 열 개라도 모자랄 지경이었지만, 워낙 여장부형인 그녀는 매사에 적극적으로 혼자서도 살림을 잘 꾸려가고 있었다. 결혼을 앞두고 김 여사는 동래 정씨 며느리를 앞에 앉히고 차분하게 얘기했다.

  "얘야, 시아버지의 오랜 병으로 식구들이 모두 고생하고 살아서, 장남이지만 너희들에게 물려줄 재산은 하나도 없다. 능력 있는 남자는 자수성가로 혼자 힘으로도 얼마든지 성공할 수 있다. 나는 내 아들을 그런 강인한 정신력으로 키웠고, 그런 사람으로 평생을 살기를 바란다. 재산을 많이 물려주고, 과보호로 키우는 것은 자식의 장래를 망치는 일이다. 그런 남자는 나중에 큰 인물이 되지 못한다. 지금은 어려워도 니 남편이 나중에 꼭 크게 성공하고 출세할 거다. 내가 천석꾼을 하던 명문의 집에 시집을 가서 위로 두 딸을 낳자, 시어머니가 절에 가서 날마다 백일치성을 드렸고, 기도 후에 엄청난 태몽을 꾸고 태어난 첫아들이 바로 니 남편이다.

머리가 셋 달린 무시무시한 용이 천지가 뇌성벽력을 치는 속에서, 눈을 부릅뜨고 내게로 달려오더구나.

거대한 용이 내 치마폭으로 확 달려드는데, 너무 놀라서 나는 뒤로 벌렁 나자빠졌지. 그 순간에 꿈을 깨었는데 아기가 들어섰단다. 지금도 그때 태몽을 생각만 해도 무시무시하다. 용이란 동물을 꿈에서 처음 보았단다.

그래서 그 애는 희귀한 태몽 때문에 집안족보 항렬을 따지지 않고 이름을 병용炳龍이라고 지었다.

갑을병 중에서 병이 석3을 뜻하고 용龍 용자를 넣어서. 생일도 음력으로는 신묘년 10월 13일이지만, 양력으로는 11월 11일 밤 11시에 태어났단다. 한 1자만 생일생시에 가득한 이상한 아이였지. 일부러 날짜와 시간을 맞춘다고 해도 그런 우연은 없을 거다. 둘째딸도 양력 1월 11일 밤 11시에 태어났단다. 둘째딸도 그랬고, 니 남편도 어릴 때부터 고향에서 신동이라고 불렸다. 도시의 학교에 입학하자 바로 두각을 나타내었고, 다른 애들보다 생각하는 것도 무척 빨랐다. 천재라고 소문이 자자했었다."

"니 남편이 초등학교 2학년 때 한글백일장에 나가서, 그날 주제로 주어진 〈교문〉이란 제목으로 글을 써서 장원을 했는데, 보호자도 없이 혼자서 참가한 어린이가 고도의 추리소설 같은 동화를 즉석에서 써내었다고 하더구나."

"그날 작품을 읽은 국제신문 문화부 기자가 집으로 찾아왔다. 열 살 미만의 어린 나이에 그런 탁월한 상상력으로 추리소설 같은 작문을 써내는 것은 도저히 불가능한 일이라고 심사위원들이 다들 혀를 내둘렀다고 하더구나."

"그날 기자가 인터뷰를 해가더니 〈천재소년〉이란 박스기사가 신문에 대문짝만하게 실렸단다. 그 백일장에서 장원을 했던 다른 누구도 그런 취재는 안했다는데, 유독 어린 초등학생 한 명에게만 신문사가 베풀어준 유별난 특혜였다."

"이 소년은 천재입니다. 어릴 때부터 행동이나 생각이 분명히 남달랐겠지요?" 하면서 기자가 내내 감탄하더구나. 그때는 아버지가 병으로 시골에 요양 떠난 후라 가정형편이 어려웠는데, 기자는 그런 사실까지도 세세하게 메모해 갔다."

"다음날 신문에 난 그 기사를 읽은 영국인 미혼 여교사(아리스 에몬스)가 스스로 나서서 양모가 되어 길환이 고등학교 졸업 때까지 학비를 전액 보조해주었었다."

하병용은 '길환(吉煥)'이란 이름과, 족보의 항렬로는 하재희란 이름을 따로이 갖고 있었다. 역사에 오른 이조의 선비들 중에서 빼어난 인재가 여러 이름을 가지고 있듯이, 고향의 할아버지는 손자인 길환에게 세 가지 이름을 주셨고 유독 애지중지하셨다.

기련 역시 길환과 만나서 교제를 할 때 그가 예사 남자가 아니라는 것을 피부로 느낄 수 있었다. 두뇌가 우수하고 자질도 빼어났다. 매사에 자신감이 차있었고 無에서 有를 창조해내는 남자였다. 그가 이십대에 순전히 자수성가로 사업을 시작했을 때, 은행지점장들이 제 발로 길환을 찾아와서, 무無저당으로 사업자금을 얼마든지 빌려줄 테니, 마음 놓고 사업을 하라고 권했다. 나이 스물여섯 젊은이에게 은행이 당좌수표를 개설해주었다. 행운이 저절로 찾아들었고 긴 세월 도움을 주었다.

"예사 사람이 아닌 당신의 소문을 전해 들었습니다. 당신의 대쪽기질도 익히 알고 있습니다. 우리는 당신을 믿고, 신용대출을 권하려고 찾아왔습니다. 필요한 만큼 얼마든지 우리 은행의 돈을 장기 저리로 가져다 쓰십시오. 그것을 발판 삼아 꼭 사업가로 성공하십시오. 우리가 계속 뒷받침을 해드리겠습니다."

오십대의 지점장은 이십대의 청년에게 머리를 깊숙이 숙였다. 길환은 그때 생각지도 않은 행운 앞에서 잠시 멍했다. 하루하루를 최선을 다해서 속임수를 쓰지 않고 열심히 살아왔을 뿐인데, 자신의 삶을 누군가가 지켜보고 있었던 것이다.

기분이 좋았다. 신의 도움이라고 마음속으로 감사했다.
　그는 탄탄대로를 달려서 삼십대 초반에 주식회사 사장이 되었다. 친구들을 데려다가 직원으로 채용했다. 그는 보스 기질이 있었다. 하는 일마다 승승장구였다.
여장부 김 여사의 아들다웠다.
아내도 동래정씨로 언양에서 행세하는 집안의 딸이었다.
　위의 성공담은 나중 얘기인데, 그들이 결혼할 당시는 집이 몹시 가난했다. 길환이 결혼한 후에도 김 여사는 아들에게 생활비를 의지하려는 마음이 없었지만, 기련은 형편껏 시모에게 드릴 생활비를 준비해서 찾아온 것이었다. 그리고 방안에 들어섰다가 이상한 광경을 목격하고는 놀라서 뛰쳐나온 것이었다.
　먼 외곽지역의 집까지는 두 시간을 족히 가야하는 거리였기에 기련은 차안에서도 조바심이 났다. 이건 남편에게 비밀로 할 일이 아닌 것이다. 분란이 나더라도 그이에게 알려야 한다.
　기련은 시모가 괘씸하게 생각되었다. 세상 풍파에 시달리지 않은 새댁의 마음이라 이불 속의 남자를 본 상처는 더 크고 충격적이었다.
　'세상에, 세상에 우리 시어머니가 저런 여자인 줄 몰랐네. 아이구, 아버님이 이 사실을 아신다면 뭐라 하실까? 마음 착한 우리 아버님만 불쌍해……!'
　기련은 얼굴이 붉으락푸르락해서 똥이라도 밟은 듯했다.
　'남이 하는 연애는 스캔들이고 자신이 하면 로맨스'라고 했지만, 남이 아닌 시어머니가 그런 행동을 한다는 것은 도저히 용납할 수 없는 일이라고 분해하고 있었다.

가게를 겸한 집에 도착하자 길환은 전기 가정용품 수리를 하고 있다가 들어서는 아내를 향해 의아해서 물었다.

"오후 늦게나 올 줄 알았는데, 왜 이리 빨리 왔노. 어머이가 집에 안 계시더나?"

기련은 소태 씹은 표정으로 뻣뻣이 서서 침묵했다.

"당신 표정이 이상하네? 왜? 무슨 일 있었는데?"

길환은 아내가 어머니에게 집안 일로 꾸중이라도 듣고 왔는가 해서 놀란 표정이 되었다. 그만큼 기련의 표정이 어두웠다.

"참 내 세상에…. 이런 소리를 해야 되나, 말아야 되나?"

"무슨 일인데?"

기련은 더 참지 못하고 남편에게 본 사실을 그대로 이야기했다. 길환의 표정도 붉으락푸르락 시시각각으로 변해갔다. 그들 부부는 나이가 동갑이었고 같은 10월생이었다.

"남자가 이불 속에 누워 있더라고? 어찌 생긴 사람인데?"

"누워있는 머리통만 봤다구요. 너무 놀라서……"

"에잇, 내가 당장 가봐야겠다!"

길환은 그 길로 당장 택시를 타고 어머니 집으로 달려갔다. 가면서도 분노로 해서 얼굴이 시뻘겋게 굳었다.

'이건 예삿일이 아니다. 어머니가 늘그막에 장성한 자식들 얼굴에 똥칠을 해도 유분수지.'

부랴부랴 집에 도착한 길환은 현관문을 소리 안 나게 열었다. 벽 쪽에 바짝 붙어 서서 집안의 동정을 살폈다. 아니나 다를까, 기련의 말처럼 방안에는 낯선 남자를 앞에 앉혀두고 어머니가 얘기하는 소리가 들려왔다.

그는 보살이었다

"인자는 어지럼증이 좀 낫습니꺼?"

"으으…. 고마…워, 고마…워."

"약을 자시고 한숨 주무셨으니까 인자는 집에 갈 수 있겠지예. 할아부지, 노인이 허기져서 길에 쓰러져 있으믄 그라다가 초상칠 수도 있습니더. 묵을 기 없으믄 굶지 말고 내일도 우리 집에 오이소. 노인 한 사람 밥이야 얼마든지 나누어 먹을 수 있으니까예."

"으으…, 고마워 고마워. 내 이 은혜… 잊지 않을 끼라…."

"은혜는요, 부모 같은 노인이 굶어 허기져서 길에 쓰러져 있는걸 보고 너무 가슴이 아팠습니더. 우리 집에서 밥도 자시고, 탕약도 마시고, 따뜻한 방에서 한숨 주무시고 난 뒤 정신을 차리니까 내 마음이 너무 좋습니더. 할아부지, 몸이 아프면 언제라도 우리집에 오이소. 내가 병자들 병 낫게 해주는 의사인 기라요. 내가 달여 주는 약 묵고 병 안 낫은 사람이 없습니더. 약값 걱정은 안 해도 됩니더. 구걸하는 노인한테 약값을 받겠습니꺼. 내 약 묵고 병 낫으면 적선하는 기지예."

"이런 고마…운 사람…이 세상…에 또 있…는가……."

노인은 숨이 찬 듯 말소리도 어눌하게 떨면서 울먹이고 있었다. 현관의 벽에 붙어선 길환은 가슴을 쓸어 내렸다. 집안에 들어섰다가 이불 속에 누운 낯선 남자의 머리통만 보고, 아내 기련이 크게 오해를 한 것이다. 천행이라고 생각했다. 잃어버린 자존심을 되찾는 순간이었다.

길환은 비로소 마루로 올라섰다.

"어머이, 저 왔습니더."

"아이구, 니가 낮에 우짠 일이고. 어서 온나."
 길환은 성큼 방으로 들어섰다.
방안에 앉아 있는 사람은 거지노인이었다.
온몸에 땟국이 자르르 흐르는 남루한 옷을 입었고, 자신의 몸을 잘 추스르지도 못하는 팔순 노인이었다.
방바닥을 짚고 겨우 앉아 있었다. 노인 앞에는 밥상이 차려져 있었고, 노인은 따뜻한 식사 후에 탕약을 마신 듯 상위에 약그릇도 보였다.
 김 여사의 얼굴에 미안한 표정이 스쳐갔다.
거지노인 앞에서 행여 아들이 전처럼 못마땅한 표정을 지을까봐 염려하고 있었다.
 길에서 거지를 만나면 그가 여자든 남자든 집으로 데려다가, 가족이나 진배없이 따뜻한 음식을 밥상에 차려서 내놓는 습관 때문에, 예전의 아들딸들은 노골적으로 화를 내었었다.
거지가 먹던 밥상에서 기분 나빠 어찌 밥을 먹을 수 있느냐고. 상 앞에 앉기만 해도 밥맛이 떨어진다고.
 그럴 때 김 여사는 단호한 표정으로 아들딸을 나무랐다.
 "거지도 똑같은 사람이다. 돈이 없고 가난해서 거지가 되었을 뿐인데 그런 소리 마라. 죄 받는다. 저런 사람들도 살다가 사연이 있어서 거지가 되었지, 태어날 때부터 거지는 없다."
 쉽게 수긍하지 않는 아들딸에게 김 여사의 훈계는 계속되었다.
 "밥상은 깨끗이 닦아 쓰면 그만이지, 거지가 묵은 상이라고 똥이라도 묻었다더냐. 기분 나쁜 놈들은 이 집 밥 묵지 말고 돈 줄 테니 나가서 식당에서 사 묵어라!"

불평하는 아이들에게 돈을 방바닥에 홱 집어던지던 김 여사였다. 어미가 좋은 일을 하는데 칭찬은 못할망정 방해하지 말라는 엄명이었다. 해서 여러 자식들은 거지가 받아먹던 상에서 우거지상으로 얼굴을 찌푸린 채 밥을 먹어야 했고, 김 여사의 그런 습관은 평생 동안 변치 않았다.

"아까 낮에 '어머이' 하면서 날 부르는 메느리 소리가 들린 것 같았는데, 부엌 일 하다가 잠시 후에 내다보니 없더구나. 걔가 왔다 갔제? 와? 니한테 이상한 소리 하더나?"

영리하고 눈치 빠른 김 여사는 먼 곳에서 아들이 급하게 달려온 사태를 먼저 짐작하고 있었다.

"날씨도 추운데 노인이 길바닥에 쓰러져 있더라. 자식이 내다 버렸는지 몇 날을 굶어서 말할 기운도 없는지 물어도 대답도 못 하더라. 그대로 두면 그 자리에서 죽을 것 같더라고. 하도 불쌍해서 내가 노인을 부축해서 집에 데리고 왔다. 추워서 벌벌 떨어 쌓기에 내가 부엌에서 음식을 차리는 동안에 몸이라도 녹이라고 이불을 깔아 눕혀 주었다."

"나는 뒷마당에서 허기진 노인한테 줄 약을 달이고 있었는데, 그때 메느리가 왔는 갑지. 왔으믄 집에 들어오지, 와 바로 가 삐리노? 시어미를 무슨 못할 짓이라도 하는 여자로 오해를 단단히 한 기제? 그러니 니가 또 헐레벌떡 달려왔지."

김 여사는 거지노인이 대화를 듣지 않도록 조심했다. 아들을 구석 쪽으로 데리고 가서 경위를 설명했다.

"옛날부터 하던 일인데, 에미를 그리 모르나?"

길환은 기련이 어머니에게 혼날 것 같아서 변명했다.

"어머이, 우리사 어머이가 불쌍한 거지들한테 인정이 너무 많은 것을 알지만, 며느리야 겪어보지 않았는데 어찌 알겠습니꺼. 낯선 남자가 이불 속에 누워있는 걸 보았는데, 놀래는 기 당연하지요."

"저 할아부지 몸에 병이 낫고 기운 차릴 동안에 날마다 우리집에 오라 캤는데, 늙은 에미가 샛서방 봤다고 엉뚱한 오해나해라. 그런 인간들은 하늘에서 천벌 받는다."

김 여사의 목소리가 커졌다.

노인이 눈치를 채었는지, 비틀거리면서 일어서려는 것을 보고 김 여사는 거지노인에게 달려갔다.

"잠깐만 계시이소, 할아부지. 창고에 가면 지팡이가 있을 낀데. 그라고 그 옷이 너무 더럽고 남루하니까 우리 아이들 아부지 입던 헌옷이라도 드릴 테니까 입고 가이소. 할아부지 입은 옷은 너무 낡아서 내삐리야 되겠네요."

김 여사는 장롱 서랍을 열고 남편의 옷가지들을 꺼내었다. 두툼한 잠바와 노인의 몸 크기에 맞는 바지를 골라내어 노인에게 건네주었다. 내의도 함께였다.

"밥도 주…고 약…도 주고, 이제…는 옷까지……."

노인은 또 울먹였다. 세수도 안 한 눈가에서 지저분한 진물이 흘러내렸다. 손을 부들부들 떨고 있었다.

"남는 옷입니더. 우리한테는 많고 할아부지한테는 없는 옷을, 조금이라도 가진 사람이 할아부지 같은 불쌍한 사람들 하고 나누라고 있는 옷입니더. 내 밖으로 나갈 테니까 방에서 갈아입으시이소."

그는 보살이었다 75

김 여사는 옷을 노인 앞에 놓고는 지팡이를 찾으려고 창고로 갔다. 어머니가 무슨 뜻을 암시하는지 길환은 느낌으로 알아차리고 거지노인 곁으로 다가앉았다. 노인의 몸에서는 역한 냄새가 났다. 길에서 노숙으로 산 노인임이 분명했다. 옷이 낡아서 곳곳에 구멍이 숭숭 뚫려 있었다.

길환은 불편한 노인의 옷을 벗겨 주었다. 노인은 아직도 눈에 눈물을 매달고 있었다. 일어서다가 엎어져서 무릎이 깨어졌는지 상처가 난 곳에 붉은 색 머큐롬과 연고가 발라져 있었다. 역시 어머니의 따뜻한 인정일 것이다.

길환은 부엌으로 가서 따뜻한 물에 수건을 적셔서 노인의 얼굴과 몸을 닦은 뒤, 깨끗한 내의로 갈아 입혀 주었다. 자신의 손이 성스러워지는 것 같은 이상한 즐거움을 느꼈다.
어머니 역시 이런 기분이 아니었을까 싶었다. 거지노인이 비로소 사람 행색이 되었다.

아들이 행하는 행동을 김 여사는 뒤에 서서 흐뭇한 눈으로 바라보았다. 그래, 너는 역시 내 아들이구나! 하는 표정이었다.

"혼자서 집을 찾아가실 수 있겠습니꺼?"

바깥에 나와 지팡이를 들려주면서 김 여사가 물었다.

노인은 고개를 끄덕였다. 훨씬 기운을 차린 모습이었다.

"우리 아들놈…한테 말해…줄 것이여."

노인이 가는 뒷모습을 김 여사는 한참을 바라보았다.

"저 노인의 아들도 뭔가 아프게 느끼는 게 있을 끼다."

방안에 들자 김 여사는 아들과 마주앉았다. 이제부터 어머니의 본격적인 훈계가 시작되겠구나 싶었다.

"거지들을 집에 데려와서, 밥 먹이고 옷을 주고 잠재우고 약을 주는 내 행동을 너희들이 아무리 싫어한다고 해도, 나는 죽을 때까지 그렇게 살 것이니 그리 알아라!"

아들이 불평을 말하기 전에 먼저 선수를 쳤다.

"어머이 고집을 누가 꺾겠습니꺼."

"조상이 의성김씨義城金氏 가문이다. 일제시대 나라를 빼앗겼을 때는 부모형제가 목숨도 아까워하지 않고 독립운동을 했고, 해방이 된 뒤에는 정부의 고관대작을 지냈으며, 우리 오빠는 정의롭고 훌륭한 인재라고 박정희 대통령이 뽑아갔었다. 그 당시 대통령 직속 감찰사를 지냈다. 우리 조상들은 나 혼자만 잘살겠다고 하는 욕심 많은 소인배들이 아니었다. 가엾은 중생들, 불쌍한 사람들을 보면 먼저 눈물 흘리는 인정 많은 핏줄이다. 조상 대대로 뿌리가 그런데 너희들이 말린다고 내가 듣겠나?"

"예예, 어머이, 알아 모시겠습니더."

길환은 화가 나서 달려오던 아까와는 달리, 기분이 좋아서 허허거리며 웃었다. 자신이 달려와서 눈으로 확인하지 않았더라면 사건이 어떻게 커지고 비화되었을지 생각만으로도 아찔했다.

"아무리 좋은 일을 한다지마는 저 이불은 내삐리든지 해야겠습니더. 더러운 거지가 누웠던 건데 냄새가 나서 누가 덮겠습니꺼? 옷 갈아입히면서 보니, 그 할아버지 몸에서 지독한 냄새가 나던데…. 나쁜 병이라도 있는지 모르고……."

"이불홑청을 따서 깨끗이 삶아 빨아 쓰면 된다. 일거리는 많아졌지마는 마음이 흡족한 것은 어디에도 비길 데가 없지. 에미는 그런 이불을 빨면서 콧노래가 절로 나온다."

그는 보살이었다 77

김 여사는 남편 앞에서도 자식 앞에서도 언제나 무적의 왕이었다. 말로 하거나 행동이나 누구에게도 지는 적이 없었다.
자신의 고집대로 해야 직성이 풀리는, 여자치고는 너무 강해서 가족 간의 화합이 곤란한 때도 부지기수였다.
"나중에 너거 부부가 이 집에서 잠잘 때, 메느리하고 니하고 덮으라고 꼭 저 이불 내놓을 끼다."
이불을 내버리라는 소리에 김 여사는 아들을 약 올리듯이 조크 했다. 입가에 미소를 배어 물고 있었다.
길환은 "우엑--!" 하면서 구역질로 토하는 시늉을 했다.
"니가 오늘 노인을 옷 갈아 입혀줘서 내가 메느리를 용서해주는 것이다. 안 그러면 오늘 메느리 행동은 회초리 감이다. 시어미한테 물어보지도 않고, 남편한테 달려가서 그런 일을 고자질하다니. 신중하지 못하네. 쯧쯧… "
"나 같으면 그 자리에서 물어본다."
"어머이를 생각해서 안 본 척하느라 얘기 못할 수도 있지예. 어머이는 남자처럼 직선적 성격이라 바로 대놓고 말하지만."
길환은 아내를 두둔하면서, 집에 가서 어머니를 의심한 아내를 단단히 야단치겠다고 약속했다. 하나 사실을 해명하는 것만으로도 그들 부부는 대화가 즐거울 것 같았다.
길환은 자신의 쑥스러움을 변명하듯 토를 달았다.
"밥 먹이고 공짜로 약해주는 것까지는 좋지마는, 제발 거지를 집에서 잠재우지는 마이소. 청결한 아버지가 행여라도 그것을 아시면 누가 좋아하겠습니꺼."
아버지는 공기 좋은 진주 형제 집에 가 계셨다.

집안의 먼지 한 톨도 용납하지 못하는 청결하고 깔끔한 성격인데다, 평생 법이 없어도 살 무골호인 아버지를 떠올리면서 아들이 말했다. 그러자 단번에 김 여사의 반격이 날아왔다.

"먼지 한 톨도 꼴을 못 보는 남자가 대부분 병이 걸린다. 니 아부지가 폐결핵 삼기로 의사도 살 가망 없다고 했던 것을, 칠 년 동안 시골에서 요양하다가 살아난 것이 모두 이 에미의 공덕인 줄 알아라. 내가 길에서 불쌍한 병자들을 보는 족족 데려와서 치료해주고 낫게 해주었으니, 저승사자도 눈이 있어서 니 아버지를 차마 못 데려간 것이다. 주는 만큼 받는 것이 하늘의 이치다. 니 아버지도 내가 해주는 약을 얼마나 많이 자셨노."

"하늘은 스스로 돕는 자를 돕는다는 말, 그게 다 하나도 안 틀리는 진리니라."

그런 소리를 할 때의 김 여사는 만인의 사표요 스승이었다. 김 여사의 눈물겨운 정성으로 남편의 폐결핵도 깨끗이 나았다.

김 여사는 서민들이 모여 사는 산동네(달동네)에 살 때도, 길에서 만나는 가난한 아이들이 몸에 부스럼이 있으면, 무조건 데려다가 진물이 흐르는 상처를 손으로 짜거나 직접 수술을 해서 쑥 뜸질이나 고약을 붙여주고, 세균이 침범하지 못하도록 환부를 붕대로 싸맨 후에, 수술 후에 아파서 우는 아이들은 따뜻하게 달래주고 과자를 사서 손에 쥐어 집으로 돌려보냈다. 그러면 다음날 맞벌이로 공장에 갔던 아이의 부모들이 집에 돌아와서 보고는 고맙다는 인사를 하기 위해 밤중에 집으로 찾아왔다.

"고맙습니더, 이 은혜 백골난망입니더. 북장처럼 부어있던 우리 아이 고름자리가 자고 일어나니 깨끗이 나았습니더."

머리를 조아리면서 한없이 치하했다.
아이를 데리고 나타난 서민 부모는 집안에도 노인환자가 있다고 간절하게 하소연했다. 김 여사가 집에서 약을 조제해서 중병에 든 환자들을 다 낫게 해주었다는 소문을 듣고 찾아온 것이었다. 김 여사는 그들에게 약값을 받지 않고 노인의 병세를 물어서 한약을 조제해서 안겨주었다.

그렇게 하다 보니 약재를 떨어지지 않고 비치해 두려면 돈이 많이 들었는데, 가난한 사람들에게는 무료로, 조금 형편이 나은 사람들에게는 돈이 있을 때 나중에 갚도록 선처를 베풀었다. 부자이면서 병이 나은 뒤에 약값을 떼먹으려는 사람에게는 호통을 치고 싸워서라도 악착같이 약값을 받아내었다.

그것은 김 여사가 세상사는 재미였다. 밤낮 없이 약을 달이느라 하루에 두 시간도 채 잠을 안 자고 하루 종일 서서 일하면서도 지치지도 않는 초인적 힘이었다. 밤새도록 콧노래를 흥얼거리면서 일하는 것을 자식들은 잠자면서 귓결로 들었다.

그녀가 병을 고쳐주는 대상은 꼭 사람만이 아니었다. 주인 없는 개도 차에 치이거나 다리를 절룩거리면, 집에 데려다가 약을 발라 치료해 주었다. 늙어서 병이 난 개에게는 생선이나 소뼈를 고운 물에 밥을 말아서 몇 차례나 먹인 뒤에 기운을 차리면 제 집으로 돌려보내 주었다.

그녀는 스스로 약사보살임을 자청했다.

동네의 경로당 노인들에게는, 자갈치에서 싱싱한 해물거리 재료를 사다가 여러 가지 찜 같은 맛있는 요리를 수시로 만들어서, 큰 함지박으로 이고 가서 나누어 먹이곤 했다.

궁중 요리도 손색없이 만들어 낼만큼 김 여사는 음식 솜씨 또한 빼어났다. 파출소의 경찰관들도 밤낮 없이 수고한다면서 요리를 만들어서 아들처럼 퍼다 먹였다. 부자들의 약을 해주고 번 돈이었다.

경찰들이 가난한 피의자들의 사건을 뒤집거나 부정을 행하면, 찾아가서 호통을 치고 천둥벼락처럼 혼내주었다.

"우리 오빠는 검찰청에 오랜 세월 근무하다가, 정의감이 소문나서 대통령이 인재라고 뽑아 가기도 했었다. 너희들은 눈앞의 작은 이익밖에 볼 줄 모르냐? 부정을 하면 얼마 안 가 직장에서 쫓겨나는 것도 모르냐? 하루살이 팔자가 되는 것도 다 지할 탓이다. 이 한심하고 어리석은 남자들아!"

김 여사의 빼어난 음식솜씨를 칭찬하고, 야간에 출출할 때 그녀가 가져다주는 요리를 학수고대하며 기다려온 경찰관들은, 김 여사의 호통에 쩔쩔매는 시늉을 했다.
무조건 잘못했다고 빌었다.

경찰관들을 찾아가서 호통을 친 날은, 김 여사는 그들에게 줄 음식을 더 정성 들여 만들었다. 함지박에 이고 지고 가서 그들을 대접했다. 그리고 좋은 소리로 타일렀다. 채찍과 당근을 적재적소에 고루 사용할 줄 알았다.
경제적인 어려움을 견뎌내면서 사명감을 가지고 열심히 일하는 바른 공직자는 꼭 희망이 있을 거라고, 국가가 잊지 않고 보답해줄 것이라고, 국가가 못한다면 착한 사람들에게 신이 대신 상을 줄 것이라고 달래었다.

그녀는 도무지 미워할 수 없는 억척스러운 여장부였다.

남자로 태어났더라면, 큰일을 할 여걸이었다.
42세 젊은 나이에 큰일을 하다가 병으로 요절한 그의 오빠처럼, 한 나라를 어깨에 짊어지고 갈 여걸女傑이었다.

그녀는 대쪽기질의 강인한 성품만큼, 악인들이나 부정을 예사로 행하려는 졸부들, 또 약자들을 괴롭히고 완력을 쓰는 깡패들에게는 무서운 여자였다.

만원버스 안에서 소매치기들에게 5돈쭝 금목걸이를 털렸을 때도, 감각이 예민한 그녀는 버스에서 내리는 그들을 악착같이 뒤따라가서 호통 친 뒤 금목걸이를 받아내었다.

"너거가 뻰찌로 내 금목걸이를 끊어 가지고 훔쳐간 걸 나는 다 알고 있다. 목이 따끔했다. 버스 안에서 떠들면 사람들이 놀랄까봐, 내가 너거 세 놈이 내리는 정류소에 따라 내리려고 기다리고 있었다. 우리 오빠가 유명 검찰관이다. 경찰서에 가서 내 금목걸이 내놓을래 —"

처음에는 안 가져갔다고 우기던 건장한 소매치기들 세 명이 할머니 한 사람을 당해내지 못했다.

"할매 금목걸이 저기 나무 밑에 있네요."

금목걸이를 화단의 나무 밑에 휙 던졌다. 김 여사가 나무 밑을 보는 사이에 소매치기들은 부리나케 달아나 버렸다.

김 여사는 중년의 나이에도 불구하고, 말로 해서 안 되는 남자들 앞에서는 초인적인 힘으로 투사처럼 대적했다. 남자들이 하는 운동 같은 것은 배워본 적이 없음에도 그녀의 힘은 장사였다. 무거운 짐을 번쩍번쩍 드는 것도 그랬고, 악인들과 마주 싸울 때는 순간적 헤딩으로 몸을 날려서 화살처럼 돌진했다.

먼저 주먹을 쳐들었다가, 김 여사의 재빠른 헤딩을 맞은 깡패는 이빨이 세 개나 부러지면서 저만큼 나가떨어졌고, 김 여사의 머리에는 상처 하나도 없이 말짱했다.
깡패가 순하고 어리숙한 남자를 상대로 돈을 뜯어내려고 공갈치고 위협하는 것을 보면서 김 여사가 앞으로 나섰던 것이다.
입에서 피를 흘리면서 깡패가 경찰을 불렀고, 경찰이 와서 보고는 그들도 너무 놀랐다.
60대후반의 늙은 할매가 건장한 깡패의 이빨을 헤딩으로 세 개나 부러뜨리다니! 김 여사의 얘기를 들어보니, 남의 돈을 갈취하려던 것을 보고는 정의롭게 나선 노파를 차마 처벌하지는 못하고 부러진 이빨을 물어주라고 했다.
아들이 경찰서까지 가서, 그 남자의 부러진 이빨 세 개 값을 거금으로 물어주어야 했지만, 아들의 돈을 손해 보았지만 악을 물리친 통쾌한 김 여사의 쾌거였다.
아들이 물어준 이빨 값을, 김 여사가 당신의 돈으로 얼마 후에 갚았다. 성격이 경우 발라서였다.
  그 남자는 그 후부터는 김 여사를 길에서 보기만 해도 슬슬 피해 달아났다. 부리나케 골목에 들어가 몸을 숨겼다.
  늙은 여자가 헤딩으로 팔짝 뛰어올라서 깡패의 이빨을 부순 이야기는 두고두고 동네에서 화제 거리였다. 귀신을 보듯이 두려워했다. 깡패들도, 이 동네에 무서운 할매가 산다면서 약자들에게 전처럼 행패를 부리지 않았다. 경찰들도 김 여사의 괴력 앞에서 혀를 내둘렀다. 검찰청의 그 오빠가 전설처럼 **빼어난** 영웅인데, 여동생도 같은 기운을 가지고 있다면서 두려워했다.

그럴 때의 그녀는 무서운 신장神將이었다.

그녀가 장군처럼 빠르게 걸음을 걸을 때는 동행들이 뒤로 뚝 떨어졌다. 고대소설 속의 홍길동 같은 축지법을 쓰는 듯이 가물가물 먼 장소에 일찌감치 그녀 혼자 도착해 있었다.

그녀 주변으로 한다하는 명사나 귀인들이 추종자처럼 모여들었지만, 한편으로는 시샘하고 질투하는 적도 있었다.

자식들도 어머니를 두려워했다. 반항하거나 말을 듣지 않을 때는 가차 없이 뭔가가 날아왔다.

아버지 없이 긴 세월을 살면서, 잘못하는 아들에게는 야구 빠따를 들고 혼내주기도 했고, 이기적인 성품의 자식에게는 강하게 매를 들었다. 스파르타식 교육이었다.

호랑이가 제 새끼를 언덕 아래로 굴리듯이, 혼자서 기어 올라오는 새끼만 인정하고 받아들이듯이, 자립심이 없고 혼자 일어설 줄 모르는 나약한 자식은 매로 다스려서라도 강인한 사내가 되도록 만들었다.

김 여사의 딸들도 어머니 옆에서 무진 고생을 했다.

날마다 잔치 집처럼 수많은 음식을 만들어 내느라, 손 피부가 짓무를 만큼 일은 해도 해도 끝이 없었다.

과거에 김 여사의 친정집도 시댁도 대갓집이었다.

수많은 하인과 몸종, 하녀들을 거느리고 산 그녀였지만, 가난 속에서 살 때는 두 딸이 일꾼 노릇을 했다.

음식 만드는 일이 너무 힘들고 지겨워서 종종 싸우기도 했다. 날마다 음식을 태산처럼 장만하는 그녀의 병적인 행동은, 대갓집에서 평생을 잘 먹으면서 살아온 오랜 습관이었다.

지금은 가난해도, 음식 해먹는 것을 보면 과거 가문의 살아온 수준을 알 수 있다고 한다. 양반 가문인지, 상민의 집이었는지.

불쌍한 사람들에게 조건 없이 베풀기는 잘하면서도, 평생 음식을 잘해 먹는 것 외에 살림 사는 일에는 근검절약이 그녀의 생활신조였다. 남들이 내다버린 집기도 쓸 만한 것이면 주워 와서 고쳐 썼다. 그녀가 주워온 물건들로 집안은 고물상을 방불케 했다. 고장 난 전기제품이나 가구도 뚝딱뚝딱 잘도 고쳤다.

남편이 긴 세월 국가공무원을 지내면서, 부자로 살 때는 안하던 버릇인데, 긴 세월 병든 남편이 불러온 가난이 그녀를 독일 사람 같은 구두쇠로 만들었다. 그랬기에 그녀는 많은 자식들과 살아남았다.

하루에도 몇 번씩 자갈치 시장에서 끝없이 사다 나르는 어머니의 시장 본 함지박을, 어느 날 둘째딸은 견디다 못해 이층 계단에서 아래로 굴려서 엎어버린 적이 있었다.

그날 둘째딸은 과로로 몸살이 나서 몸이 천근처럼 무거웠다. 일을 두고는 쉬지 못하는 깔끔한 성미여서, 온몸이 쑤시는 통증을 참아내면서 부엌에서 일하고 있었다. 열도 났다.
많은 설거지가 겨우 끝나 가는데, 이제는 방에 가서 아픈 몸을 드러누워야지 생각했다. 그때 "자, 이것 받아라." 하면서 김 여사가 또 자갈치에서 태산처럼 시장 봐온 해물들이 든 함지박을 계단에서 딸에게 들이밀었던 것이다.
그날의 어머니는 딸을 혹사해서 죽이려는 원수처럼 보였다.
경로당 노인들이 모두 김 여사가 만들어주는 요리를 칭찬했다.

"맛있다, 맛있다"입에 침이 마르도록 칭찬하니까, 그녀는 신이 나서 돈이 아까운 줄도 모르고, 오로지 음식솜씨 자랑하는 데만 열심이었다. 음식 해 먹이는데 병적이라 할만 했다.

"일에 치어 몸이 아파서 죽을 지경인데, 또 사와요? 동네방네 남들을 공짜로 먹이기 위해서?"

평소 순한 둘째딸은 다라이 가득 사온 해산물들이 담긴 함지 박을 계단 아래로 와락 밀어버렸다. 온몸이 쑤시고 아파서 설거지를 끝내고 방에 들어가 누워야지 생각했는데. 하루 종일 일한 딸에게 잠깐의 쉴 틈도 주지 않고, 부엌에서 음식 만드는 노예가 된 기분이었다.

"저년이! 소중한 음식을 뒤엎는 니는 필히 가난한 집에 시집 가서 배를 곯으면서, 좋은 음식이 그리워 눈물이 날 것이다!"

그날 딸이 몸살이 난 줄 모르는 김 여사는 악담처럼 마구 화살을 쏘아대었다.

둘째딸은 그 후 정말 가난한 집에 시집을 가서, 시모의 호된 시집을 살면서 음식을 제대로 먹지 못해, 첫아이를 임신한 채 영양실조에 걸렸다. 정신적인 고통이 더 컸다. 바짝 말라서 현기증으로 비틀거리면서 2.3kg 체중미달 아기를 낳았다.

아무 집도 김 여사만큼 호화판으로 음식을 해먹지는 않았고, 세 딸들은 시집을 가서 입에 맞지 않는 맛없고 검소한 음식을 입에 익히느라 오래도록 고생했다.

친정에서의 음식습관을 버리지 못해 궁중음식을 선호했고, 시모와 남편에게서 음식 가짓수가 너무 많고, 음식과 간식에 과소비가 심하다는 꾸중도 여러 번 들었다.

그날 나중에야 딸이 끝없는 일 때문에 몸살이 난 것을 알고는 김 여사는 뒤늦게 딸에게 사과했다. 딸의 몸이 고열로 얼굴이 벌겋게 되어 있었다.

 "니는 왜 일을 한꺼번에 다할라 하노. 그란다고 끝나는 일도 아닌데. 병나지 않도록 쉬엄쉬엄 쉬었다가 해라."

 "좀 어질러져 있으면 어떻노. 니처럼 피나게 살림 살면 골병 들어서 병만 남는다."

 "어머니가 끝없이 시장에서 사다 나르는데, 생물을 두고 어찌 잠시라도 쉴 수 있겠어요. 냉장고도 좁은데 생선은 바로 손질하고 음식을 만들지 않으면 상하는데. 눈으로 보면 안할 수 없잖아요."

 "나 집에 있지 말고 취직해서 밖에 나가야겠다."

 긴 세월 사무만 보는 직장생활을 하다가, 얼마간 집에 쉬는 동안 가정부처럼 일에 치이고 골병이 든 둘째딸의 푸념이었다.

 "그래애, 나는 니가 나처럼 음식 장만하는 일을 좋아하는 줄 알았지. 힘들면 이제는 너무 자주 장봐 오지 않으마. 미안하다. 일할 때는 대강 대강해라."

 김 여사는 딸의 손이 거칠어지는 것을 염려해서 고무장갑도 사다 주었고, 딸의 비위를 맞추느라 설거지도 거들어 주었다.

 김 여사는 그만큼 그릇이 컸다. 감당 못할 만큼 통 큰 여자였다. 그녀는 도대체 무엇이든지 손에 들면 못 해내는 것이 없었다. 무소불위였다. 그녀는 신이 선택한 여자였다.

 김 여사가 병을 잘 고친다는 소문을 들은 남자들은 먼 시외에서도 찾아왔고 어떤 때는 일본에서 찾아오는 사업가도 있었다.

그들의 병은 대부분 암이거나 불치였다.
김 여사가 해주는 희한한 약(한의사의 처방과는 약간 달랐다)을 먹고, 의사가 사형선고를 내린 시기보다 십년 이십 년씩 더 오래 살았다. 그럴 때의 그녀는 약사여래였고 지장보살이었다.

그녀는 사람들의 운명도 잘 알아맞혔다.
길가는 멀쩡한 남자도 사흘 후에 죽는다면 정말로 죽었고, 그녀의 예언은 백발백중 들어맞았다. 그녀는 교육을 많이 받은 것도 아니었다. 혼자 자력으로 공부해서 약재를 연구하고 스스로 이루어낸 결과였다.

그녀는 집안에 부처님을 모시고 살았다. 어쩌면 그녀의 곁에는 앞에서 끌고 뒤에서 밀어주는 위대한 영적 존재가 따로 있는 것인지도 모른다. 그분이 바로 부처님인지도.

김 여사가 살아가면서 적을 만날 때, 때로는 억울한 누명을 쓰거나 잘못한 것도 없이 사람들의 입살에 오르내릴 때는, 누군가가 보이지 않는 손으로 그들을 가차 없이 혼내 주었다.
김 여사가 겪는 고통보다 적들에게 더 큰 불행을 안겨주는 것으로 그녀의 가슴속 눈물을 큰손으로 닦아주었다.

그는 이 시대의 보살이었다. 약한 자나 병든 민초들에게는 세상에 꼭 필요한 존재였고 한 시대를 풍미할 여걸이었다.

(2005년 2월)

〈단편소설〉

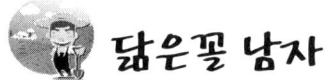 닮은꼴 남자

　세상을 살아가노라면 수많은 인연들을 만난다.
그 중에는 오래 기억되는 좋은 인연도 있고, 세월이 지난 후에 생각해보면 자신에게 나쁜 인연도 있다.
사람들은 저마다 좋은 인연을 만나기를 소망한다. 새해 벽두에 연하장으로 복을 빌어주는 것도 좋은 인연을 만나라는 기원과 덕담일 것이다.
　음력 설날이다. 차례를 지낸 후에 집에 있기가 무료하여 늘 그래왔던 것처럼 여행을 나선다. 부부가 둘 다 여행을 좋아하는 체질이다 보니 휴일에 집에 있으면 좀이 쑤신다. 새로 난 부산 대구간 고속도로를 달려보자는 것이 남편의 제의다. 죽죽 뻗은 새 도로를 달리는 기분을 만끽하고 싶은가 보다.
　나도 가보고 싶다. 그런데, 오래된 고물차가 먼 길 여행을 견뎌낼 수 있을까. 2005년에 교통사고로 발처럼 사용하던 경차를 폐차장에 보낸 뒤에, 남은 화물차로 일요일 외출에 아쉬운 대로 사용해왔다.

화물차는 수령 15년의 고물차다. 시내에서는 그런 대로 탈만 한데, 장거리 여행길에 속력을 내어서 달리면 덜거덕거리는 소리가 귀에 따가울 정도다. 남동생 집에서 몇 년 쓰던 중고를 양도받은 것인데, 우리 집에 와서도 십년을 넘게 사용한 것이다. 하나 남편은 그 차가 수명이 다할 때까지 그대로 타겠다는 고집이다. 그이의 안전을 위해서 좀 나은 중고차로 바꾸라고 가족들이 아무리 성화를 해도, 못 들은 척 마이동풍이다. 보수적 성품이고 워낙 옹고집이니 이제는 포기한 상태다.

며칠 전에 꾼 꿈이 생각난다. 내가 운전을 하면서 가는데, 차를 세우려고 해도 브레이크가 말을 듣지 않았다.

나는 뒤로 눕다시피 다리를 뻗어서 브레이크를 힘껏 밟으며 세우려 애를 쓰고, 차는 내리막길을 그대로 굴러갔다. 위기감에 내 손에는 끈적끈적 땀이 솟아났다. 눈앞으로 달려드는 시커먼 도로가 초보처럼 무섭기만 했다.

"아, 아--" 비명 같은 소리를 내지르다가, 비상수단으로 사이드를 힘껏 올렸다. 그래도 차는 서지 않고 계속 굴러갔다. 차의 엔진은 꺼진 상태로 물 속 같은 정적, 인적도 없이 주변이 조용했다.

'차가 서게 해주소서, 서게 해주소서!'

핸들을 잡은 채 마음으로 간절하게 기도를 올렸다. 경사진 다리 아래로 수십 바퀴를 더 굴러가던 차가 속도를 조금씩 늦추면서 스르르 멎었다. 개천가였다.

바퀴가 더 굴러 갔으면 물에 빠질 수도 있었다.

"오 - 부처님, 고맙습니다!"

차를 한적한 담벼락에 바짝 붙여서 간신히 정지했다.
다행히 사고는 면했다. 온몸의 기운들이 탈진상태인 양 몸에서 연기처럼 빠져나갔다.
　　차를 타면서 남편한테 꿈 이야기를 했다.
내가 대형 교통사고를 당한 후에는 그런 불안한 꿈들을 자주 꾼다. 늘 꿈속에 자동차가 보이고, 내가 운전을 하는데 위기상황이 닥친다. 사고를 당했던 불안감이 잠재적으로 뇌 속에 남아, 가위눌림처럼 그런 현상으로 나타나는 모양이다.
남편이 운전하는 차의 조수석에 앉아서도, 다른 차들이 우리 차 앞에 끼어들기를 하려고 하면, 입에서는 아아 - 말은 안 나오고 신음소리 같이 앓는 소리를 뱉으면서 무의식적으로 손이 먼저 나간다. 손바닥을 길게 뻗어서 '제발 오지마' 하는 시늉으로 그 차를 막는 것이다. 그이도 요즘 들어 이상한 내 행동을 보았는지 혀를 찬다.
　　"전에는 안 그랬는데, 니 사고 난 뒤에는 차를 굉장히 무서워하네."
　　"그래요. 차가 끼어들면 가슴이 마구 뛰고 불안하고 심장이 오그라들어요."
　　심장마비나 정신병이 왜 생기는지 알 것 같다.
　　한동안 밤마다 그런 악몽들이 계속되었다.
운전경력 12년인데, 일요일마다 시외 근교나 타지, 지리산에도 내가 운전해 차를 몰고 다녔는데,
사고 난 뒤에는 운전하고 싶은 마음이 싹 가셨다.
워낙 사고가 컸던 탓이다. 생명이 오락가락했으니까.

육개월이 지났건만 아직도 수술 받은 다리를 절고 있다.
날씨가 추우니까 피노키오 나무다리처럼 무릎 뼈가 삐거덕거리고 뻣뻣함이 불쾌할 정도다.
일요일마다 하늘 가까이 산 정상에 오르던 상쾌함, 좋아하던 등산은 이제 꿈도 꿀 수 없게 되었다. 그럼에도 여행을 좋아하는 버릇은 어쩔 수 없어서, 지팡이를 준비하고서라도 집을 나서는 것이다. 평지 길은 조금씩 걸을 수 있으니까. 명절임에도 차가 막히지 않고 잘 빠진다.
다른 고속도로는 시속 100킬로미터인데, 새 고속도로는 110킬로로 표시되어 있다. 그이는 죽죽 뻗은 새 도로가 신나는지 130킬로 이상으로 계속 달려간다.
"안돼요. 고물차 생각은 안 해요? 늙은 말에 채찍을 가하는 꼴이네. 속도 줄이세요. 휴게소에서 좀 쉬었다 가자구요."
계속되는 내 잔소리에도 그는 들은 척 만 척이다.
화를 내려고 해도, 오늘이 설 정초라는 생각에 첫날부터 입씨름으로 시작하기는 싫다. 속으로 스트레스가 쌓인다. 말을 듣지 않는 그를 보면서 나중에 꼭 후회할 일이 있을 거라고 혼자서 별러댄다.
수성구를 지나 대구 시가지가 보인다.
차에서 단내가 난다. 늙은 말에 채찍질을 가하면서 마냥 달려왔으니 당연한 일이다. 몇 년 만에 와 보는 대구지리가 낯설어서, 동촌유원지 표시된 곳을 지나 우회전해서 개천을 따라 변두리 지역으로 돌아 들어갔다.
저속으로 속도를 줄이던 그가 낭패스러운 표정이 된다.

"어! 이상하게 차가 안 나간다. 힘이 없다."
 엔진이 하품하듯 저절로 꺼져 버린다. 좁은 길에 차가 서버렸다. 뒤에서 줄줄이 차가 오고 있었기에, 남의 진로를 방해할 수 없어서 내가 내려서 뒤꽁무니에서 차를 밀었다. 혼자 미는 힘으로도 시동 꺼진 차가 십여 미터는 너끈히 굴러갔다. 명절이라고 차려입고 나온 개량한복 긴치마가 신발에 마구 밟힌다. 치마를 추슬러서 허리끈에 접어 올리고 다시 밀기를 시도한다.
힘을 쓰니까 아픈 다리에 통증이 온다.
여자 혼자서 화물차를 미는 것이 안돼 보였는지, 뒤의 승용차를 탄 남자가 내려서 미는 것을 거들어 주었다.
어느 고물상 담벼락 아래에다 가까스로 차를 세웠다.
결국 올 것이 오고야 말았다. 시동 꺼진 차가 미는 힘으로 십여 미터를 굴러가서 외진 담벼락 아래에 정지했다.
앞에는 넓은 개천이 있는 곳이라서 위험한 지역이다.
담벼락도 꿈속 풍경과 비슷하다.
남편은, 아까는 내 꿈이 사고 후의 신경성이라고 했다.
그이는 내 꿈이 뒤늦게 현실로 다가오는지,
 "야, 그 꿈 희한하게 맞네."
 표정에는 걱정이 태산이다.
왜 아니랴. 우리가 사는 곳이 아니고 먼 객지이다.
또 오늘은 설이라서 카센터는 전부 놀고 있다.
대구 지리에도 어둡다. 어디로 가야 수리점이 있는지도 모르는, 시골처럼 후지고 한적한 변두리다. 근처에 낡은 비닐하우스만 널브러져 있다.

주변에는 인가 하나 보이지 않는다. 둘이서 낭패스러운 표정으로 서있자, 봉고 차를 몰고 지나가던 남자가 차를 세우고 차창으로 말을 걸어온다.

"시동이 안 걸린다면 밧데리가 다 되었나 봅니다."
차들이 많이 지나갔는데, 유독 그 남자만 말을 걸어온다.
"밧데리는 새것을 갈은 지 얼마 안 되었는데요."
시무룩해서 그이가 대꾸한다. 잔뜩 풀죽은 우거지상이다.
"부산에서 왔는데, 15년 된 고물차로 고속도로를 너무 과속으로 달려서 그래요. 차에서 단내도 나더라구요."

내가 옆에서 거들었다. 자동차 정비에 대해서 아는 사람이라면, 원인을 정확히 알려주는 것이 상책이다. 그래야 고장의 감을 신속하게 알 수 있으니까.
자신의 만용과 실수를 숨기는 것이 이럴 때는 전혀 이롭지 않다. 시간낭비일 뿐이다. 남편은 오래된 형광등처럼 감각이 둔해서 늘 터지고 난 뒤에야 후회한다.
함께 살아오는 동안 경험을 수없이 했다. 그는 늘 자신의 생각만 중시한다. 다른 사람의 말은 절대로 듣지 않는 옹고집이다.

"그러면 부속이 타버렸을 수도 있는데요. 보험회사에 연락하시죠."

이런 경우 보험으로 서비스 받을 수 있는 종목은 아예 추가로 들지 않았다고 했다. 그는 보험료로 몇 만원 더 내야하는 불입금을 아낀 것이다. 금전 쓰는데 굉장히 구두쇠다.
오늘이 설이라서 보험사 직원들이 다 휴가 받아 고향으로 떠났을 텐데, 가족이 모인 시간을 빼앗고 싶지 않다.

휴가는 이제 시작이니까. 남편이 고개를 흔들면서 보험사에 연락하지 않겠다고 하자
"그래요?"
'오래된 차인데 그런 것은 좀 들어두시지 않고'
하는 표정이다가, 봉고 차안에 사람이 타고 있었던지 그는 갈 길을 향해 떠나가 버렸다. 우리의 낭패는 고독한 섬이었다. 당장 어찌해볼 도리가 없었다. 시간은 이미 세 시를 넘어서 점심 때가 한참 지나 있었다.

몇 년 전 겨울, 설에 여행을 나섰다가 안동의 하회마을에서 설날을 고스란히 굶었던 기억이 떠올랐다. 식당마다 찾아 들어갔지만 돈이 있어도 음식을 팔지 않았다. 자기들 조상 제사를 지내야 하기 때문이라고 했다.

아무리 사정해도 막무가내 고개를 흔들었다.

춥고 배고픈 명절거지였다.

저녁을 먹지 못하고 이곳저곳을 장시간 헤매다가, 주차한 곳으로 와보니 차는 눈길에 타이어가 꽁꽁 얼어붙어 있었다. 칠흑같은 어둠 속에서 빙판 바닥에 얼어붙은 차를 돌로 쳐서 떼어내는 데만도 장시간 죽을 고생을 했다.

돌도 전부 눈 덮인 땅에 얼어붙어서 좀체 구할 수 없었다. 흔한 돌멩이도 약에 쓰려면 너무 귀했다.

어찌나 혹한이었던지 차 열쇠도 열쇠구멍에 들어가지 않았다. 차체가 손에 쩍쩍 달라붙었다.

남편이 쪼그리고 앉아 입김으로 후후 불어서 열쇠구멍 속을 오랫동안 녹이고서야 겨우 차 문을 열 수 있었다.

후레쉬도 없이 칠흑 같은 어둠 속에서 도둑처럼 차를 땅에서 떼어내고, 먼 시내로 되돌아 나와서 자정 가까운 시간에 겨우 허기를 때웠던 끔찍한 기억을 되살렸다.

그날 우리는 길에서 입씨름을 했다.

"우리 집 따뜻한 방 놔두고 거지처럼 한데서 이게 도대체 무슨 미친 지랄 발광 고생이고. 설에 배까지 쫄쫄 곯고. 참 미쳤다, 미쳤어!"

그는 허공에다 대고 계속 같은 욕을 뱉아대고 있었다. 듣다듣다 더 들을 수가 없었다. 언제까지 계속하려는지 의문이었다.

"여행 가자고 한 사람이 누군데? 정초 설부터 그렇게 욕해댄다고 뭐가 나아지는 것 있어요?"

"상소리 듣기 싫으니 제발 그만하라구요, 정초니까. 올해 재수도 십리 밖으로 다 도망가 버렸겠다."

욕하는데 지치지도 않고 신경질부리는 남편이 보기 싫어서 내가 핀잔했다. 정초는 화내지 않고 나쁜 말하지 않고, 웃으면서 하루를 잘 보내고 싶은 내 꿈을 일시에 깨어버린 것이다.

'하늘이 무너져도 솟아날 구멍이 있다'
생각하고, 하나하나 차분하게 풀어나가면 되는 것이다. 집 나선 나그네인데 강추위는 견뎌내면 되고, 배고픈 것도 좀 참으면 되지, 한 두 끼 굶는다고 죽기야 하랴. 여행지의 고생도 지나고 보면 추억이 된다.

출발할 때 차안에 비상음식을 미리 좀 준비하자고 했을 때도, 그 지방의 새로운 음식을 맛보고 먹을 거라면서 음식준비를 절대 반대하던 그이였다.

어떤 고난 앞에서도 당황하지 않고 침착한 것이 내 장기다. 여름 태생이라 불처럼 화르르 끓는 남편은 한겨울 태생인 나와는 성격이 정반대다.

불만과 욕설은 건강을 해치고 사건해결에 전혀 도움이 되지 않을 뿐 아니라, 일이 더 꼬여드는 장애만 가져온다. 정초라는 내 설득에 그도 겨우 화를 누르고 안정했다.

불쌍한 명절거지, 안동의 지독한 기억이었다. 하회마을에서 설날에 간판을 보고 들어간 식당마다 쫓겨났으니까.

설 명절 고생이 그때와 비슷한 입장이라면서 기막혀서 우리는 허허거리고 웃었다. 기막히니까 헛웃음밖에 안 나왔다.

남편이 차의 조수석 의자를 들어내어 보니, 밧데리의 연결선도 끊어져 있고, 의자 밑의 엔진 속 전선들도 녹아서 엉겨 붙어 있었다. 겨울이기 망정이지, 무더운 여름이었더라면 과열로 인해서 차에 불이 붙었을 수도 있었겠다.

과속으로 달리던 차들이 도로에서 불이 났다는 것을 뉴스에서도 종종 보아왔다.

"그렇게 속도를 줄이라고 해도 듣지 않더니…. 이십대처럼 쌩쌩 달리면서 기분 낸 결과로, 이제 오도 가도 못하고 큰 낭패 당했네요."

내 말을 절대 듣지 않던 그가 얄미워서 약을 올렸다.

"이런 일은 처음이니까. 나는 어제 나쁜 꿈꾸지 않아서 차가 고장 날 것은 생각도 못했지. 110킬로 도로라서 신나게 달리고 싶었어. 나만 달린 게 아니라구. 다른 차들도 모두 쌩쌩 앞질러 갔잖아."

"그 차들은 모두 고급 승용차였잖아요. 15년 된 고물차를 몰면서 늙은 차 성능에 맞춰서 천천히 달렸어야지요. 뱁새가 황새 따라가려다가 가랭이 찢어진 꼴이네."

"아, 그래도 대구 들어와서 고장 난 것이 천만다행이다. 고속도로에서 고장 났으면 어쩔 뻔 했노. 니 꿈이 영판 맞네. 그 꿈 신통하다."

무안한지 계속 허허거리고 웃었다. 내 말을 듣지 않은 것을 뒤늦게 후회하고 있나 보다.

그는 왜 항상 뒷북을 칠까? 유비무환은 평생 현명한 처사이고 내 인생관이거늘.

설날 아침 부처님께 기도했었다. 나라의 안녕과 가정의 평안, 가족들의 건강을 기원하면서. 더 큰 사고를 예방한 것은 기도 덕분일까. 안동에서처럼 명절에 객지에서 배까지 곯으면 처량하다 싶어서 배낭 속의 먹거리를 꺼냈다. 안동 여행의 교훈이었다. 그도 시장했던지 우선 먹기를 원했다.
골칫덩이 차를 앞에 두고 고민이 겹겹인데 음식이 맛이 있을 리 없다. 음식을 먹으면서도 후 후 내내 한숨이다.
그런 남편이 어린애처럼 좀 불쌍해 보였다.

그때 좀 전의 봉고차 아저씨가 차를 몰고 우리 곁으로 다가왔다. 손님을 역까지 배웅하고 오는 것일까.
그는 차에 대해서 많이 알고 있는 듯했다. 차를 내려서 걷는데, 다리를 많이 절었다. 동병상련으로 마음이 아팠다. 하필이면 나처럼 다리를 저는 아저씨라니…….

"나도 운전하다가 교통사고로 다쳐서 다리를 절어요."

남동생 또래의 사람에게 웃으면서 인사했다.
"저도 운전하다가 교통사고로 다쳤어요."
우리는 교통사고 동창생이었다. 그는 삼십대로 보였다. 보험회사에도 연락 못하면 객지에서 어쩔 거냐고 그는 자기 일처럼 안타까워했다. 봉고를 운전하니까 카센터 아는 곳이 있으면 좀 소개해 달라고 남편이 사정했다.
"오늘은 카센터 아무도 장사하지 않는 걸요."
그는 우리 차안의 의자를 들고는 엔진 속 부속들을 세밀히 살폈다. 이것저것 만져보더니 전선들이 녹아서 부속을 바꿔야 한다고 했다.
자동차 정비를 아는 그는 손으로 고칠 수 있는 것이면 힘닿는 데까지 도우려 했지만, 당장 부속이 필요한 심각한 고장이었다. 그는 휴대폰으로 여기저기 전화했다. 카센터를 연결하고 있었다. 카센터 사람도 쉽게 연락이 닿지 않는지, 아는 사람들에게까지 여러 차례 전화를 걸었다. 목소리가 쉬어 있었다.
전화로는 안 되겠다 싶은지 자신의 차를 몰아서 사람을 찾으러 가기도 했다.
나는 그가 차를 살피는 동안 배낭 속의 과일들을 꺼내어 깎았다. 길에 서서 몇 종류의 과일을 깎기가 불편했지만 고마운 그를 귀빈처럼 대접하고 싶었다.
인상도 몹시 어질어 보였다. 우리의 구세주였다.
"이것 좀 드시지요. 마침 먹을거리가 있어서 다행이네."
그의 입장을 생각하면서 과일을 바쁘게 깎았다. 사과, 배, 단감, 밀감, 삶은 계란으로 가득한 접시를 미소로 내밀었다.

그는 차를 살피느라 꺼멓게 때 묻은 손을 장갑에다 쓱쓱 닦고는 계란과 과일을 집었다. 고마운 손님인데 포크를 준비해오지 않은 것이 참 미안했다.

교통사고를 당해본 사람은 사고의 고통을 알고, 병들어본 사람은 병든 이의 슬픔을 안다. 자동차 고장으로 낯선 외지 거리에서 당황하고 속수무책을 경험해본 사람은 그 안타까움을 알 것이다.

명절날 남의 고장 난 차를 들여다보면서 손을 시커멓게 더럽히고, 불편한 몸으로 장시간 추위에 떨고, 목이 쉰 채로 여기저기 전화를 해대느라 통화료를 올리는 그를 보면서, 나는 얼마나 감동했는지 모른다. 남편도 감동하기는 마찬가지였다. 나이는 우리보다 젊었지만 그는 존경하는 스승처럼 듬직했다.

"젊은 사람이 차에 대해서 많이 아시네요. 나는 자동차 정비를 잘 몰라서."

남편은 고마움을 표정 가득 나타내었다. 그는 운전하면서 떠났다가 스스로 우리를 찾아온 것이다. 그이도 멀리 부산에 있는 아들보다 더 믿음직했으리라.

"운전을 오래 했으니까요."

잠시 쉬면서 '여호와의 증인'이라고 자신을 소개했다.

"여호와의 증인이 집에 찾아가면 따뜻하게 대해주세요."

"예, 그리 할게요. 나는 불교신자입니다."

보답으로 종교를 바꾸라고 해도, 그것만은 안 될 말이었다. 하나 그런 소리는 하지 않았다. 종교에 대해서 몇 마디 나누고 있을 때, 어렵사리 연락이 닿았던지 카센터 사람이 나타났다.

우리의 얘기는 그쯤에서 중단되었다.
카센터 남자는 두세 번 차로 가게를 왔다 갔다 하더니 부속을 갈아주었다. 전선이 녹아내린 부속을 갈고 난 뒤에도, 시동이 좀체 걸리지 않았다.
　비싼 세루모터가 나갔다고 했다.
시동이 걸리지 않는 차를 줄을 매고 좁은 길에서 이리저리 당겨서 겨우 시동이 걸렸다. 새 부속품을 살 돈도 없었고, 부속품도 그 가게에 준비되어 있지 않았다.
　카센터 아저씨는, 세루모터 중고품이 없다면서 부산에 가서 제대로 고치라고 했다. 시동만 꺼지지 않으면 부산까지는 갈 수 있을 거라고 했다. 남편은 불안감에 수리를 완전하게 해달라고 졸랐지만, 명절이라 부속을 구할 수 없어서 불가능하다고 했다. 내일도 마찬가지라고.
　우리의 구세주는 카센터 아저씨가 오자 돌아가려 했다.
우리는 헤어질 시간이었다. 그 전에 그는 목쉰 소리로 힘들게 얘기를 하다가, 내가
　"목이 쉬어서 전화하는 것도 힘들겠어요." 하자, 쉰 목소리는 목의 갑상선 암 때문이라고 했다. 수술 받은 지 얼마 되지 않아서 그렇다고 했다.
7, 8세쯤의 딸이 차안에 타고 있었는데, 젊은 아빠가 일찍이 암 수술을 받다니. 부인이나 가족들의 슬픔은 얼마나 클까. 눈앞의 부녀를 보면서 내 일처럼 안타까웠다.
목 아픈 사람이 여러 곳에 통화하는 것은 얼마나 힘들었을까. 그럼에도 그는 우리를 도와주기 위해 찾아왔던 것이다.

그는 남편이 정성으로 내미는 몇 만원의 수고비도 사양했다. '여호와의 증인'은 은혜를 베풀고 난 뒤 사례를 받지 않는다고 했다. 우리는 그의 이름과 사는 곳을 알고자했지만, 주소도 가르쳐주지 않고 그냥 저 멀리 산 아래 계곡에 산다고만 손가락으로 가르쳐 주었다.

불치인 암이 걸린 것을 알고는, 공기 맑은 자연 속에서 요양하기 위해 최후수단으로 그곳으로 들어간 것일까.

"기도를 열심히 하면 원력으로 병을 고칠 수도 있어요. 진실한 사람에게 종교의 힘은 위대하니까요."

기도로 병을 고친 내 얘기를 들려주고 싶었지만, 남편은 종교니 기도니 그런 소리하는 것을 몹시 싫어하는 성격이었다. 그의 뒷모습을 보면서 눈물이 날 것 같았다.

남편은 차안에 있는 어린 딸에게 만원짜리 두 장으로 과자 값을 건넸다. 남편의 명함도 남자에게 건넸다. 연락이 닿으면 다음에 만날 것을 기약하면서.

교통사고로 다리를 크게 다쳐서 불구가 되고, 젊은 나이에 암까지 걸려서 고생하는 처지임에도, 남의 어려움을 보고는 선뜻 구원의 손길을 내밀던 남자. 그토록 착한 사람에게 왜 운명은 가혹하게 다가오는 것인지 나는 신이 좀 원망스러웠다.

나 역시 성치 않은 몸으로 황우석 박사를 구명운동 하는 일에 동참하고 있었다. 촛불기원 집회에도 자주 참석했다.

아픈 다리로 장시간 추위 속에 서있으면, 귀가 시에는 큰 통증을 느끼고 다리가 퉁퉁 붓는다. 경차를 운전하다가 텅 빈 육차선 도로에서 정면충돌로 사고를 당했다.

클러치를 밟았던 왼쪽다리 무릎이 뼈만 남아있었다고 했다.
수술할 때 내 허벅지 살을 부침개처럼 두 개의 포를 떠서 왼쪽 무릎을 덮었다고 했다. 그 살덩이가 혹한의 밤시간 장시간 서있으면 발목으로 흘러내리기도 했다.
내가 교통사고 당했던 때는 7월말이었다. 과민성 체질인 나는 대학병원에서 약물부작용으로, 치료 중간에 온몸을 깁스한 채로 치료를 거부하고 22일 만에 집으로 도망와 버렸다. 8월 하순에 병원에서 집으로 돌아온 후에, 휠체어와 목발에 의지하고, 남은 치료는 내 주치의인 동네 병원에서 받았다. 아들이 엄마를 간병하면서 집에서 기도로 차츰차츰 회복되었다. 음력 12월 출생 겨울여자인 나는 누구보다 강한 의지력을 가지고 있다.
　황우석 박사 줄기세포 도난 사건은 12월에 발생했다.
그 해의 12월 밤 추위는 유명인 황우석박사의 지나온 삶과 고난처럼 무섭도록 혹한이었다. 그분도 음력 12월 출생이었다. 12월 출생은 성품이 맑고 타고난 운명이 크지만, 폭풍우 앞에 선 나목처럼 칠전팔기로 일어서는 숙명임을 알기에, 같은 시기에 태어난 나도 그분을 돕고 싶었던 것이다. 황 박사는 우리들 손이 닿지 않는 먼 곳에 있다.
그를 도우려고 몸이 성치 않았지만 나도 스스로 나선 것이다. 그분이 명예회복을 하고, 국가적 위기도 회복되었으면 하는 바람으로 날마다 집에서도 기도하고 있다.
　진실한 종교는 사랑과 봉사의 한 길로 통한다.
　종교와 종파를 초월하여, 이웃의 어려움을 내 일처럼 아파하며 헌신하는 것을 즐겨한다.

착한 마음은 천부적으로 타고 나는 것이다. 옆의 사람이 죽어 가도, 못 본 체 외면하고 지나가 버리는 냉정하고 무정한 사람들도 세상에는 많이 있다.

대구에서 만난 그 남자와 나는 정신이 닮은꼴이다.
교통사고로 다리를 저는 것도. 객지에서 자동차 고장으로 우연히 만난 우리의 인연도, 과거 전생에서 억겁을 윤회하던 인연 중의 하나였을까.
작별이 아쉬운 사람. 그가 운전해 가는 봉고 차의 뒷모습을 한참동안 눈물로 바라보았다.
 해거름이 되었고 대구를 여행하려던 우리는 방향을 돌려서 귀가를 서둘렀다. 고속도로에 진입했다.
 체증에 밀려서 섰다 갈 때는, 엔진이 꺼질까봐 그이는 표정이 바짝 얼어 있었다. 조마조마 극구 조심하면서 집에까지 도착했다. 대구에서 부산까지 거리가 일년처럼 길었던 날이다. 남편도 기분이 좋아 보였다.
아파트 주차장이 만원이라, 도로에 차를 댄 후에는 역시 시동이 걸리지 않았다. 십년감수를 한 기분이었다.
남편은 다음날 카센터를 뒤지다시피 해서 차를 고쳤다.
 "차가 고장 난 것은 불행이었지만, 낯선 대구에서 은인을 만나서 참 기분 좋은 날이었다."
 "나는 설 연휴가 끝날 때까지 고장 난 차안에서 한 이틀 자고, 카센터가 문 열 때까지 기다릴 생각도 했었는데."
 그이의 회상이다.

이 글을 쓰면서 나도 그를 회상한다.
암이란 무거운 병도, 하나하나 쌓는 선업으로 병마가 맑은 물처럼 깨끗이 씻겨갈 거라고 생각했다. 그렇게 믿고 싶었다. 그를 위해 부처님께 간절한 기원으로 두 손을 모은다.
　우리가 훗날 그의 따뜻한 인정을 그리워하면서 그 계곡을 찾았을 때, 건강하게 너털웃음을 웃고 있는 그의 순박한 모습을 보고 싶다.
길에 내버려도 아무도 주워가지 않을 오래된 고물차를 타는, 능력 없고 별 볼일 없는 사람들이라고 간단히 무시하지 않고, 성자처럼 다가와서 구원의 손길을 내밀던 남자.
　그날 당신의 인정이 우리를 참 행복하게 했노라 웃으면서 얘기하고 싶다.
　선행을 할 때는 오른손이 모르게 하라는 계율을 실천하듯, 우연히 나타나 해결사처럼 우리의 어려움을 도와주고는, 바람처럼 유유히 사라져간 사람. 한쪽 다리가 활처럼 휘어져 기우뚱한 자세로 팔을 허공에 휘저으면서 다리를 저는 뒷모습이 슬프도록 아름다운 남자. 심심산골 계곡에 살면서 하루하루 맑은 계곡 물처럼 자연을 닮아 가겠지.
　우리는 그의 모습을 오래오래 기억할 것이다.
　그를 또 볼 수 있는 날을 기다린다.

(2006년 1월)

〈단편소설〉

 사랑은 날개가 있다

　창밖에는 겨울바람이 불고 있었다.
창문이 덜컹거리는 것으로 보아 갑자기 급강하한 기온에다 바람까지 합세하여 몹시도 추운 날씨였다. 부엌일을 마친 오 여사는 종종걸음으로 방안으로 들어와서 이불 속에 시린 손을 넣었다.
드르륵-- 현관에서 인기척이 들렸다.
　"엄마, 오늘은 안 나가고 마침 집에 있네."
　추위에 목을 움츠리고 들어서는 사람은 시집간 큰딸이었다. 오 여사도 딸을 보자 반가웠다. 볼이 빨갛게 얼어 있었다. 홀시어머니를 모시고 사는 처지여서 바깥출입이 쉽지 않은 큰딸이, 아침 일찍 친정에 왔다는 것이 의아했다. 집안에 무슨 일이 있나 하고 은근히 염려스러웠다.
　"날씨가 많이 춥제? 어서 온나."
　혜숙은 아랫목의 이불 속으로 파고들었다.
　"이렇게 일찍 웬일이고? 집안은 별고 없고?"
　오 여사는 딸의 표정을 살폈다. 우울해 보였다.

시집간 후 곧바로 두리둥실한 세 아들을 낳아 청상에 홀로 된 시모에게 기쁨을 안겨주었지만, 십여 년을 살아내면서 생활의 위기나 어려움에 부딪히면 친정에 와서 종종 매서운 시집살이 눈물을 보이기도 했었기에, 지레 걱정부터 앞서는 어미의 마음이었다.

"별고 없어요……."

혜숙의 말투에 기운이 없어 보였다.

"엄마, 나 보험회사 나가는데, 보험 하나 들어줘요."

"보험회사에 나간다고? 어리숙한 니가?"

"나간 지 몇 달 됐어요. 아는 집마다 이리저리 돌아다녀도 계약을 얻기가 쉽지 않아…. 계약을 못하면 회사에 눈치 보이고 계속 출근하기도 어렵고……."

"요새 같은 불경기에 보험모집이 얼마나 어려운데 니가 그 일을 한단 말이고? 아무리 나다녀 봐야 공치는 날이 대부분이지. 정서방은 머하노?"

사위가 집에서 소형 전기기구를 조립하는 가정공업을 하고 있는 것으로 알고 있었다.

대다수가 어렵게 살아가는 70년대였다.

"별로 재미없고 손해만 나서 벌써 그만두었어요."

"정서방 요새는 뭐하냐고?"

"그냥 집에서 놀고 있지 뭐……."

"사대육신 멀쩡한 남자는 놀고 있고, 계집은 밖에서 돈벌이하겠다고 엄동 추위에 떨면서 나다닌단 말이가?!"

오 여사의 언성이 높아졌다.

홀시어머니의 외동아들로 과보호 속에서 곱게 자라, 세파를 헤쳐 나가는데 여러 가지 애로가 있을 거라고 생각한 오 여사는 애초에 사윗감으로 그를 극구 반대했었다. 공직에 있던 그녀의 남편 역시 건강이 나빠서 긴 세월을 요양하느라, 혼자 몸으로 고생고생 해가며 여러 자식들을 책임져야 했던 그녀로서는, 맺힌 한恨 때문인지 사윗감을 고를 때도 안정된 경제력과 생활력이 우선순위였다.

남편 대신 가정경제를 이끌어 가는 자신처럼 억척스러운 삶을 살지 않고, 딸은 고운 외모나 품성 마냥 편한 삶을 살게 해주고 싶었다. 딸이 처음으로 사귀는 청년을 집에서 요모조모 뜯어보고 몇 차례 테스트 해본 결과, 세상물정 모르는 철없는 행동으로 오 여사의 눈 밖에 났다.

그랬던 그들이 오 여사의 강한 반대로 몇 차례나 아픔과 우여곡절을 겪은 뒤에, 둘의 애정으로만 끝까지 밀어붙여 결혼을 하고 보니, 아니나 다를까 큰사위가 어려움을 헤쳐 나가는 끈기나 생활력이 없어서 아내를 자주 고생시키는 것이었다.

"그러게 내가 뭐랬노. 곱게 자란 외동아들은 의지력이나 생활력이 없어서 여편네 평생 고생시킨다고 안 하더나!"

혜숙은 남편 세명을 사랑했지만, 세파를 헤쳐 나가는 데는 정신력이 강하지 못하다는 것을 함께 사는 동안 수없이 절감했던 터라 더는 변명할 말을 찾지 못했다.

이웃에 사는 친구의 권유로 보험회사에 출근을 하긴 했지만, 계약을 못하면 뚜렷한 수입원이 있는 것도 아니어서, 최근에는 스스로도 실망과 좌절에 빠져 있었다.

혜숙은 친정집도 어렵다는 것을 알면서도, 하도 답답해서 어머니에게 보험 하나 들어달라고 떼를 써보는 것이었다. 자존심을 무릅쓰고 친구나 친척들, 아는 사람들은 다 찾아 갔다 온 후였다. 형제들에게서 겨우 몇 건의 계약을 얻어내어 명맥을 유지하기는 했지만, 날이 갈수록 계약을 얻어내기가 더 힘들었다.
　오 여사의 눈꼬리가 세모꼴로 곤두섰다. 혜숙은 아차 싶었지만 이미 엎질러진 물이고 쏘아놓은 살이었다.
　"당장 할 게 없으니까 어쩔 수 없잖아요. 그이가 계속 놀기만 할 것도 아니고. 엄마, 보험 하나 들어요~."
　"우리 형편이 지금 보험 들어줄 처지가? 전에 아는 사람 부탁으로 보험 들었다가 어려울 때 해약하려고 하자, 원금은커녕 돈이 한 푼도 안 나오고 여기 저기 손해만 크게 보았다. 그런 보험을 누가 드노?"
　"하도 답답하니까… 이거라도 하는 거지."
　혜숙은 자신도 모르게 그렁하니 눈물이 맺혀들었다.
힘든 삶의 고비를 허리띠를 바짝 졸라매고 넘어오다가, 친정어머니를 만나자 가슴속에 쌓인 슬픔을 털어 내놓고 울고 싶었다.
　경제적인 어려움이 닥쳐도 세명은 혜숙 만큼 절박해 보이지 않았다. 세명이 겨우 돌이 지난 나이에 아버지를 잃고 어릴 때는 어머니가 힘든 삯바느질을 해가면서 그를 공부시켰다.
어머니의 뒷바라지로 사범학교를 나온 그는 초등학교 교사를 지냈지만 몇 년 안 가 교사직을 버리고 나와 버렸다.
그는 참을성이 부족했다. 맘에 들지 않으면 직장을 쉽게 내팽개쳤다. 어느새 그것은 습관이 되었다.

처음에는 의욕을 갖고 뭔가를 시작했지만 오래가지 않았다. 용두사미 격이었다. 해서 늙은 시어머니와 아내가 늘 경제적인 뒷받침을 해야만 했다. 가족들의 생계를 위해 시어머니는 평생 하던 삯바느질을 아직도 놓지 못하고, 혜숙도 한 푼이라도 벌기 위해 거리로 나서야 했다.

노력한 만큼 성과가 있을 때는 어깨에 힘이 났지만, 찾아간 집에서 냉정하게 거절당하고 나올 때는, 자신이 마치 구걸하러 간 거지처럼 느껴져서 혜숙은 한숨과 눈물을 삼켰다. 그녀는 사랑하는 남편의 자존심을 다치지 않으려고 무진 노력을 해왔다.

집에서는 힘든 내색을 감추었다.

그가 스스로 나서서 직업을 찾아줄 것을 마음속으로 염원했지만, 산 입에 설마 거미줄 치랴 하면서 세명은 별반 노력하는 기미가 보이지 않았다.

원래 상냥한 성품의 혜숙이었지만 집에 들면 점점 우울해졌다. 시어머니 앞에서 불만을 호소하지도 못했다.

근간에 들어서 세명과도 정신적인 거리감이 쌓여가고 있었다. 어머니의 말은 옳았다. 결혼은 꼭 사랑으로만 이루어지는 것이 아니었다. 남자라면 강인한 생활력도 필요하고 가족을 거느릴 책임감도 있어야 하고, 어려울 때는 무슨 일이든지 하겠다는 의지력도 있어야 한다. 세명에게는 그런 것이 결여되어 있었다. 홀어머니가 평생을 당신이 혼자서만 뼈 빠지게 고생하면서 외아들을 과보호로 애지중지 키운 탓이었다.

　오 여사는 사위가 집에서 노는지 삼개월도 넘었다는 얘기에 화가 났다. 그냥 보고 있으면 언제 일을 하게 될지 난감했다.

혜숙이 보험회사 사무실로 간 뒤에, 오 여사는 곧바로 사위를 찾아갔다. 식구 수도 적지 않은데 큰일이다 싶었다.
남자가 벌고 아내가 곁에서 보조를 한다면 그나마 참아줄 수도 있다. 함께 벌어 빨리 기반을 잡을 수 있을 테니까. 하나 남자는 집에서 빈둥거리고, 여자가 밖에 나가 가정경제를 책임진다는 것은 아무래도 비정상이라고 생각했다.
늙은 어머니가 시장바닥에서 힘든 한복 삯바느질을 하는 것도 그랬다.
 큰딸 혜숙은 어릴 때부터 공부벌레라 불릴 만큼 공부를 잘하던 우등생이었다. 고등학생 때는 하교 후에 의사 아들 수험생을 가르치는 가정교사 노릇도 했었다. 사회에 나와서도, 혜숙은 국제라이온스 간사 직을 맡아 일하면서 영어를 잘하고 성격이 싹싹해서 남달리 대우를 받았다. 그런 딸이 남편을 잘못 만나 젊어서부터 고생길에 들었다고 생각하자 김 여사는 울화가 치솟았다. 몇 년 전에는 혜숙이 여름 해수욕장에서 계란을 삶아 들고 다니면서 팔았다는 것을 뒤늦게 알고 너무 속이 상했었다.
 아내가 거리에서 그런 장사를 할 때 남편이란 자는 도대체 뭘 했을까? 그때도 놀면서 가만히 보고만 있었단 말인가?
사내는 자고로 가족들을 위해 노동판에 나가서 일해도 흉 될 것이 없지만, 오히려 그런 정신력이 남 보기에도 떳떳하고 자랑스럽지만, 몸 약한 여자가 가족들의 생계를 짊어지고 거리에 나앉는 일은 생각만으로도 괴로웠다.
여자하고 유리그릇은 밖으로 내돌리지 말라는 말도 있지 않은가. 위태로운 것이다.

오 여사는 달동네에 위치한 딸의 집을 찾아 허위적거리며 올라갔다. 대문을 밀고 들어섰다.
　"정서방 있나?"
　안에서 내다보기도 전에 오 여사는 마루 유리문을 드르륵 밀었다. 언덕길을 오르느라 숨이 차서 목소리가 씩씩거렸다.
방안에서 세명이 누워서 책을 보고 있다가 벌떡 일어났다.
갑자기 찾아온 장모의 출현에 놀라서 세명은 미처 인사도 하지 못한 채였다. 결혼 전부터 자신을 반대하던 장모의 강한 성격을 아는지라, 부드럽고 상냥한 아내와는 성격이 판이하게 다른 장모를 세명은 마음속으로 거리감을 두고 있었다.
장모의 잔뜩 굳은 표정만 보아도 뭔가 좋지 않은 일이 있다고 짐작했다.
　"여자는 밖에서 추위에 떨면서 돈 번다고 돌아다니고, 남자는 집에서 뜨뜻한 아랫목에 누워서 책이나 읽고 있고, 자알 한다!"
　한심하다는 표정으로 오 여사의 목소리가 커졌다.
　"……!"
　세명은 '올 것이 왔구나' 하는 심정으로 대꾸도 없이 묵묵히 서있었다. 오 여사는 성큼 마루로 올라앉았다.
마당에는 찬바람이 불고 있었지만, 가슴속에 열불이 나서 김 여사는 현관문을 닫지 않았다. 폭발할 것 같은 가슴속 열을 식히는 데는 차가운 바람이 제격이었다. 마루를 지난 바람이 사정없이 방안까지 파고들었다.
　"남자가 돈을 벌어야 가정이 제대로 돌아가지, 남자하고 여자 역할이 뒤바뀌면 집안이 되겠나?!"

소리치는 말속에 가시가 돋아있었다. 대뜸 들어서자 말자 부딪쳐오는 공격성 발언에 자존심 강한 세명은 묵묵부답이었다.
"언제까지 이러고 살겠고? 이런 방식으로 사는 것이 오래되면 뿌리가 박히는데, 나는 그런 꼴 못 본다. 나처럼 살지 말라고 고생고생하면서 혜숙이는 딸 중에서도 공부를 많이 시켰건만. 이렇게 살라고 시집보낸 줄 아나? 내가 그토록 반대해도, 우리 혜숙이 아니면 죽겠다고 목숨까지 내놓으려 하더니만⋯. 고작 이 고생 시킬라고 그랬나!"
세 손자가 장난감을 가지고 방안에서 조롱조롱 놀고 있었다.
"곧 아이들이 학교도 가야 되고, 입학하면 학비다 뭐다 해서 나날이 돈도 많이 들 건데, 생활에 대한 걱정도 안 되나? 태평스럽게 누워서 책이나 보고 있게."
"⋯⋯."
오 여사의 말은 옳았다. 하나 사위의 자존심을 깔아뭉개는 짓이었다. 평소 여장부형인 그녀는 어디서고 하고 싶은 말을 참는 적이 없었다. 대쪽기질로 옳고 그른 것을 꼭 짚고 넘어가는 성격이었다. 남편이든 자식이든 사위든 간에 마찬가지였다.
"벙어리 아니거든 말 좀 해봐라. 식구도 많은 집에서 남자가 취직할 생각도 안하고 그냥 빈둥거리며 놀다니. 이렇게 살 바엔 내가 혜숙이 우리집에 데려갈란다. 몸도 약한 것이 이 추위에 시퍼렇게 얼어 가지고, 되지도 않는 보험인가 뭔가 한다고 돌아다니는 꼴 불쌍해서 못 보겠다. 학교 다닐 때는 공부도 잘했고 어디 내놔도 손색이 없는 내 딸을⋯⋯."
속사포처럼 쏘아대는 오 여사의 말은 그대로 따발총이었다.

"그렇게 잘난 딸이면 데려가십시오."
세명이 퉁명스럽게 내뱉었다.
"뭐라고? 늙은 어머니와 아내가 생계를 위해서 밖에 나가 돈을 벌면 최소한 미안한 생각이라도 있어야지, 데려가라고? 그래, 말 잘했다. 내 딸 당장 이혼시켜서 데려갈란다!"
오 여사는 화가 머리끝까지 치솟았다.
딸집을 찾아올 때 이럴 생각은 아니었다. 사위가 언제부터 일을 할 것인지 궁금했던 것이다. 장모가 속상해 하면, 아내를 고생시켜서 미안하다고 한마디 사과라도 하지 않을까 생각했는데 — 말 한마디로 천 냥 빚을 갚는다는 속담처럼, 비는 데는 무쇠도 녹는다고 했다 — 대뜸 반격으로 나오자 김 여사는 더 흥분상태가 되었다.
손자들이 외할머니의 고함소리에 놀라서 으앙- 하고 울음을 터뜨렸다. 아버지와 외할머니가 싸우는 줄 안 것이다.
세명은 장모의 잔소리가 듣기 싫은지, 마루를 급하게 내려서서 슬리퍼를 끌고는 밖으로 휑하니 나가 버렸다.
오 여사는 장모의 면전에서 찬바람을 일으키며 나가버리는 사위의 오만불손함에 또 한번 화가 났다.
'똥 뀐 놈이 성낸다더니, 예의범절도 되먹지 못했구나!'
명문의 양반가문에 태어나서, 조상 대대로 높은 벼슬한 좋은 부모 밑에서 자라면서 - 그녀는 법관의 딸이었다 - 생전 남에게 허리를 굽혀본 적이 없는 오 여사는, 평생을 자신의 기氣대로 살아왔다. 정의감이 유별난 그녀는 자신이 다른 사람 앞에서 무시당하는 것은 참아내지 못하는 성격이었다.

오 여사는 화를 풀지 못한 채 집으로 돌아왔다.
혜숙이 집에 와있을 것이다. 아버지를 닮아서 마음 약한 혜숙은, 유달리 고집 센 남편에게 하고 싶은 말도 제대로 못하고 눈치만 보면서 살고 있었다. 해서 김 여사가 해결사 노릇을 자청했던 것이다.
혜숙도 벌써 몇 달째 밖에 나가지 않고 놀고 있는 남편이 답답하고 걱정되었던 터라, 어머니가 집으로 찾아가겠다는 것을 말리지 않았다. 가난 때문에 그들 부부의 애정도 최근 들어 위기로 치닫고 있는 중이었다.
오 여사가 분을 참지 못하고 씩씩거리며 집에 당도했을 때, 혜숙은 부엌에서 저녁밥을 안치고 있었다.
"엄마… 정서방이 뭐래요?"
"말하는 거 보니까 싹수가 노랗더라. 당장 이혼해라!"
"엄마……!"
혜숙은 어이없는 얼굴로 어머니를 쳐다보았다. 그녀는 세명과 이혼할 생각은 아니었다. 꿈에도 해보지 않았다.
어린 아이들을 셋이나 두었는데, 이혼이 말이 될 법이나 한 소린가. 어머니가 사위를 만나서 좀 나무라준 뒤에, 남편이 그것을 자극제로 일을 찾아 나서면 다행이라고 생각했던 것이다.
그런데 어머니가 집에 다녀온 뒤 당장 이혼하라니!
"앞날이 뻔할 뻔자다. 정서방은 일하는 날보다 노는 날이 더 많을 거다. 자기 엄마가 평생 벌어서 먹이고 입히고 공부시킨 탓에, 여자가 나가서 벌어오는 것을 당연하게 생각한다. 그러니 이제라도 이혼하는 것이 낫다."

오 여사는 비장한 각오로 입술을 깨물었다. 사위가 한 말을 그대로 전했다. 결혼 전에 진작 어미의 말을 들었더라면 이런 일은 없었을 거라고 못 박았다.
"잘난 딸 데려가십시오"했다는 세명의 행동에 혜숙은 가슴이 쿵 내려앉는 듯했다. 믿었던 도끼에 발등 찍힌 기분이었다.
덩달아 괘씸해서 얼굴이 붉어졌다. 죽자 살자 사랑해서 맺어졌던 칠년 결혼생활이 물거품이었더란 말인가.
처음 어머니가 결혼을 반대할 당시처럼
 나는 혜숙이 너하고 헤어져서는 못 산다. 차라리 같이 죽자면서, 사색이 된 얼굴로 죽음을 실행에 옮기려 했던 그때의 굳은 맹서는 어디로 가고, 이제는 아내를 쉽게 내치려 하다니. 그것이 사랑의 결말이란 말인가!
 혜숙은 배신감에 와락 울음이 터졌다. 세명을 철석같이 믿어온 자신이 한심하고, 고생고생하며 살아온 날들이 허무했다.
 '그래, 지가 얼마나 잘났으면 날 돌아가라는 거야! 시어머니가 벌어다 주니까, 내가 없어도 하나 아쉬운 거 없다 이거지?'
"엄마 나 이혼 할래요……!"
 혜숙은 울면서 소리쳤다.
 말 한마디로 천냥 빚을 갚는다는데, 가장 노릇 못하면서 되려 큰소리치다니. 긴 세월을 두고 홀시어머니 밑에서 눈치 밥 먹어가며 여태껏 참아왔던 울분이 폭포수처럼 눈물로 줄줄 흘렀다. 시어머니는 집안이 안 되는 것이, 며느리가 복이 없는 여자가 들어와서 그런 거라고 대놓고 구박하고 무안을 주었다.
잘되면 조상 탓이고, 못되면 며느리 탓이었다.

혜숙은 시집가서 처음에는 청상에 홀로 되어 고생하면서 아들을 키운 시모의 노고를 무한히 고마워했었는데, 그런 알력이 수시로 생기면서부터는 시모와도 점점 정이 떨어지고 소원해졌다. 아들이 소규모 사업에 실패하자 시모는 며느리에게 정신적인 압박감을 주면서 밖에 나가서 돈을 벌지 않는다고 눈총을 주었다. 어느 날 며느리가 보란 듯이 삶은 계란과 떡을 이고 먼 해운대 해수욕장으로 나가는 것이었다.

"연로하신 어머니가 그런 일을 하시다니요! 제가 할게요."

보다 못해 혜숙이 시모에게서 떡 함지를 빼앗다시피 해서 나오긴 했지만, 버스를 타고 가는 동안 내내 부끄러움으로 어디 구멍이라도 있다면 들어가서 숨고만 싶었다.

백사장에 도착하고서도 혹시라도 아는 사람을 만날까봐 수건으로 옆얼굴을 가리고도 챙이 넓은 모자를 깊숙이 눌러썼다.

"떡 사세요. 삶은 계란 사세요."하는 소리는 목구멍에 걸려서 모기소리만큼 작게 나왔다. 용기가 나지 않아 계란 바구니를 앞에 두고 모래사장에 우두커니 앉아 있었다.

그날 구청에서 단속반이 나왔다. 눈치 빠른 장사꾼들은 단속을 미리 알고 숨거나 줄행랑을 쳤지만, 혜숙은 경험이 없어서 단속 차에 떡 함지와 삶은 계란을 고스란히 빼앗겼다. 다음날 그것을 찾으려고 관할 구청으로 찾아가서 파리 손을 빌면서 사정사정했지만, 불법이라면서 돌려주지 않았다.

"장사를 하다보면 그럴 수도 있지. 그러니 단속에 걸리지 않게 미리미리 살피고, 재빠르게 행동해야지."

물건을 빼앗기고 속상해 울다가 늦게 집에 돌아왔다.

더위와 허기로 지쳐서 돌아온 혜숙에게 시모는 쉽게 그 일을 포기하지 못하게 했다.
그 후 해수욕장에서 겨우 며칠을 장사하고는, 수시로 나오는 단속반이 무서워서 들인 밑천만 손해보고 그만두었다.
친정어머니는 당신이 갖은 고생을 다했지만 자식들을 그런 일로 밖으로 내몰지는 않았었다. 혜숙은 학교에서 돌아오면, 가정교사로 의학박사님의 아들인 입시생 공부를 도와주기 위해서, 집에서 멀지 않은 그 집으로 가서 몇 년 동안 가정교사를 했다. 의학박사님을 알고 연결시켜 준 사람도 어머니였다.
아버지의 병으로 오래도록 가난을 겪게 되자, 김 여사는 평소 친분이 있던 병원장을 찾아가서 부탁했다.
"내 딸이 공부를 잘해서 학교에서 줄곧 우등생입니더. 가정교사 자리를 좀 알아봐 주이소."
박사님은 선뜻 자신의 아들이 입시생이라면서 당장 집에 와서 가르치라고 했다. 고교 재학중인 혜숙의 지도로 중3 입시생 아들은 그 당시 일류 고등학교에 들어갔고, 혜숙도 그 부모로부터 감사와 아낌없는 칭찬을 들었다.
직업이라고는 가정교사 선생 노릇과 사회에 나와서는 고급 단체의 간사장을 지낸 그녀의 이력으로, 백사장에서 삶은 계란을 파는 일은 스스로 생각해도 비참한 일이었다. 하나 그때는 그런 일도 차마 사양할 수가 없었던 것이다.
혜숙은 지난 일을 떠올리면서 억울함이 사무쳤다. 이혼서류를 꾸미기 위해서는 도장이 필요하다는 어머니의 얘기에, 그녀는 도장을 가지러 보험회사에 갔다. 서랍에 도장이 있었던 것이다.

계약을 못하면 보험회사도 얼마 안 가 그만두어야 할 판이었다.
"허 여사님, 오전에 왔다 갔는데 또 왔어요?"
경리직원이 의아한 표정으로 물었다.
"도장을 가지러 왔어요."
"도장은 왜요? 계약을 따내었어요?"
여직원은 넘겨짚으며 환한 표정으로 물었다.
"친정어머니가 이혼하래요."
시무룩한 표정으로 내뱉었다. 모집인 동료가 끼어 들었다.
"쯧쯧…. 부모 마음은 다 그래요. 생활력 없는 남자는 부모 눈에 한심하게 보여서 사위가 밉고 보기 싫은가봐. 우리 엄마도 마찬가지예요."
박 여사가 동병상련의 마음으로 위로해 주었다.
"어린 아들이 셋인데 이혼은 너무 성급한 거 아녜요?"
사무실의 여자들이 제각각 한마디씩 거들었다.
혜숙은 그 말을 듣자 부끄러움에 얼굴이 화끈 달아올랐다.
가난의 고통을 참지 못하고, 어린 세 아들을 두고 이혼하려 하는 자신이 비겁하게 생각되었다. 부모의 사랑 속에서 바르게 자라야 할 아이들이 마음의 상처를 받을 것을 생각하면, 쉽사리 딸의 이혼을 결정해버린 어머니가 밉고 야속했다.
결혼하기 전부터 첫 사위를 미워하던 어머니가 아직도 그때의 감정이 남아서, 사위를 찾아가 온갖 듣기 싫은 소리로 공격해 대었을 것을 생각하자, 남편에게 은근히 동정이 가는 것이었다.
혜숙은 바람 앞의 갈대처럼 마음이 수시로 흔들렸다.
갈피를 잡지 못하고 터벅터벅 친정으로 돌아왔다.

사랑은 날개가 있다

혜숙은 방안에 누워있는 어머니를 보자 울화가 차올랐다. 술이라도 마셨는지 붉게 상기된 얼굴로 잠들어 있었다.
"엄마, 일어나 봐!"
경어와 반말을 기분에 따라서 반반씩 쓰는 그녀는 화가 날 때는 반말이 먼저였다. 소리쳐도 김 여사는 잠을 깨지 않았다.
"엄마, 엄마! 좀 일어나 보라니까! 내 말 안 들려?"
"딸 가정을 풍비박산으로 휘저어 놓고 엄마는 팔자 좋게 술 마시고 잠이 오냐고! 다른 엄마들은 딸이 못살겠다고 해도, 참고 살라고 달랜다는데, 엄마는 뭐야? 딸이 이혼해서 친정에 돌아오면 남부끄럽지, 엄마도 좋을 게 뭐야?"
"정서방한테도 엄마가 오죽 퍼부었으면 그 사람이 그런 소리를 다했을까?"
손이 안으로 굽는다고, 혜숙은 이제 친정어머니보다 남편 편이었다. 함께 살을 섞고 산 남편이 부모보다 더 가까웠다.
"그러는 엄마는 아버지 병나서 혼자 우리들을 키우면서 긴 세월 고생고생 했는데 왜 이혼 안했어? 엄마나 나나 가난으로 고생하는 것은 마찬가지 아니냐고!"
그때 오 여사가 게슴츠레 술 취한 눈을 떴다. 깊이 잠들어 있는 줄 알았는데, 혜숙이 하는 얘기를 잠귀 밝은 그녀는 다 들은 것이다. 김 여사의 눈꼬리가 세모꼴로 곤두섰다.
"펫병으로, 죽을병이 들어서 가장 노릇 못하는 거 하고, 사나가 사대육신 멀쩡하면서 빈둥빈둥 노는 거 하고 같냐?!"
오 여사는 막상 딸과 사위를 이혼시키려니까 스스로도 속이 상해서, 집에 있는 술을 퍼마시고 혼자 꺼이꺼이 울었다.

울다가 잠이 들었다. 딸이 이혼녀라는 멍에를 쓸 것을 생각하니 가슴 아프고 암담했다. 하나 약한 딸이 그렇게 사는 것은 용납할 수가 없었다. 옛날에야 여자의 이혼이 큰 흉이 되었지만, 요즘처럼 개화된 세상에서는 고통을 참고 사는 것이 오히려 어리석은 일이라고 생각했다.

혜숙이 사무실에 다녀온 뒤, 아까와는 반대로 어미를 공격해 대자 김 여사는 술김에 스트레스가 극도에 달했다. 그녀의 남편은 이십여 년 고급 공무원으로 공직생활을 하다가, 옆자리의 동료에게 폐결핵이 전염되어 결핵 삼기의 사형선고를 받고, 시골에 칠년간이나 요양을 떠나 있었던 것이다.

"니 아버지는 몸은 약했어도, 병들기 전까지 가장 노릇을 열심히 했다. 병들어 돈 못 버는 것은 할 수 없는 일이지. 그래, 니는 나처럼 입에 단내를 뿜으면서 허우적거리며 살지 말라고 생각해서 데려오려고 하는데, 어미의 마음도 모르고 마구 퍼부어 대?"

"고생을 해도 내가 하는 거야! 엄마가 우리 집 살림에 감 놔라 배 놔라 하지 말라고!"

"이년아! 서방이 그리 좋거든 당장 니 집에 가라-!"

오 여사는 옆에 있는 뭔가를 손에 집어서는 딸을 향해 냅다 집어던졌다. 평소에도 화가 나면 물불을 가리지 않는 성격이었다. 방에 앉지도 않고 선 채로 소리치고 있던 혜숙은, 나무곤봉이 자신의 얼굴을 향해서 날아오는 것을 보고는 순간적으로 고개를 획 돌렸다. 곤봉을 피하기 위해서였다. 누워있는 어머니와 거리가 짧았기에 한 순간이었다.

사랑은 날개가 있다

퍽-! 곤봉이 혜숙의 얼굴 가장자리에 들어붙었다가 방바닥에 쿵 떨어졌다. 그 곤봉은 남동생들이 아침운동을 할 때 번갈아 가며 사용하는 것이었다.

"악---!"

비명소리와 함께 혜숙의 오른쪽 눈자위에서 피가 솟구쳐 흘렀다. 눈썹부위가 곤봉에 맞아 살이 찢긴 것이다.

곤봉이 세차게 날아온 속도로 상처는 커서, 붉은 피가 방바닥에 뚝뚝 떨어졌다.

"엄마---!"

혜숙은 비명과 함께 반사적 행동으로 상처부위를 손바닥으로 눌렀다. 눈앞이 어른어른 캄캄해왔다.

'아! 내 얼굴은 이제…! 여자로서 끝장이야……'

난데없이 그런 것이 날아오리라고는 생각도 못했기에 두려움으로 바들바들 떨고 있었다. 그나마 순간적으로 고개를 돌렸기에 망정이지 정면으로 맞았다면 눈을 크게 다쳤을 것이다. 관자놀이의 통증으로 머릿속에 별이 반짝이는 듯 멍한 상태였다. 그때 학교에 갔던 고교생 남동생이 돌아왔다.

"민철아, 니 누나 빨리 병원에 데리고 가라!"

오 여사도 자다가 깨어나 홧김에 머리맡에 있는 곤봉을 집어 던지기는 했지만, 혜숙이 얼굴에 맞고 피를 흘리는 것을 보자 놀라서 눈앞이 샛노랬다. 딸의 얼굴에 명중할 줄은 생각도 못했다. 술 취한 흥분상태로 집어던진 곤봉이, 날아가서 다른 살림살이를 부수었다면 얼마나 다행한 일이었으랴. 후회는 아무리 빨라도 늦다고 했던가!

혜숙이 버티고 서서, 누워있는 어미를 눈 아래로 내려다보면서 소리치는 것이 너무 기막히고 화가 났던 것이다.
민철은 교복도 벗지 못한 채 피 흘리는 누나의 상처를 수건으로 눌러서 지혈시킨 뒤, 부랴부랴 가까운 병원으로 갔다.
"누나도 참…. 불칼 같은 엄마 성질을 몰라서 대들었나. 다 큰 아들들도 잘못하면 야구 빳다를 들고 때리는 엄만데. 엄마를 이길 사람은 이 세상에 아무도 없다."
"내가 왜 괜히 친정에는 와 가지고…. 안 왔더라면 이런 일도 없었을걸……."
혜숙은 정신적인 충격이 더 커서 울먹였다. 상처는 병원을 향해 가는 동안에도 퉁퉁 부어올랐고 눈알이 빠지듯이 아팠다.
병원에서 세 바늘을 꿰매었다. 여자의 면상에 흉터가 생기면 큰일인데, 겨우 정신을 수습하고 거울을 보니, 골라서 맞은 것처럼 상처는 초승달형의 눈썹 속이었다. 참으로 불행 중 다행이었다. 그것은 가해자인 오 여사와 딸 혜숙을 살린 결과였다.
상처를 꿰맨 뒤에, 몇 시간 동안 링게르를 맞고 병원을 나왔지만 얼굴의 부기는 빠지지 않았다. 시간이 흐를수록 점점 더 부어올라 눈도 못 뜰 지경이었다.
거울을 볼 때마다 혜숙은 자신의 흉측한 모습에 더 겁을 먹고 눈물지었다. 어머니와 마주치기 싫어서 친정으로는 가고 싶지 않고 달리 갈 곳도 없었다.
남동생이 친정에서 자고 가라고 붙잡았지만, 혜숙은 사나운 엄마와 마주치고 싶지 않았다. 얼굴을 대면하는 것도 싫었다.
택시를 타고 집으로 돌아갔다.

사랑은 날개가 있다

망가진 몰골을 남편 세명이 봐야 한다는 오기가 났다. 그에게 일련의 책임이 있었다.
집안에 들어서자 시어머니 주 여사가 아이들 밥을 챙겨 먹이고 있다가, 며느리를 곱지 않은 눈길로 쳐다보았다. 낮에 안사돈이 다녀간 것을 아들의 입을 통해 들은 것이다.
며느리가 오면 단단히 할 말을 벼르고 있던 주 여사는, 얼굴에 붕대를 두르고 흉측한 모습으로 나타난 며느리를 보자 혼비백산했다. 통통 부은 며느리 얼굴이 문둥이 꼴이었다.
"아니! 야야, 니 얼굴이 와 그렇노?!"
불만스러운 표정이 대번에 걱정하는 표정으로 바뀌었다.
혜숙도 남편에게와는 달리, 진정으로 걱정하는 시모를 보자 사실대로 고하지 못하고 얼버무렸다.
"친정집에서 높은 선반에 있는 물건을 내릴려고 하다가, 실수해서 그 물건이 떨어지면서 얼굴에 맞았습니더."
혜숙은 오면서 궁리한대로 시모에게 둘러대었다.
이 추위에도 아랑곳 않고 시장에 나가서 삯바느질로 돈을 버는 시모에게 걱정을 끼쳐드리고 싶지 않았다. 경제적 어려움만 아니라면 고부간에 오순도순 평생 재미있게 살 수 있었을 것이다. 혜숙은 고생하는 시어머니를 늘 안쓰럽게 생각했다.
주 여사는 믿어지지 않는 표정으로 탐색했다.
"안사돈이 낮에 와서, 애들 아범 돈 못 번다고 딸 사위 이혼시키겠다고 큰소리로 떠들고 갔다는데, 니가 친정엄마한테 눈티 반티 되도록 두들겨 맞았구나."
주 여사는 기막히다는 표정으로 혀를 찼다.

"아무리 그렇기로 소니 애들도 아니고 시집가서 아이들을 몇이나 낳은 장성한 딸자식을 저토록 무지막지하게 팰 수가 있단 말이냐? 아이고, 니 엄마 참으로 무섭구나야."

주 여사는 질린 표정으로 얼굴에 감긴 붕대를 들치고 속을 들여다보았다. 세 바늘을 꿰맸다는 설명에 면상에 흉이 남겠다면서 안타까운 표정으로 끌끌끌 혀를 찼다.

"아입니더, 맞아서 그런 거 절대 아입니더."

혜숙이 아무리 아니라고 해도, 주 여사는 믿으려 들지 않았다. 결혼 전부터 당신의 아들을 사위 삼는 것을 결사반대 하던 안사돈의 강한 성격을 알고 있는 탓이었다.
이제는 내 며느리인데, 아무리 친정엄마라고는 하지만 안사돈이 딸을 무섭게 때렸다는 것이 억울하고 분한 듯 내내 섭섭한 표정을 감추지 않았다.

옆에서 어머니와 아내가 주고받는 말을 듣고 있던 세명은 돌아선 채 한마디 말이 없었다. 화가 나면 침묵으로 일관하는 성품인 줄 알지만, 혜숙은 남편이 오늘따라 너무 야속했다.
무거운 침묵 속에 아픔과 고뇌가 서려 있으리라는 것을 짐작하고 불자佛子인 혜숙은 보살 같은 마음으로 불만을 속으로 누르며 모른 체했다. 이런 상황에서 누가 옳고 그른 것을 따져보았자 승부도 나지 않을뿐더러, 옆에는 시어머니가 있기 때문이었다. 버선 속이라면 뒤집어서라도 보이겠지만, 차마 날아오는 곤봉에 맞았다고 실토는 못하고 입을 닫고 말았다. 상처가 욱신욱신 쑤셔서 더 변명하고 싶지도 않았.
슬픔을 참고 이불 속으로 들어가서 약을 먹고 누웠다.

약기운 탓인지 혜숙은 이내 잠들었다.
 다음날은 보험회사에 출근을 했다.
퉁퉁 부은 부기가 빠지지 않아서 웬만하면 하루쯤 집에 누워서 쉬고 싶었지만, 하필 월말이라서 정산을 해야 했고, 출근하지 않으면 회사에 지장이 많을 것 같아서 그녀는 꾸역꾸역 고통을 참고 나갔다. 유달리 책임감이 강한 성격이었다.
머플러를 머리끝에서 내려, 얼굴 반쪽을 가리고 나갔지만 누구라도 눈여겨보면 단번에 알 수 있는 부기상태였다.
사무실 동료들이 혜숙의 얼굴을 보고 비명을 질렀다.
 "아니! 허 여사 얼굴이 왜 저래!"
 "저런! 저런!"
 여자들은 혜숙의 주변으로 우르르 모여들었다.
 "아니, 어쩌다가 그랬어요?"
 "집에서 선반 위의 무거운 물건을 내리다가, 그만 잘못 짚어 떨어지는 바람에······."
 혜숙은 자존심 때문에도 차마 친정어머니가 그랬다는 말을 할 수 없어서, 시어머니에게 얘기한 것처럼 적당히 둘러대었다. 하나 여자들은 고개를 절레절레 흔들었다. 그렇게 말할 수밖에 없는 사정을 미루어 짐작한다는 듯이.
 "어제 이혼할 거라고 사무실에서 도장을 가져가더니, 남편에게 바깥에서의 행동을 의심 당해서 저렇게 눈티 반티 되도록 맞은 거야. 아이구, 세상에··· 얼마나 많이 맞았으면 얼굴이 저렇게 흉하게 부었을까?"
 "그런 거 아니야, 아니래두······."

보험회사에 다니는 여자들이 계약을 얻어내기 위해서, 남자들이 원하는 데이트와 식사도 하고, 혹은 그 이상의 유혹에 넘어가거나 계약을 미끼로 방종하게 사는 여자들도 간혹 있었다. 그런 일로 남편에게 추궁 당하고 이혼하는 사례도 종종 있었다. 까마귀 날자 배 떨어진다고 졸지에 혜숙도 그런 유형으로 찍힌 것이다.
사무처리를 겨우 해놓고 상처가 아파서 책상에 엎드린 혜숙의 뒤에서 여자들은 자기네들끼리 의견이 분분했다.
  "허 여사의 자존심이 남편한테 맞았다고 얘기 못할 거야."
  "사람도 사람 나름이지. 다른 여자라면 모르지만, 허 여사의 행동이 얼마나 반듯한데, 남편이 터무니없이 그런 오해를 하다니…. 우리들이 집으로 찾아가서 증언을 서 주자구요. 허혜숙씨는 절대로 그런 여자 아니라고. 우리가 보증한다고."
  혜숙과 친한 홍 여사가 자기 일처럼 흥분해서 떠들었다.
  "남자들이 부부싸움 하면 꼭 여자의 면상을 친다니까. 얼굴에 상처를 내놓으면 바깥에 나가서 딴 짓 못하게 하려고 그러겠지. 남편한테 맞은 여자들이 꼭 눈티 반티 되잖아. 그러는 남자들 자기들은 나가서 온갖 못된 짓 다하고 돌아다니면서."
  "처음에는 돈 때문에 싸우지만, 서로 불만이 쌓이면 있는 사실 없는 사실로 지나간 원망도 끄집어내고, 그러다 보면 언제 사이좋은 부부였나 싶도록 원수가 되는 게 바로 부부지간이라구. 등 돌리고 누우면 남이니까."
  "허 여사 어제 도장 가지고 갈 때부터 걱정되더라니……"
  "참 열심히 살았는데… 본인은 얼마나 속이 상할까……"

사랑은 날개가 있다

"그러게 말야. 한국은 여자만 억울한 세상이야."

혜숙은 그들의 얘기를 귓등으로 들으면서도 만사가 다 귀찮았다. 사는 것이 허무해서 주룩주룩 눈물만 흘렸다.

친정어머니와 싸운 것이 졸지에 이제는 부정한 여자로, 남편에게 매를 맞았다는 데까지 진전되는 것이 스스로도 우습다 못해 기가 막혔지만, 상처의 통증 때문에 귀찮아서 변명하고 싶지도 않았다. 그저 박복한 자신의 운명이 한스러울 뿐이었다.

이럴 때는 어찌해야 하느냐고 신을 원망했다. 집에 가면 시어머니 앞에서는 남편과 속 시원하게 대화를 나눌 수도 없었다.

서로의 속엣 말을 아직 터놓지도 못한 상태였다.

세명은 어제도 아내의 다친 얼굴을 번히 보면서도, 아니 보지 않으려고 외면했는지도 몰랐다. 아내에게 말 한마디 붙여주지 않던 냉정한 그가 너무 밉고 야속했다. 이렇게 살려고 결혼 전에는 너 아니면 죽겠다고, 어머니가 반대하자, 함께 죽자고 호주머니 속의 약을 내밀기까지 했었단 말인가.

한없이 서글펐다.

다음날 혜숙은 전화해서 세명을 밖으로 불러내었다. 전화가 귀하던 시절이라 주인집의 전화를 필요할 때만 빌려 쓰고 있었다. 세명은 초췌하고 풀죽은 모습으로 약속장소에 나왔다. 어깨가 축 처져 있었다. 혜숙은 사무실에서 여자들에게 오해받은 얘기를 하면서 내내 울먹였다.

"당신 어쩌면 그렇게 냉정할 수 있어요? 내가 이렇게 된 것이 누구 때문인데……"

세명은 말없이 애꿎은 담배만 뻑뻑 빨아대었다.

혜숙이 원하는 것은 남편의 따뜻한 위로였으나, 그는 끝내 사과 한마디 해주지 않았다. 친정어머니가 큰사위 세명을 일러서, '고집이 가죽고리 같다.'고 했던 말이 비로소 실감이 났다.
"정말 나하고 이혼하고 싶어요? 당신, 나 혼자 떠나가도 후회하지 않을 자신 있냐구요?!"
혜숙은 큰소리로 울먹였다.
가슴이 너무 허허로워서 지푸라기라도 잡고 싶은 심정이었다.
"어차피 여기까지 온 것… 당신 하고 싶은 대로 해."
착 가라앉은 세명의 목소리가 혜숙의 가슴에 불을 질렀다.
"당신 뭐가 그렇게 잘났어?! 미안하다고 사과 한마디 해주면 간단히 끝날 것을, 가슴이 찢기도록 상처받은 아내한테 그 말하는 것이 그렇게도 어려워--?!"
혜숙은 몸부림치듯 울부짖었지만 세명은 망부석처럼 묵묵부답이었다. 그들은 한 푼의 찻값이나마 아끼느라 한적한 골목길에 서서 얘기를 나누고 있었다.
돈과 가난이, 형체가 없는 신기루처럼 허울 좋은 사랑보다 훨씬 힘센 지배자였다. 허공을 주시하던 세명이 겨우 입을 떼어 한마디 했다.
"할말 다했으면 집에 가자……."
겨우 그 한마디뿐 또 철벽 같은 벙어리였다.
세명은 집으로 가는 버스정류소를 향해 걸었다.
혜숙은 멀찍감치 뒤쳐져서 한 발자국 한 발자국 떼 놓았지만, 마치 코뚜레를 꿰어서 도살장에 끌려가는 소의 심정이었다. 속으로 또 울었다.

일심동체라는 부부의 모습이 이런가?
남보다 오히려 못하잖아. 남들은 걱정도 하고 따뜻하게 위로도 해주는데, 남편이란 작자는 문둥이처럼 부풀은 아내의 흉한 얼굴을 보면서, 고작 한다는 말이 '집에 가자' 그 한마디뿐이라니…. 미안하다고, 얼굴의 상처라도 한번 만져주면 어디가 덧나나……?

　혜숙은 세명을 만나서 화해하고 풀고 들어가려던 기분이, 또다시 마른 우거지처럼 푸석푸석 먼지만 날리는 것을 느끼고 한없이 비참했다. 앞서 가는 세명은 한번 뒤돌아보는 법도 없이 혼자서 묵묵히 가고 있었다. 어둠 속의 등은 그대로 벽이었다.

　어느새 버스정류장이었다. 세명은 먼저 버스에 올랐다. 혜숙이 뒤따라 탈 것이라 생각하는 듯했다.

　그녀는 버스 가까이 도착했지만 버스를 타기가 싫었다. 가슴속에 쌓인 설움을 하나도 풀어내지 못한 것이다. 허탈한 눈빛으로 버스를 망연히 바라보기만 했다.
암흑 속에 선 장승같은 혜숙을 두고 버스는 이내 출발했다.
세명은 버스에 오르지 않는 아내의 모습을 창으로 보았지만 차를 세우지 않았다. 부부는 그렇게 헤어졌다, 모르는 타인처럼.

　혜숙은 바다를 향해 걸었다. 이대로는 집에 들어가고 싶지 않았다. 아이들은 남편과 시모가 잘 보살펴 줄 것이다. 유독 손자들을 애지중지하는 시어머니니까.

　겨울바다는 해풍이 차가웠지만 싸늘하게 볼에 닿는 촉감, 바늘로 톡톡 쏘는 듯한 아린 통증을 그녀는 자학처럼 즐겼다.

어쩌다가 이 지경까지 오게 되었는지 혜숙은 혼자 생각하고 자책과 반성도 했다. 늘 제왕처럼 군림하면서 살아온 남편 세명에 대해 안쓰러운 생각도 들었다.

누구 앞에서도 사과하지 못하는 성격적인 단점을, 아내인 내가 이해하지 않으면 누가 이해해주랴 하는 너그러움도 생겨났다. 그는 지금 당당할 수 있는 처지가 아닌 것이다.

혜숙이 바닷가에서 가까스로 자신을 달랜 뒤에 이제는 집으로 돌아가야지 하고 돌아섰는데, 어느새 통금시간이 가까워오고 있었다. 시계를 보지 않아서 시간이 마냥 흘러가고 있는 것도 몰랐던 것이다. 버스는 끊어지고 도로에는 을씨년스런 바람 속에 휴지만 이리저리 흩날리고 있었다. 시간을 보니 집으로 돌아가는 것은 불가능했다.

주변 건물에 숙박업소 간판들이 보였다. 지갑 속에 비상금이 있어서 마음만 먹으면 숙박업소에 들 수 있었지만, 혜숙은 혼자 그런 곳에 들고 싶지 않았다. 신혼여행 때 외에는 한 번도 가본 적이 없는 곳이었다. 머릿속으로 한참을 궁리하다가 혜숙은 가까운 파출소로 찾아 들어갔다.

"어쩌다 보니까 통금을 넘겼는데 돈도 없고…. 저 파출소에 좀 있다 가게 해주세요. 첫 버스가 나오면 바로 가겠습니다."

순경들이 부은 혜숙의 얼굴을 유심히 쳐다보았다. 그들 역시 눈가의 상처를 부부싸움의 후유증으로 생각하는 듯했다. 혜숙은 대강의 사건 이야기를 하고 도움을 청했다.

경찰관들은 친절했다. 혜숙의 주소와 이름을 일지에 기록한 뒤, 난로 옆에서 언 몸을 녹이라 하더니 연락할 전화번호를 물었다.

집에 전화가 없다고 하자, 이웃집이라도 대라고 해서 혜숙은 주인집의 전화번호를 말해주었다.

어느새 새벽 두시가 넘어 있었다.

경찰관은 주인집으로 전화를 걸어서 세명을 연결했다.

"여기는 영선동 파출소인데요. 허혜숙씨가 지금 우리 파출소에 보호중입니다. 경찰차로 집까지 갈 테니까 그리 아십시오."

전화를 건 뒤에, 그들은 순찰차에 혜숙을 태우고는 집까지 데리고 갔고 남편인 세명에게 인계해 주었다.
혜숙은 가는 길에 차안에서 차비를 겸한 사례금을 내밀었지만 경찰은 한사코 사양하면서 받지 않았다. 불행에 처한 여자에게 친절을 보여주던 민중의 지팡이에게, 음료수 값이라도 하라면서 그녀는 억지로 경찰관의 호주머니에 지폐 두 장을 밀어 넣었다.

혜숙이 도착하기 전부터 벌집을 쑤신 듯이 집안이 발칵 뒤집혔다. 시모 주 여사는 유독 더했다. 그녀는 파출소라면 죄지은 사람들이 잡혀가는 곳으로만 알았다.

"아니, 애 어멈이 무슨 잘못을 저질렀기에, 이제는 파출소에서 전화가 다 오냐? 그러고 보니 제 엄마한테 두드려 맞은 것도 무슨 이유가 있었나 보네. 아이구! 이게 무슨 망신스런 일이고! 내 며느리가 파출소에 잡혀가다니!"

주 여사는 가슴을 부여잡고 캄캄한 마당에서 동동걸음쳤다.
세명 역시 영문을 몰라서 굳어진 얼굴로 어쩔 줄 몰라 했다.
저녁때 밖에서 만나 길에 서서 얘기하고 함께 오다가, 버스를 타지 않더니 통금이 넘어서 파출소는 웬일인지, 슬픔을 참지 못해 바다에 뛰어들어 투신자살이라도 하려했는가?

무슨 사고인지 도무지 갈피를 잡을 수 없었다. 회오리는 겉잡을 수 없이 그의 가정에 태풍처럼 소용돌이치고 있었다. 정신을 차릴 수 없을 만큼 일파만파였다.

 혜숙은 집에 도착한 뒤, 시모의 궁금증을 뒤로한 채 또 방안에 쓰러져 누워 버렸다. 가슴이 막막해서 뭐라고 긴 얘기를 하고 싶지도 않았다. 바닷가에서는 스스로를 자책했지만, 또 막상 집에 들고 보니 새삼스레 설움만 복받치는 것이었다.
주 여사 역시 아들과 며느리 사이에 이혼 얘기까지 나온 지경이라 며느리의 눈치를 살피면서 더는 추궁하지 못했다.
가슴속만 바작바작 탈뿐이었다.
다음날도 혜숙은 오전 중에 잠깐 사무실에 나갔다가, 서류 정리를 하고는 일찍 집으로 돌아왔다. 마음도 몸도 지쳐서 눕고 싶은 생각뿐이었다.
이혼 생각만 해도 아이들이 눈에 밟혔다. 이 세상 여자들이 다 쉽게 하는 이혼이라 해도, 자신은 세 아이들을 두고 차마 떠나가지 못할 것 같았다. 그것이 정신적 뿌리라고 생각했다.
여러 형제들 중에서 장녀인 자신이 이혼하게 되면, 아직 미혼인 동생들에게도 나쁜 영향이 미칠 것 같았다. 잘살고 못사는 것은 타고난 운명이라고 조용히 체념했다.

 집에 도착하자 시고모가 와 있었다.
표정이 왠지 험악했다. 이웃에 살고 있는 그녀는 시모의 손위 시누이였다. 어제 파출소의 순찰차를 타고 집에 들이닥친 사건으로 하여 주 여사가 시누이에게 연락하고, 그녀는 궁금증으로 달려온 것이었다.

"세상에 살다 살다 벨꼴 다 보겠소. 우리 며느리가 밖에서 뭘 잘못했는지 어젯밤에 통금도 넘은 시간에 경찰차를 타고 집에 왔더라고요. 기가 막히고 가슴이 벌렁거려서 나는 물어보지도 못하겠소."

"무슨 일로 파출소에서 조사 받았는지, 성님이 좀 알아봐 주이소. 보험회사에 나다니더니만 이런 기막히고 희한한 일도 다 생기네요."

며느리가 밖에서 외간남자와 교제하다가, 본부인의 고소로 경찰서에 잡혀가서 조사 받은 것은 아닌가 해서, 주 여사는 별별 억척스러운 생각을 다하고 있었다. 그래서 딴마음을 먹고 경제적 어려움을 핑계대면서, 생전 안하던 이혼 말까지 끄집어내는 것은 아닌지, 시누이·올케가 죽이 맞아서 함께 의심했다.

"얘야, 나 좀 보자!"

시고모는 쌀쌀한 표정으로 혜숙을 불러 앉혔다. 얼굴의 상처에 대한 염려는 냉정하게 생략한 채였다.

"니가 어젯밤에 경찰차를 타고 새벽에 들이닥치고, 또 너희 집에서는 안사돈이 사위를 찾아와서 딸을 이혼시키려고 한다는데, 너는 또 며칠 전에 친정엄마한테 불려가서 죽도록 매를 맞았다는데, 이게 어찌된 일이냐? 파출소에는 왜 잡혀갔으며, 갑자기 이혼하고 싶어 하는 이유를 말해봐라!"

시고모는 싸늘하고 단호한 표정으로 호랑이처럼 다그쳤다. 중죄인을 앞에 앉혀놓고 수사관이 신문하는 태도였다. 시집식구와 친정식구의 너무 다른 모습이었다.

혜숙은 기가 막혔다.

결벽증이라 할 만큼 남편의 외곬수인 성격을 알기에, 나중에 알면 숙박업소에서 잠잔 것을 오해하고 기분 나빠 할까봐, 신중하게 대처한다고 파출소에 찾아간 것이, 이제는 여자가 바람을 피우다가 잡혀간 것으로 오인을 하다니!

갈수록 눈앞을 가로막는 태산이었다.

얼굴을 다친 사건 뒤에, 귀찮고 괴롭다고 말을 아끼고, 집에 들면 정신도 육체도 파김치처럼 함께 지쳐서 그냥 이불 속에 드러눕기만 했던 것이, 엄청난 사건으로 비화되는 것을 보고 혜숙은 온몸에 소름이 돋을 만큼 두려움을 느꼈다.

도대체 어떤 막다른 코너까지 몰릴 것인지, 짓궂은 악마의 장난이라면 그 불행의 끝은 어디인지, 가슴이 터질 듯이 막막해왔다. 훗날 점집에 가서 알아보았더니 그 해는 너무 큰 액운의 해였다. 인간의 힘으로는 어찌할 수 없다는 액운.

"고모님! 제가 파출소에 잡혀가다니요"

혜숙은 울음 섞인 목소리로 비명처럼 소리 질렀다.

"니가 새벽녘에 파출소 차를 타고 오지 않았냐! 그러니 속 시원히 이유를 대란 말이다! 우리도 궁금해서 못살겠다."

혜숙은 눈앞이 아득해옴을 느끼고 차례차례 얘기를 풀어나갔다. 너무 억울해서 말이 토막토막 끊기면서 벌벌 떨려나왔다. 이제는 아무것도 감출 것이 없었다. 이즈음의 침묵은 금이 아니라 칼날을 세운 흉기였고 독약이었다. 소문이나 억측이 얼마나 무서운 결과를 낳는지 두려웠다. 며칠 동안 온통 오해, 또 오해로 점철된 날들이었다. 죽으라는 운수 같았다.

누구보다 자존심 강한 혜숙에게 그것은 대단한 치명타였다.

날아온 곤봉을 맞았을 때보다 더 충격이었고 큰 통증이었다.
문턱 하나 사이 옆방에서, 세명도 신경을 곤두세우고 아내의 눈물겨운 해명을 듣고 있었다.

"제가 얼굴을 다친 것은, 정서방하고 이혼하지 않겠다고 잠자는 친정어머니한테 먼저 대들었기 때문이에요."

"잠자다가 화가 난 어머니가 취중에 옆에 있는 곤봉을 집어던진 것을, 제가 하필이면 피한다는 것이 그쪽으로 얼굴을 돌려서 잘못 맞았어요. 어머니가 저를 때리려고 한 것은 아니었어요. 어머니는 지금 나보다 더 괴로워하세요."

"우리 어머니도 괄괄한 성격 때문에, 홧김에 정서방한테 이혼시키겠다고 했지만, 내가 이혼할 것을 생각하고 속상해 하면서 꺼이꺼이 울다가, 혼자서 술을 마신 거라고요."

"……!"

"밖에서 만나서 저이한테 따뜻한 위로 한마디 듣고 싶었는데, 끝까지 안 해주더라고요. 그래서 집에 오고 싶지 않아서 바닷가에 혼자 앉아 있다가 그만 통금시간을 넘겼어요. 그래서 제가 파출소로 찾아 들어갔어요. 첫 버스 나올 때까지만 있다가 집에 가겠다고…. 밖은 너무 춥고 무서웠거든요……."

줄곧 울먹이면서 풀어내는 혜숙의 가슴 아픈 얘기에, 주 여사와 시고모도 덩달아 울고 있었다.

"그런 줄도 모르고 우리는 너를 많이 오해했구나. 야야, 그동안 마음고생 참 많이 했다. 그래! 뿌리 있는 집 자손인데, 그럴 리가 없지. 암, 그럴 리가 없고말고!"

시고모의 목소리는 아까와는 다르게 한결 부드러웠다.

두 노인은 유리상자 속 자동인형처럼 고개를 아래위로 주억거렸다. 시고모는 무릎걸음으로 다가앉아, 혜숙의 손을 당겨 잡으면서 안마하듯 쓰다듬었고 연이어 토닥거렸다.

"살다보면 힘든 고비가 있다. 누구라도 마찬가지다."

혜숙은 봇물 터진 둑처럼 와락 울음을 터뜨렸다.
시어머니가 아들 세명의 성격을 얘기했다.

"저 애는 평생 내놓고 사과는 못할 애다. 세명 애비도 살아생전 성격이 그랬거든. 부전자전을 어쩌겠냐. 남자들이 대부분 그렇단다. 속마음은 그렇지 않으면서, 너한테 고마워하고 있으면서도 겉으로는 안 그런 척, 무뚝뚝하고 무정하게 대하는 것이 경상도 남자들이란다. 십년이 넘도록 살고서도 아직 저 애 성격을 모르나?"

주 여사도 목소리가 촉촉하게 젖어 있었다.

혜숙은 줄곧 눈물 흘리면서도 가슴속 멍울과 서러움이 반은 풀리는 듯했다.

"이혼이 누구 애들 말처럼 그리 쉽나? 눈에 넣어도 안 아플 저 어린것들 셋은 어쩌고…. 니 말처럼 안사돈도 홧김에 해본 소리겠지…. 야야, 니는 평생 우리집 귀신이데이."

"아이구, 그 놈의 돈이 뭔지… 돈이 원수다, 원수……."

주 여사는 며느리 보란 듯이 세 손자들을 당겨서 품에 안았다.

"우리처럼 어리덩덩 잘난 아들이 내리 셋이나 있는 집은 잘 없더라. 이 아들들이 재물보다 더 큰 재산 아이가. 잘 키우고 공부 많이 시켜서, 나중에 박사도 만들고 의사도 만들고 사업가도 만들자꾸나. 애비보다 나은 사람으로."

당신은 전쟁 중에 청상에 남편을 잃고, 홀로 되어 외아들만 낳아 키우다가, 며느리가 시집 온 뒤에 줄줄이 아들 셋을 낳은 것을 그리 좋아할 수 없던 주 여사였다. 평생을 외롭게 살아온 보상처럼, 손자들을 뜨겁게 아끼고 사랑했다. 살림에는 피가 나도록 절약, 절약 또 절약이 주 여사의 생활철학이었다.

혜숙은 어릴 때부터 친정에서 부유하게 살 때는 아쉬운 것 없는 공주처럼 행복하게 지내왔다. 집안에 하인들도 많았다.

먹을 것 먹고 입을 것 입고, 하고 싶은 것 다하면서 살아왔지만, 시모의 방식대로 허리띠를 졸라매어야 했고, 근검절약과 지독한 내핍생활은 습관이 되었다. 연탄불에 천 마개를 세 개나 틀어막던 현대판 구두쇠였다.

"우리 식구 밥 안 굶고 살면 된다. 내가 나가서 버는데 설마 밥을 굶기야 하겠나. 아이들 아직 어리니까 조금만 고생하면 차차 나아지지 않겠나……"

주 여사도 며느리의 손을 잡고 따뜻하게 달랬다.
옆방에서 세명의 한숨소리가 깊게 들렸다. 주 여사는 건넛방 아들에게 말했다.

"야야, 니가 사과 한마디 했으면 간단할 것을, 에미 마음을 그리 아프게 하나. 오늘 꼭 사과해라. 부부싸움이란 칼로 물 베기다. 나중에 돈 벌어 잘살게 되면 그때는 꼭 이 말 하면서 웃을 날이 있을 끼다. 부부가 서로 마음 맞고 아들 셋이나 덩실덩실 낳아놨고, 가족이 몸 건강하고, 지금 돈 좀 없는 거 외에는 무슨 걱정이 있노. 이만하면 행복한 가정이다."

"성님, 안 그렇소?"

"하모(그래)! 하모!"

시고모는 금복주처럼 실눈으로 웃으면서 맞장구쳤다.

"질부야, 인생이 그런 거란다. 너희들이 지금 힘든 오르막 고비 길에 들었는데, 오르막이 있으면 반드시 내리막도 있기 마련이다. 그래서 사람들이 죽지 않고 목숨을 부지하면서 사는 거란다. 어데 가서 왜 그런지 한번 물어봐라."

시고모는 도통한 도사처럼 말했다.

서슬 푸르던 아까와는 달리 눈빛이 한없이 선량해져 있었다. 남편을 변함없이 사랑하고, 이혼할 마음이 없어 보이는 질부가 무척이나 사랑스러웠다.

온갖 고통 속에서 구시대를 살아온 여자들에게 이혼은 죽음 이상 가는 치욕이었고 불명예였다.

조카 부부가 이혼하면 늙은 올케가 어린 손자들을 셋이나 떠안아야 하는가 싶어 눈앞이 샛노랬는데, 질부의 거짓 없는 진실을 듣고, 비로소 안심이 되는지 시고모는 빙긋이 웃었다.

"올케, 오늘은 우리 집에 가서 내하고 같이 자자. 나도 외로븐데 밤새도록 우리 둘이 이바구나 하자고."

시고모는 올케에게 눈을 찡긋해 보였다.

가운데 미닫이 하나 사이로 시모와 아들 부부가 잠자는 불편한 집 구조였다. 그네의 말뜻을 알아차리고 시고모를 따라서 주여사도 선뜻 일어섰다.

"야야, 내가 아침 쌀 씻어 났데이."

시누이 집에서 자고 오겠다는 암시였다.

혜숙은 그날 밤 남편 세명의 품속에서 하염없이 울었다.

사랑은 날개가 있다

세명도 말없이 아내를 품어 안았고 난생 처음으로
"미안하다, 미안하다."는 말을 연발했다.
"당신 나 없으면 살 수 있어요? 말해 봐요."
혜숙은 부은 눈으로 어제 길에서 듣지 못한 대답을 채근했다.
"결혼 전에 말했던 것처럼 나는 허혜숙이 없으면 못산다. 당신 떠나고 나면 나는 이미 죽은 목숨이지."
"어린 자식이 셋이나 있는데 그렇게 무책임한 말을! 당신 그 말 당장 취소해요! 아버지 자격이 없어."
"내가 없어져도 엄마 몫까지 하면서 아들 셋 잘 키워야지. 처녀 총각이던 옛날하고는 경우가 달라."
혜숙은 지나간 미움까지 합해서, 유치원생이 어리광하듯 세명의 가슴을 주먹으로 콩콩 쳤다. 마른 그가 아프지 않도록 주먹에 최대한 힘을 빼고서였다.
"미안, 미안! 현명하고 착한 아름다운 허혜숙 여사! 부디 나를 버리지 말아 줘."
세명은 아내 혜숙을 으스러져라 뜨겁게 안았다.
혜숙의 손을 잡고 내일은 상업하는 여러 친구들을 찾아갈 거라고 말했다. 엊그제까지는 경영자의 입장이었지만, 친구의 가게에서 기사 노릇도 마다하지 않을 거라고 다부진 결심을 털어놓았다. 뻣뻣하고 단단한 가죽고리가 부드러운 양털처럼, 솜사탕처럼 풀리는 순간이었다.
그날 밤 부부는 신혼 때보다 더 달콤하고 뜨거운 밤을 지냈다. 다음날 혜숙의 눈 부기는 몰라보게 가라앉아 정상적인 얼굴을 되찾고 있었다. 꾀병처럼 보이도록 이상한 사랑의 힘이었다.

세명은 다음날부터 두 발 벗고 나서서 3D 업종을 가리지 않고 취직을 위해 동분서주 뛰었다. 소규모로 전기제품 장사를 하는 친구의 가게에 취직했다. 그가 다루던 동격의 업종이었다.

출근을 하면서부터 세명은 훨씬 성품이 밝아졌다.
홀어머니 주 여사의 눈을 피해 아내에게 수시로 농담을 걸었고, 내시처럼 아첨하는 것도 마다하지 않았다. 너무 좋아진 부부의 금슬로 그들은 또 하나의 딸을 잉태했다.
혜숙은 기쁨으로 가슴이 설레었다.

새롭게 신혼을 맞는 듯이 남편이 고맙고 애틋했다. 진작부터 딸을 하나 낳아서 키우고 싶다고 생각했었지만, 요즘 세상에 네 아이는 너무 벅찼다.

고민을 하다가 어느 날 시모인 주 여사에게 고백하자
"요새 네 명의 아이는 너무 많지 않냐? 니가 그토록 갖고 싶어 했던 딸이라니 어쩔 수 없구나. 다 먹이고 입히고 공부시키려면 힘이 들 건데… 각오해라. 너도 뭔가 일을 찾아보고. 길바닥에서 하는 힘든 장사 말고 돈을 모아서 우리도 가게를 하나 내도록 하자. 그러면 에미가 아이들을 보살피면서 장사도 할 수 있겠지."

대를 잇는 아들을 유독 좋아하는 주 여사는, 며느리가 네 번째 가진 딸을 덤이라고 생각하는 듯했지만 종내는 허락했다.
처음에는 그들도 가난을 모르고 살았었는데, 계속 아들을 가지면서 조금씩 사라져가던 재산이, 네 번째 딸을 가지면서 여러 행운들이 대문으로 쏙쏙 찾아들었다. 그들에게 딸이 복덩이였다. 아들을 낳을 때는 재물을 안 주고 딸이면 복을 주는가.

사랑은 날개가 있다 141

시고모의 얘기처럼 힘들었던 고비 길이 끝나고, 이제는 순탄한 내리막길로 바뀐 것인가. 인간이라면 누구라도 행과 불행의 시기가 있다. 불행보다는 행복의 시기가 길다는 것이 다행이다. 해서 운명철학은 쉽게 무시해버릴 일이 아닌 것이다.

친정어머니도 이런 결과를 바랐을 것이다. 딸의 얼굴에 심한 상처를 내어놓고, 속상해하며 후회하고 있을 어머니에게 남편과의 화해를 알리고, 그가 취직해서 일을 나간다고, 고맙다고 인사할 말을 혜숙은 찾고 있었다.
그녀는 눈의 상처가 우선해지자 친정으로 달려갔다.

"엄마, 정서방 이제 취직해서 출근해요! 나는 보험회사 그만두었고요. 모두가 엄마 덕분이야."

"그날은 에미를 원수처럼 퍼부어 대더니?"

"엄마, 미안해요. 나 때문이었어. 용서해 주세요."

혜숙은 오 여사의 등뒤에서 어깨를 껴안으며 애교를 부렸다.

"잘 왔다. 많이 아팠제? 내가 화가 나서 이혼하라고 떠들긴 했지만, 니는 이혼 못할 거라는 것을 미리 알고 있었다. 내 딸이니까. 에민들 왜 살면서 무수한 고빗길이 없었겠노. 일곱 자식을 두고 차마 떠나갈 수가 없었단다. 자식들은 무거운 내 멍에였다. 그리고 또 자식은 나를 살게 하는 희망이었다!"

"엄마…! 엄마는 우리보다 백 배 천 배 더 고생했어도 잘 참고 살았는데, 나는 아직 미숙아로 어른이 못 되나 봐요."

"내가 니 보약 지어 놨다. 먹으면 어혈이 빨리 풀릴 거다."

오 여사는 딸의 상처를 조심스럽게 어루만졌다. 겉으로 전혀 흉터가 남지 않은 것을 합장으로 부처님께 감사 드렸다.

"사돈을 볼 면목이 없구나."
"우리 어머니도 다 이해하셨어요. 자식 키우면서 산전수전을 다 겪은 분이니까. 친정어머니가 자식사랑이 너무 커서 그렇다는 것을."
"내가 먹을 것을 준비해서 사돈을 찾아뵈어야겠다. 사과도 드리고…. 우리 사위한테도 내가 먼저 사과해야지."
"엄마도 참…! 그러면 정서방 더 미안해할 텐데. 그 사람 본바탕은 나쁘지 않잖아요. 자기 표현을 잘못 해서 그렇지."
오 여사는 기분 좋게 하하하 웃었다.
"신랑 비호하는구나. 그래, 나도 안다. 훌륭한 안사돈의 자식이니까. 전생의 질긴 인연으로 내 사위가 되었는데, 낸들 정서방이 왜 밉겠노. 부디 에미 걱정 안하게 행복하게만 살아라."
세명이 단호하게 일어선 것은 아내 혜숙의 얼굴 상처 때문이었다. 그것은 세명에게 뜨겁고 무서운 담금질이었다. 사랑하는 아내가 그런 참혹한 모습으로 돌아온 것이.

사위가 취직을 해서 아침마다 즐겁게 출근한다는 얘기에, 오 여사는 보살처럼 미소 지었다.
"단단한 가죽고리가 이제는 고집을 버렸구나."
오 여사의 얼굴에도 덩달아 웃음꽃이 만발했다.
그것은 뜨거운 자식사랑이었다. 자식의 위기 앞에서 오 여사는 언제나 용감했다. 내일 또 자식들 앞에 무슨 일이 닥친다면 그녀는 지체 없이 달려갈 만능 해결사였다.

〈단편소설〉
 영혼의 출구가 없습니다

  누가 우리를 암흑 속에 가두었단 말입니까.
나치가 유태인을 잔혹하게 가스 학살하던 악령이 새롭게 나타나기라도 했단 말입니까. 그가 선택한 곳이 왜 하필 이곳입니까. 소리치고 아우성을 쳐보지만 캄캄한 연옥이 펼쳐져 있을 뿐 아무 곳에도 밖으로 나갈 출구가 없습니다.
두려움으로 몸이 굳고 아래턱이 덜덜 떨리는 한기를 불쌍히 여겨서 누군가가 가스난로라도 피웠는지, 주변이 열기로 확확 뜨거워지고 있습니다.
그런데도 몸은 전혀 녹지 않습니다. 녹기는커녕 더 심한 한기로 손발이 굳어지고 등줄기에서는 식은땀이 흐르면서 무릎이 차갑게 얼어옵니다.
  영혼의 출구를 얘기할 때, 영생을 말할 때 사람들은 터널 속으로 빨려드는 것 같았다고 합니다. 누군가가 잡아당기듯이 어두운 터널 속으로 들어갔다고 말합니다. 한데 우리는 살아서 그 터널 속으로 들어갔습니다.

악마의 달콤한 유혹에 넘어가듯이. 그날 그 시간 대구 지하의 중앙동역 안에는 얼마나 많은 저승사자들이 모여 있었을까요. 저승사자 하나가 한 사람을 맡을 수 있는 거라면, 수백 명 목숨을 저당 잡은 저승사자들이 떼거리로 몰려들었나 봅니다.

하지만 우리들은 죽음이 준비되어 있지 않습니다. 어리둥절하기만 합니다. 왜 죽어야 하는지도 도무지 감이 잡히지 않습니다. 오늘 아침도 예사로이 집을 나섰고 올려다본 봄 하늘은 화창했습니다.

겨울옷이 칙칙하고 무거운 듯해서 장롱 속의 화사한 봄옷을 꺼내 입고 나왔습니다. 기분이 좋아서 콧노래를 불렀습니다.

표를 사고 승강구를 지났을 때, 내 옆에서 계단을 내려가는 여학생들은 조잘대면서 장난을 치기도 했습니다.

청소년들의 푸른 젊음, 건강한 웃음, 그들의 손에는 친구에게 선물할 예쁜 꽃다발이 한 아름씩 들려져 있었습니다.

화사한 봄꽃들이 아름다워서, 나는 전동차 의자에 앉은 채 사람들의 무릎에 뉘어진 여러 개의 꽃다발에 시선을 주었습니다. 졸업식장에서 그 꽃다발을 받고 즐거워할 미지의 소녀를 떠올리면서 입가에는 저절로 미소가 그려졌지요.

한데 지금은 온통 암흑뿐입니다. 가슴이 답답해오는 캄캄한 어둠과, 문틈으로 간단없이 새어드는 매캐한 연기,
동서남북을 헤아릴 수 없어서 내지르는 승객들의 비명뿐입니다.
전동차가 중앙동역에 들어서면서 이상한 일들이 일어났습니다. 출입문이 열리는가 했더니 곧바로 문이 닫혀 버렸습니다. 열렸던 지하역 구내에는 매캐한 연기가 자욱했습니다.

"불이 났네! 저 차에 불이 났어!"

건너편 전동차에 불이 나서 연기는 간단없이 우리 쪽 차로 몰려오고 갑자기 전기가 나갔습니다. 불안으로 가슴이 조이는 듯했습니다.

"오! 하느님! 주여!"

"부처님, 이 몸을 살려주세요!"

종교는 이럴 때 위대한가요. 나이든 사람들은 부모보다 남편보다 자식보다 신의 이름을 먼저 부릅니다.
그들은 평생 동안 그렇게 믿고 살아왔습니다. 위기 속에서 각기 그들의 신을 소리쳐 부르면 신이 구원의 손길을 뻗쳐 응답해 주신다고. 하나 오늘 이 순간 신은 이곳에 없습니다. 지하는 공기가 나쁘고 갑갑하다고 하늘 푸른 산으로 바람이라도 쐬러갔는지.

불이 어느새 우리 전동차로 옮겨 붙었습니다. 철로 만들어진 차에 불이 그토록 쉽게 붙을 줄이야!

"엄마! 엄마아 — !"

여자애가 엄마를 소리쳐 부릅니다. 그 옆에서 중년의 다른 목소리도 들립니다.

"아이고, 어머니이! 어머니이! 저는 죽습니다! 세 아이들 남기고 먼저 죽습니다. 그이를 먼저 떠나보내고 내 손으로 아빠 몫까지 하면서 세 아이들 잘 키우려고 했건만, 가난 속에서도 열심히 살아왔건만…….
저는 불 감옥에 갇혀서 돌아갈 수가 없습니다. 우리 아이들 잘 키워주세요! 부탁합니다, 어머니! 사랑합니다."

모습은 없고 목소리만 있는 아낙네가 울음으로 암흑의 허공에다 대고 유언을 하자, 비로소 사람들은 화들짝 놀라 죽음이 눈앞에 다가오고 있음을 감지합니다.
깜빡 넋을 잃고 있었던 탓입니다. 부동으로 굳어 있다가 마취에서 깨어난 사람처럼, 너도나도 행동하기 시작합니다. 닥치는 대로 손에 잡히는 대로 벽을 두드립니다.
손톱으로 벽을 긁아댑니다. 출구를 찾기 위해 엉금엉금 기면서 몸부림칩니다.
"아앗! 뜨거워!"
벽을 두드리던 소녀의 손이 강풍 앞의 문풍지처럼 화르르 떱니다. 온몸을 새우처럼 도르르 말면서 바닥으로 굴러 떨어집니다. 모습은 보이지 않고 몸뚱이가 떨어지는 둔중한 소리만 쿵! 하고 사람들의 청각을 뒤흔듭니다.
"아이고! 누가 문 좀 찾아봐라아 ― !"
한 노파가 쉰 목소리로 비명을 질러댑니다.
"정전이 되어서 속수무책이오. 문은 열리지 않소."
"내 돈! 은행에서 막 찾아온 내 돈 다 태우겠다!"
어떤 여자가 앙칼진 목소리로 푸념을 해댑니다.
"자식한테 물려주지도 못하고 아까운 거금을 불쏘시개로 다 태우는구나!"
"이 판국에 목숨보다 돈 걱정 먼저 하다니! 돈밖에 모르는 수전노네! 어차피 죽을 몸, 돈이 무슨 소용이야!"
청천하늘에 날벼락을 맞듯이 아침 잘 먹고 집을 나섰다가 난데없이 지하철 안에서 죽어야 하는 것이 너무 억울해서.

영혼의 출구가 없습니다

옆의 여자는 아무나 붙잡고 싸우고 싶은 모양입니다.

"그래! 나는 돈밖에 모른다! 돈이 좋아서 할 짓 안할 짓 다해 가면서 악착같이 돈 벌었다! 저승 갈 때도 돈 갖고 가면 저승사자 꼬셔서 좋은 자리 차지할 수 있으니까!"

캄캄한 어둠 속에서 돈타령하던 여자가 악다구니를 칩니다. 잔소리하던 옆의 여자와 한 덩어리로 엉겨 붙었습니다.

"얼씨구! 저승길도 싸우면서 가라! 못된 여자들!"

옆의 남자가 솟구치는 분노를 억눌러 참아내다가, 스트레스를 해소할 곳을 찾았다는 듯이 발로 냅다 두 여자를 차버립니다. 두 여자는 어둠 속에서 머리를 부딪힌 채 얼싸안고 울음을 터뜨립니다. 언제 싸웠더냐 싶게 자매처럼 서로를 끌어안습니다. 남자가 지하철 안에서 남의 여자를 발로 차는 행위를 보고 승객들이 분노할 법하지만, 아무도 상관하지 않습니다.

"세상에 살다 살다 별꼴 다 본다더니 – 이런 일도 있다요? 아이고 — 엄니! 나 이리 죽으라고 배 아파 낳으셨소? 내가 이렇게 죽는 줄도 까마득히 모르겠지요 —! 대구사람도 아닌 내가 대구 땅에 와서 지하철 탔다가 불귀의 객이 되오!"

"그 말 한번 더럽네! 대구사람은 지하철 속에서 불 타 죽어도 괘안코, 대구사람 아이믄 더 억울하다 이 말이가!"

"아이고, 아저씨. 내가 전라도 촌에서 농사짓는 사람이오. 난생 처음 볼일로 대구 왔다가, 청천하늘에 날벼락처럼 불벼락을 당하니 원통해서 안 그라요!"

"원통한 것은 다 마찬가지라고! 누구는 이렇게 죽으라고 시부책에 씌어 있나?"

대구 남자와 전라도 여자는 정치판 싸움처럼 으르렁거렸습니다.

"죽음 앞에서 태연자약하다니. 저 사람 도통했나?"

남자는 또 건너편의 한 승객에게 시비를 걸었습니다. 불그스름한 차내에서 그는 지그시 눈을 감은 채 팔짱을 끼고 그림처럼 앉아 있습니다. 누가 무슨 말을 하건 말건 그대로 육중한 바위였습니다. 잠든 것인지, 이미 졸도라도 해버린 것인지.

"부처가 따로 없구먼. 죽음이 두렵지 않은 사람은 이미 사람이 아니고 신의 반열이지. 치이 – 놔 버렸군, 놔 버렸어! 욕망과 두려움을."

갓 잡혀온 조롱 속의 야생 조처럼 파닥파닥 끝까지 살아있는 남자는 화살을 다른 곳으로 돌렸습니다.

"운전사는 도대체 뭐하는 거야! 정전이 되었으면 어떻게든 빨리 불을 켜야 될 것 아냐. 방송으로 잠시 기다리라 하더니, 왜 까마귀 꿩 구워먹은 소식이냔 말야! 빨리 대책을 세워야 할 것 아냐? 우리를 닭장 속에 가두고는 다 태워 죽일 셈인가?! 아무리 지하지만 불 속으로 뛰쳐나가다가 죽든지 살든지 문이라도 열어줘야 할 것 아냐!"

그때 어둠 속에서 반짝! 불이 켜졌습니다.
부둥켜안은 사람들은 철감옥 속에서 전기가 살아났나 하고 일제히 눈을 반짝였습니다. 정신을 수습하고 바라본 그것은 작고 작은 섬광이었습니다. 파랗게 빛나는 귀신불이었습니다. 그 파란 불빛에 한 소녀의 얼굴이 드러났습니다. 괴기스럽도록 얼굴의 반쪽만 보이는 소녀가 파란 불에 대고 헐떡였습니다.

"엄마! 여기 지하철 안이야! 지하철에 불났어!"

소녀는 휴대폰에 얼굴을 대고 울었습니다.

"뭐라고?! 그 그게 정말이가? 얘야, 침착하게, 침착하게… 덤벙대지 말고… 침착하면 살 수 있어. 급하게 나오다간 사람에 치어서 밟혀 죽는다!"

휴대폰 속 엄마의 목소리가 먼저 떨려나왔습니다.

"엄마! 지하철 안에서 나갈 수가 없어. 숨이 막혀와. 콜록콜록… 문이 열리지 않아…. 콜록콜록 콜록… 전기도 정전이야. 너무 깜깜해. 무서워, 엄마. 사방이 타고 있어. 불이 내게로 와……."

"소영아, 엄마가 갈게. 죽으면 안 돼! 안 돼! 정신을 놓으면 안 돼. 엄마가 갈 때까지 기도해라!"

엄마의 거친 숨소리가 옆 사람에게도 들렸습니다.

"기도했지만 소용없어…. 엄마도 아빠도 이곳에 오지 마. 이곳은 너무 무서워! 너무 뜨거워……!"

"소영아! 소영아! 엄마 말 듣고 있니?! 대답해!"

"엄마… 사랑해…. 안…녕……!……"

"소영아 ―! 소영아 ―! 안 돼 ―!"

툭!

안간힘으로 들고 있던 휴대폰이 소녀의 손에서 떨어집니다.

소녀가 휴대폰으로 전화하는 것을 본 사람들은, 자기들 호주머니 속에도 핸드폰이 있음을 기억해내고, 한 손으로 입을 막은 채 너도나도 핸드폰 뚜껑을 엽니다. 파란빛, 초록빛이 귀신불처럼 여기저기 살아서 꿈틀댑니다. 흔들리는 불빛 속에서 음흉한 저승사자가 낄낄 웃고 있습니다.

"119! 119! 여기는 대구지하철 중앙동역! 불났는데 우리는 다 죽어 가는데, 출동 않고 머하요! 이미 출동했다고? 기다리라고? 빨리 와서 우리 좀 살려주소! 오바."

"영화 찍나? 119보다 불이 더 속도가 빠른 것도 몰라?"

"요즘 세상은 참 편리하기도 하구나. 죽어가면서 바깥세상의 사람들한테 무선 전화기로 유언을 할 수 있다니. 예전에 사고로 죽은 귀신들이 보았다면 부러워 할 전경이 아닌가!"

조금 전 여자들을 발로 걷어찼던 남자가 계속 구시렁댑니다.

"죽음의 현장에서도 빈부의 차이가 갈리는구나. 가난하고 여유 없어서 휴대폰을 갖지 못한 사람들은, 가족에게 유언도 남길 수 없는 원통함을 슬퍼하면서 죽어가는구나!"

"아아! 뜨거워라! 우리들이 하늘 아래 무슨 철천지 원수진 죄를 지었기에, 화장막 같은 불가마 속에서 분신자살하는 투사처럼 죽어야 한단 말인가!? 어두운 지하도 안에서……."

"카악ㅡ! 도무지 숨을 쉴 수 있어야 말이지. 벌이도 없는데, 내 죽으면 마누라가 화장비 벌겠구먼."

남자가 자조적으로 내뱉습니다. 청중들을 웃기려 했지만 어느 누구도 웃지 않습니다.

사고하는 것조차 점점 힘들어지는 내 뇌리 속에 각기 다른 목소리의 비명이 파고듭니다.

여자들 울음소리, 남자의 고함소리, 비단을 찢는 듯한 어린 여학생 목소리, 소리 소리들.

"목이 탄다. 목안에서 와글와글 불이 끓는다."

"물! 물! 아아, 물, 물! 누가 물 가진 사람 없어요?"

여학생이 탁탁 갈라지는 목소리로 어둠 속에서 마구잡이로 하소연합니다.

"물이 있다면 자기 목을 먼저 축이지, 누가 이 지경에서 자기 물을 남한테 줄라고? 배낭 맨 등산객은 하나도 없는데. 속수무책이지."

새벽에 떠오르는 동해의 햇살처럼 붉은 기운이 사방에 퍼집니다. 불이 우리를 향해서 오고 있습니다. 노도처럼 맹렬하게 달려오고 있습니다. 차량의 지붕과 벽체도 발갛게 달아올라 용광로 속 같은 열기를 훅훅 뿜어댑니다.

어둠은 가셨건만 출구가 없습니다. 육신의 출구는 고사하고 영혼이 빠져나갈 출구도 없습니다.

그때 누군가가 비통하게 소리칩니다.

"신이여! 불 속에 넣어서 익히는 것은 감자나 고구마나 밤이 적당할 것입니다. 옥수수도 있습니다. 우리는 사람이란 말입니다. 운전 중에 교통사고로 죽는 것도 억울한 일이거늘 암흑 속에서 불까지 안겨 주다니요! 용광로 속에 가두어 살을 태우고 뼈를 녹이다니요! 이건 너무 하지 않습니까! 도대체 무슨 의도입니까? 당신이 우리에게 원하는 것은 무엇입니까!"

목사라도 탔는지 그는 주절주절 읊어댑니다.

"전쟁에서 많은 사람들이 피를 흘리면서 죽습니다. 하나 그들도 우리처럼 참혹하지는 않습니다! 죽음의 흔적이라도 남습니다! 당신은 완전범죄를 노리고 있습니다! 살인을 한 뒤 증거를 남기지 않으려는 방화범처럼!"

그는 붉어진 눈동자로 허공에다 종주먹을 흔들었습니다.

신이 앞에 있기라도 한다면 멱살이라도 잡고 흔들 기세였습니다. 불 속으로 순식간에 매다 꽂을 듯 광인의 눈빛입니다.

"당신의 능력이면 한 손으로 불을 끌 수도 있다고 생각해왔습니다! 입김으로 간단히 훅 불어서, 타는 불을 가라앉게 할 수 있는 초능력의 존재라고 믿어왔습니다! 그래서 열심히 기도도 했고, 성전에 돈도 갖다 바쳤습니다!"

그의 목소리가 가뭄 난 논바닥처럼 탁탁 갈라졌습니다.

"물론 이 중에는 질이 나쁜 사람도 있을 것입니다. 하나 오늘 이 시간 지하철을 탄 사람들이 모두 아수라 같은 불지옥을 겪어야 할 만큼 죄의 허물을 쓰고 살아왔다고는 생각지 않습니다. 개 중에는 착한 사람도 있고, 아직 죄를 모르는 어린아이들도 있습니다. 그런데도 당신은 선과 악을 구별하지 않습니다!"

"교회의 주인인 목사가 벼락을 맞고, 인간들은 당신 앞에서 한 참회의 약속을 지키지 않게 되었으며, 언젠가부터 종교가 돈을 버는 수단이 되었습니다…. 부끄러운 얘기지만 저 역시 예외는 아니었습니다…. 목회자가 되려했던 처음의 꿈과는 다르게 나날이 이타심이 아닌 이기심으로, 종교지도자로서의 본분을 잊고 속세 형으로 바뀌어 가고 있습니다……!"

그는 열심히 자아비판을 하고 있습니다.

이곳저곳에서 사람들이 기도하는 소리가 들립니다. 기도하라고 시키지 않았건만 일사분란하게 자동적입니다.
어차피 죽어야 할 목숨이라면, 기도가 별로 소용에 닿지 않는다고 해도, 천당행 티켓을 먼저 끊으려는 안간힘인지도 모릅니다. 발악에 가깝습니다.

"부처님, 부처님, 거룩하신 부처님! 나무관세음보살! 오, 아니지. 죽음 직전에는 아미타불을 불러야 해! 나무아미타불! 나무아미타불—!"

여자들이 두 손을 합장하고 부처님을 부르자, 이곳저곳에서 남자의 목소리가 합세합니다.

"나무아미타불 관세음보살 지장보살 지장보살 지장보살 지장보살……"

"신묘장구 대다리니 나모라 다나다라 야야 나막알약…"

형형색색의 각기 다른 표정으로 악착스럽게 염불하는 일그러진 형상의 속세무민들…….

나는 내가 지은 죄를 생각해봅니다.

오늘 아침도 노모는 시장에 나갈 차비를 하고 있었습니다. 가게도 없이 시장의 노점에서 푸성귀를 파는 노모는 일찍이 남편을 잃고 과부가 되어, 외아들인 나를 보람으로 여기면서 당신을 희생해왔습니다. 추위와 무더위를 가리지 않고 뼈 빠지게 돈을 벌어서 나를 먹이고 입히고 공부시켰습니다.

새벽같이 나가는 노모의 보따리가 무거운 줄 알면서도, 무거워서 들지 못하고 자루를 질질 끄는 것을 느낌으로 알면서도, 나는 따뜻한 아랫목에서 뭉그적거리며 잠을 털어 내지 못하고 있었습니다.

어젯밤 마신 술로 해서 게으름이 내 발을 붙잡았습니다.

"아, 흠… 어머이, 내가 들어 주까……?"

입가에 달라붙는 하품을 내뿜으면서 겉치레로 말했습니다.

그렇게 말하면, 어머니는 당연히 사양하실 것을 머리로 계산하면서요. 눈에 넣어도 아프지 않을 만큼 아들을 사랑하시니까요.

"어젯밤 술 마시고 느까(늦게) 들어와서 고단할 낀데, 더 자라. 에미 걱정하지 말고. 무겁지 않으니까."

노모는 아들이 아까워서, 젊은 아들이 힘을 쓰는 것이 안타까워서 당신이 힘든 일을 자청합니다.
무거운 것을 노상 다루느라 허리가 휠 지경이지만, 아들 앞에서는 한 번도 내색하지 않습니다.
젊은 아들이 힘을 쓰는 것보다, 자신의 허리가 휘는 것이 오히려 낫다고 생각합니다.

어릴 때부터 그런 과보호 속에서 자라온 나는 몸에 잔뜩 게으름이 달라붙어서 타성이 되었습니다. 내 어머니뿐 아니라 길에서 무거운 짐을 들고, 혹은 머리에 이고 낑낑대면서 걸어가는 노인들을 보아도 무감각합니다.
한국의 노인네들은 다 그런 삶을 운명처럼 껴안고 살아왔다고, 우리들 젊은이는 기성세대들보다는 나은 삶을 살 권리를 특권처럼 부여받았다고 자만하면서, 내 편안함을 당연한 듯이 받아들였습니다. 더 편한 삶을 찾아서 기웃거렸습니다.

"야야, 내가 용한 점쟁이한테 물어 보았더이, 니는 불을 조심해야 한다 카더구마. 불 옆에는 가까이 가지 말고, 항상 불을 조심하래이."

어머니는 밤중에 연탄을 가는 일조차도 당신이 손수 하고, 아무리 바쁜 일이 있어도 연탄 가는 일을 내게 심부름시키지 않았습니다. 담배도 피우지 말라고 신신당부해 왔습니다.

한데 나는 오늘 지하철을 탔다가 불을 만났습니다. 이 사회에 불만이 많은 한 남자가 고의로 불을 질렀다고 합니다.
"에이, 재미없는 세상, 너 죽고 나 죽자!"
병에 넣은 신나에다 라이터로 불을 붙여 던졌다고 합니다.
펑!
신나에 붙은 불은 순식간에 화약처럼 폭발했습니다.
악마가 씐 방화범은 자신의 몸에 불이 붙자
"에구, 뜨거워라!"
비명을 지르면서 지하철 문밖으로 달아났습니다.
"너 죽고 나 죽자"하면서 자살을 시도했던 당사자들은 번번이 살아납니다.
죽겠다고 했던 소리는 한 순간의 장난에 불과했던지, 정작 죽어야 할 그들은 살아나고, '모진 놈 옆에 있다가 벼락 맞는다'는 속담처럼 엉뚱한 사람들이 죽어납니다. 오늘의 사건뿐만이 아니고 그런 실례들을 이웃에서, 신문이나 뉴스에서 수없이 보아왔습니다.
친구의 졸업식장에서 선물로 주어져야 할 축하 꽃다발이, 우리들의 죽음을 조상하는 꽃이었음을 아둔한 우리가 어찌 미리 알았겠습니까!
믿을 수가 없습니다. 아무래도 믿어지지가 않습니다.
이렇게 허무하게 죽음을 맞이할 것을 알았다면, 오늘 새벽 노모가 이고 가는 짐을 번쩍 들어서, 내 손으로 버스정류장까지 들고 갔을 것을요. 어머니의 손을 잡고 나란히 골목길을 걸었을 것을요.

잘 다녀오시라고, 어머니의 주름진 얼굴을 만져보고, 다시 한번 눈여겨보고, 까칠한 얼굴에다 내 볼을 비비기도 했을 것을요.
사랑하는 어머니에게, 내가 없어도 애간장 끓이면서 슬퍼하지 말고, 꿋꿋하게 사시라고 마음속 부탁을 드렸을 것을요. 이별은 그렇게 해야 하지 않겠습니까.
어머니가 나를 위해서 행했던 희생에 대한 마음의 보답이라도 할 수 있는 시간을 주셔야 하지 않았겠습니까.
노모가 내 죽음을 알면 기절해 넘어질 것입니다.
이 땅의 어머니들이 그래왔듯이, 오직 하나 아들을 보면서 지탱해왔던 희망이 일시에 무너지면서, 내 어머니는 썩은 고목처럼 쓰러질 것입니다.
  야속합니다. 내 어머니가 틈날 때마다 절에 가서 나를 위해 무사고를 빌었던 수많은 시간을 기억하기에 당신이 원망스럽습니다. 하지만 불에 의해 죽어야 할 운명을 타고났다는 어머니의 얘기가 새삼 가슴에 와 닿습니다.
어머니는 내가 죽은 후에도 내 영혼을 천도하기 위해서 울면서 또 절을 찾아가실 것을 압니다. 뼛가루도 건질 수 없는 육신 대신 내 영정을 올릴 것입니다.
  "불쌍한 내 새끼, 얼마나 뜨거웠을꼬? 그 고통이 얼마나 지대했을꼬?! 불을 조심하라 하더니 결국 이렇게 데려 가십니까? 부처님!"
  어머니는 당신의 발아래 쓰러져서 통곡하시겠지요.
  운명처럼 죽음을 현실로 받아들이기로 작정하자, 어느 정도 마음의 여유를 찾았습니다.

영혼의 출구가 없습니다 157

누구나 한번은 죽는다는 것을 생각했습니다.
가난한 내 어머니가, 아들의 죽음으로 받을 보상금을 생각하면 조금 위안이 되기도 합니다.
　내 혼은 먼저 공중에 떠서 기관실의 운전사를 엿봅니다. 사령실의 누군가와 전화를 받고 있는 그의 목소리가 들립니다.
　"이곳은 지금 엉망입니다. 어찌합니까? 가는 겁니까? 마는 겁니까? 빨리 대책을 세워줘야……, 예? 차를 죽이고 도망가라고요? 콜록콜록……, 예, 알겠습니다! 마스콘 키를 가져오라고요? 예, 이상 끝."
　기관실은 불이 난 현장에서 멀기에 아직 운전사가 위험하지는 않습니다.
그들의 대화 중에 불 속에 방치된 수많은 승객들 죽음을 걱정하는 소리는 단 한마디도 없습니다. 동료인 운전사에게만 도망가라고 무선전화로 지시합니다.
마스콘 키를 뽑으면 전동차의 온갖 기능들이 정지되고, 차 문을 폐쇄해서 차안의 승객들이 화기를 마시고 질식해 죽고 불에 타서 죽는 것을 그들은 모른 척 외면해버립니다.
비정함과 잔혹함이 여기에 이르면 누구도 대적할 상대가 없습니다. 그들이 바로 저승에서 온 사자들입니다.
이 지하철 안에 오늘 그들의 가족이 탔다면, 그들은 출입문을 폐쇄할 수밖에 없는 마스콘 키를 빼라는 말은 하지 않았을까요? 화재현장에서 가족을 구하기 위해서 필사적으로 어떤 노력을 강구했을까요?
　당황해서 정신이 없었을 수도 있다고요?

사령실에는 여러 사람들이 함께 있었습니다.

그 중에서 한 두 사람이라도 인간적인 따뜻한 가슴을 지닌 사람이 있었다면, 마스콘 키를 챙기는 일이 뭐 그리 바쁘냐고, 차안의 승객들이 불 속에서 탈출을 해야 얼마라도 생명을 구할 수 있지 않느냐고. 모니터 화면으로 경보기가 울리는 것을 방치한 우리들 잘못이 크다고, 누군가 인간의 양심으로 피를 토하는 사람이 있어야 했습니다.

 지하철 화재를 처음 겪는 그들은 속수무책이었습니다.
아랫사람들은 화재현장으로 달려갔지만, 윗사람들은 자신의 몸보신에만 급급했습니다. 전화에 녹화된 증거를 없애는 등으로 자신들의 잘못을 숨기는 일에만 끝까지 열심이었습니다.

 이런 세상에 우리는 살고 있습니다.
비정한 세상에서 파리처럼 불안한 생명을 부지해왔습니다. 당신도 별로 믿을 대상이 못된다고 포기하기로 했습니다.

 내 영혼은 어느새 죽음을 함께 할 동료들이 있는 불 속 장소로 돌아왔습니다. 비겁한 운전사의 뒤를 따라가고 싶지 않았습니다. 그의 뒤를 따라가서 비겁함의 극치를 보느니, 아수라 같은 죽음 속에 있는 것이 차라리 맘 편했습니다.

 우리는 죽음을 함께 할 공동운명을 타고났습니다.

 화려한 꽃불 속에서 사람들이 몸부림치면서 두 팔을 휘저으며 춤을 추고 있습니다.
무용가가 추는 살풀이춤보다 더 처절하고 눈물겨운 애간장을 녹이는 춤입니다.

이미 숨을 거둔 사람들도 발아래 보이지만, 화마는 생과 사를 가리지 않고 파도처럼 넘실거립니다.
이제는 아무도 소리하지 않습니다. 괴로운 율동만이 있을 뿐입니다. 소녀의 발아래서 꽃다발이 타고 있습니다.
타는 꽃에서 아름다운 향기가 퍼져납니다.
　수많은 사람들이 죽음의 축제에 참가했습니다.
아름답게 단장을 하고, 꽃다발을 들고, 기분 좋게 집을 나서서 죽음의 지하로 들어선 것입니다.
전혀 자의식도 없이 동참했습니다. 사람들은 왜 한 치 앞도 내다보지 못하는 것일까요?
자신에게 다가오는 죽음의 그림자, 음흉한 냄새를 맡지 못하는 것일까요. 그 중에서도 살아난 사람들이 있습니다.
먼저 불이 났던 1079호 전동차 속의 사람들, 소수의 사람들을 제외하고는 전동차의 열려진 문으로 재빨리 지상으로 대피했기에 살아났습니다.
매캐한 연기에 질식할 것 같았던 고통을 제하고는, 그들은 죽음과 입 맞추지는 않았습니다. 병원에 누워서 사랑하는 가족과 재회할 수 있었습니다.
　이것은 영화 속 이야기가 아닙니다. 현실입니다.
　"1080호 전동차 나오세요. 중앙동역에 불이 났습니다. 조심, 조심해서 들어가세요."
　불이 난 현장으로 들어가라고, 그것도 공기의 순환이 안 되는 지하의 굴속으로, 매캐한 연기가 가득 찬 가스실로 들어가라고 종용하는 사람을 나는 일찍이 보지 못했습니다.

지난 날 독일의 나치스가 유태인을 살상하던 방법이 그랬다는 것을 역사책에서는 보았지만요.

그것은 산소 호흡기를 착용한 소방수들에게나 가능한 얘기가 아닙니까. 소방서의 상관들이, 화재현장의 인명을 구조하기 위해서 소방수에게 내리는 지시여야 합당하지 않습니까. 그곳에는 질이 나쁜 악마가 대기하고 있었습니다.

"빨리 와! 빨리 오라고! 전쟁이 나야 우리들이 즐겁고 살맛이 나는데, 전쟁이 안 나니까, 파괴와 죽음과 살상이 드무니까 좀이 쑤셔서 죽겠다구. 오늘은 신나는 불 속 죽음의 축제를 구경할 수 있게 빨리 와, 빨리 오라구!"

악마는 먼저 정신이상자 같은 한 남자를 조종했습니다. 그의 손에 신나와 라이터를 들려주면서 등을 떠밀었습니다. 귓가에 대고 속삭였습니다.

"지하철을 타라! 너는 우리가 시키는 대로만 하면 돼!"

은근하게 뒤통수에 대고 유혹하면서 낄낄 웃었습니다.

"그리고 너는 현장을 재빨리 빠져나가라! 그 후에 뒷일은 우리들이 한다!"

악마의 교시에 따른 그는 꼭두각시였습니다.

사령실의 분부에 따른 운전사도 똑같은 꼭두각시였습니다.

사람은 타서 뼈조차 녹아내려 흔적이 없어져도 사람들이 지녔던 휴대폰들은 불에 타지 않고 주인의 흔적을 고스란히 남겼습니다. 나는 그런 휴대폰도 갖지 못했기에, 내가 이 시간 불이 난 지하철을 탔다는 사실을 누구에게도 증명할 수가 없습니다. 어머니는 내가 지하철 속에서 죽은 줄도 모를 것입니다.

친구하고 만나서 늦어지나 보다, 친구 집에서 술 한 잔 마시고 잠자나 보다 하면서 몇 날을 내가 돌아오기만을 학수고대 기다릴 것입니다.

　친구들이여, 이곳에서 죽음을 함께 하는 친구들이여!
　어차피 맞아야 할 죽음이라면, 이제 누구도 되돌릴 수 없는 죽음이라면, 비탄과 원한의 찌든 얼굴로 마지막을 장식하기보다, 검게 그을은 넝마 같은 영혼으로, 굴비 두름처럼 엮여서 저승길로 가기보다, 불 위로 날아오르는 아름다운 나비의 영혼으로 변신해서 다함께 천상으로 가면 어떨는지요?
불지옥 속에서 모두 하얀 나비 되어 창공으로 날아오릅시다. 우리가 생명을 반납했던 지하의 굴속보다 푸른 하늘은 아름답습니다. 비온 뒤에 오색 무지개가 유선형을 그리며 떠오르는 찬란한 하늘입니다.
지하의 곳간에서 숨 못 쉬는 고통을 겪어보았기에, 푸른 하늘 아래 맑은 공기가 더없이 소중하다는 것을 뼈저리게 느낍니다.
　우리들에게 이승에서 저지른 죄가 있었다면, 우리들 각자의 업이 크고 지대하다한들, 이토록 참혹한 죽음을 맞는 것만으로도 이미 그 죄는 다 사하고도 남았을 것입니다. 가지가지 연옥을 미리 체험했으니까요. 이보다 더한 지옥은 지상에도 어느 곳에도 없을 테니까요.
우리들 죄가 아무리 크다 한들 다 소멸되어 사라졌을 것입니다. 아니지요, 이승에서 살아있는 사람들의 가지가지 죄도 우리들이 모두 안고 갑시다.

십자가를 지고 피를 흘리면서 골고다의 언덕을 넘어가던 성인 예수 그리스도처럼.

　살아서 밝은 햇빛 속을 걷는 사람들이여.
　우리들을 위한 노래를 불러주십시오.
우리를 잊지 말아 주십시오.
직장이 내 가족들의 호구지책을 위해서,
나의 입신양명을 위해서만 출근하는 곳이 아니라,
사회의 일원으로서 타인의 행복을 내 행복처럼 함께 추구하는 장소로, 책임지는 행동으로, 대중의 위기 앞에서는 함께 두 발 벗고 나서서, 남의 생명도 내 목숨처럼 소중히 여기고 아끼는 그런 사람들이 사는 인간다운 세상을 만들어 주십시오.
나도 살아서는 바른 삶을 깨우치지 못했지만, 수많은 영령들의 희생을 치른 후에야, 그런 사람이 많은 세상이 정녕 아름다운 곳이라는 것을 알게 되었습니다.
　살아있는 사람들은 그대들의 생명을 최대한 아끼고 사랑하십시오. 사령실에서 근무하는 사람들도, 정신의 미개함에서 깨어나 내일은 더 나아진 세상을 우리들 영혼 앞에 보여 주십시오.
타인을 위해 사는 사람들이 우리들 주변에 많이 있습니다.
많은 사람들이 희생되었지만, 그날의 소방수들 모습을 기억합니다. 자신의 위험을 무릅쓰고, 검은 연기에 건강을 잠식당하면서 한 사람이라도 더 살리려고 노력하다가 과로로 쓰러지는 사람들의 아름다운 모습도 보았습니다.

살아서 건강한 몸으로 밝은 햇빛 속을 걷는 사람들이여!
딸을 데리고 함께 목욕탕에 가는 어머니여,
딸이 제 손으로 몸을 씻지 않는다고 나무라는 어머니여,
탕 안에서 어영부영 놀기만 한다고, 소리쳐 불러내어 딸의 등을 밀면서 투덜대는 어머니여.
　대구 지하철 화재를 생각해보십시오.
그 속에 내 딸이 있지 않았음을 신께 감사하고 기도하십시오.
그랬기에 오늘 딸과 함께 따뜻한 탕 안에서, 서로의 몸을 만지면서 장난도 칠 수 있음을 감사하십시오.
재앙은 예고하면서 오지 않습니다.

　주말에 가족들이 오붓하게 식당에 모여 앉아 값싼 짜장면으로 외식을 할지라도, 그것이 빛나는 행복임을 잊지 말아 주십시오.
가족을 사고로 잃어버린 유족들은 그런 모습을 눈물겹게 부러워하고 있음을 상기해주십시오.
그들의 상처를 함께 껴안아 주십시오.
성금을 내는 것으로만 도리를 다했다고 생각지 말아 주십시오.
보상금보다도 위문품보다도 유족들에게 더욱 절실한 것은 따뜻한 인정입니다.
비정한 세상에 살고 있다는 상실감이 그들의 상처를 더 크게 합니다. 옆에서는 사고로 사람들이 죽어 가는데, 나하고는 상관없는 일이야 하면서 웃으면서 꽃놀이 가고, 노래방에서 춤추며 노래하는 이웃들이 유족들을 깊이 병들게 합니다.

나와 내 가족은 그런 사고 속의 주인공이 되지 않으려면 하루하루를 감사하고, 가난하고 불행한 이웃들을 위해 봉사하고, 성실의 땀방울을 보람으로 여기면서 나날을 겸허히 사십시오.

　전쟁과 지진, 화재, 기아, 홍수, 가뭄, 토네이토 같은 무서운 폭풍, 집단적으로 행하는 폭탄테러, 하늘과 땅과 바다에서 일어나는 갖가지 교통사고들, 이 지구는 이미 안전지대가 아닙니다. 내일 무슨 사고가 생길지, 어떤 무서운 재앙이 도래할지, 아무도 내일을 기약할 수 없는 미지수의 삶에, 억울하고 원통하게 죽은 우리들의 영혼이 세상에 던지는 메시지입니다.
　불 속에서 온몸의 살점이 녹아내리는 고통을 잊고, 나비 혼으로 창공을 가벼이 날고 싶었지만, 그 소망을 이루지 못한 혼들의 눈물겨운 부탁입니다.
우리에게는 아직 영혼의 출구가 없습니다.
(2003년 한국문인 소설 등단작품)

〈단편소설〉
🎁 마지막 선물

　혜주는 생각에 빠져서 길을 걷는다.
그 사건으로부터 이미 십년이 흘렀다. 세월은 흐르는 물 같아서 어느새 훌쩍 십년이라니. 또 오월이 오고 있다.
계절의 여왕이라 불리는, 꽃이 지천으로 만발하는 축복의 달 오월이 혜주에게는 눈물 맺히는 계절이다.
　유달리 정이 많았던 남동생. 남자형제 중에서 혜주와 같은 둘째였다. 어머니가 지어주신 聖哲(성스러울 성, 밝을 철)이란 좋은 이름을 지녔는데, 그 이름값을 하느라 그랬는지 철도 일찍 들고 소견이 밝았으며 유난히 착하고 마음이 여렸다. 그러나 염세주의였다.
　죽음을 앞두고 비장한 마음으로 준비했을 그의 마지막 선물. 죽기에는 너무 아까운 만37세의 나이였다.
　여자 형제들과 형수들에게 고루고루 하나씩 백화점에서 산 각각 색깔이 다른 고급 바바리코트 선물이 주어졌지만, 그 옷을 지금껏 입고 다니는 형제는 혜주뿐이다.

빚을 지고 돈 때문에 고통 받았었고 그래서 죽었던 남동생이, 죽기 바로 전에 무슨 마음으로 값비싼 옷을 샀을까 하면서, 생각할수록 기분 나쁜 옷이라면서 고급 옷을 입지 않고 남을 줘버린 여동생도 있다.

혜주는 혼잣말로 중얼거린다.

아우여, 니가 사준 옷은 예쁘고 멋스럽다. 입고 나서면 거리의 멋쟁이로 변신한다. 두 딸들에게도 공주처럼 예쁜 옷을 사서 입히던 너의 안목이다. 딸자식을 너무 호사스럽게 키운다고 나는 생전에 너를 나무라기도 했었다.
남편의 적은 수입에 맞게 최대한 근검절약으로 살아가는 내 생활습관이었기에.

"내가 벌어서 내가 쓰는 거요."

그는 혜주누나의 잔소리를 불만스러워했지만, 생각해보니 그것은 아버지를 닮은 햄섬하고 뿌리 깊은 습관이었다. 아버지도 젊은 날, 공직에 계시면서 어린 두 딸들에게 앙증맞은 꼬맹이 발에 양화점에서 값비싼 색깔 가죽으로 빨간색, 연보라색 구두를 맞춰 신기곤 했으니까. 일곱 살, 다섯 살 딸들의 꼬맹이 발이 금방 커버릴 것임에도, 당신의 자식사랑은 값비싼 가죽구두보다 더 컸으니까.

어릴 때 혜주 형제들은 부모님에게 귀하게 사랑 받으며 무한히 행복했었다. 그가 그렇게 떠난 후에야 그것이 딸들에 대한 지극한 사랑이었음을 뼈아프게 느낀다.
옛날 아버지가 그랬던 것처럼.

성격이 너무 깔끔해서 실패한 인생을 스스로 책임지고 생을 마감했던 너. 그러나 누이는 너의 아픈 사랑을 버릴 수 없다. 그 옷을 입고 다니면서 내게 설령 불행이 온다 하여도, 너의 외로운 영혼이 누이의 따뜻한 손을 잡고 싶어 한다 하여도, 나는 차가운 니 손을 떨쳐낼 수 없다. 어둠이 깔리기 시작하는 거리에 가로등이 뿌옇게 흐려 보인다.

"작은누나는 고상하고 멋쟁이니까 검은색 바바리를 입고 거리를 활보하면 어울릴 거요."

혜주에게는 검은색을 선물로 주었지만 그 옷을 즐겨 입으면서, 몇 년이 지난 후에 그녀는 언니 것까지 얻어왔다. 언니가 어쩐지 께름칙하다면서 입지 않고 장롱 속에 깊이 숨겨 두었던 남동생의 선물 녹색 바바리코트를 내가 입을게 하면서 가지고 왔다.

언니와 여동생, 그리고 형, 아우들도 니가 장사를 하면서 금전적 고통으로 허우적거릴 때는 멀리 두고 싶어 했었다. 그래서 니가 준 옷 선물이 싫었던가 보다. 그 옷 속에 어떤 저주가 있을 거라고 불안해했다.

나는 그 옷을 사랑으로 입는다.

너를 멀리하지도, 너의 어려움을 귀찮아하거나 고통을 외면하지도 않았기에 나는 니가 하나도 무섭지 않다. 옷을 입을 때마다 너를 생각하면서 형제의 정으로 아파한다.

성철아, 너 지금은 하늘나라에서 평안하니?

그가 두고 떠난 두 딸들… 그가 떠나간 오월이 되면 나는 또 거리를 걸으면서 혼자 눈물 흘리리라.

누나로서 작은 도움밖에 주지 못했던 내 가난했던 삶과, 너의 짙은 외로움을 미리 살피지 못했던 지난날을 후회하면서…
초등학생이었던 너의 두 딸들은 다 자랐고 훌쩍 커서 성인이 될 만큼 세월이 숱하게 흘러갔지만… 그때 형제의 도리를 다하지 못했던 후회와 아쉬움은 지울 길 없다.
너와 나는 유달리 친했었기에, 니가 오래도록 불행한 삶을 살았기에 더 친했구나. 나도 그때는 참 가난하고 불행한 삶을 살았기에. 그래서 그런 니 모습이 더 아팠던 거다. 너무 큰 뜻을 지녀서 물 위의 기름처럼 사회에 잘 적응하지 못했던 너는 하늘사람이었기 때문이라고 생각한다. 나도 때때로 그런 고통 속에서 살고 있으므로.

 아내가 떠난 후에, 니가 취직자리를 알아보겠다면서 시외로 갔을 때는, 니 두 딸을 내가 일주일씩 우리 집에 데리고 있기도 했었다. 내가 13평 아파트에 살면서 집은 좁았지만 니가 나를 믿었기에 내게 두 딸을 맡기고 갔었지.
아이들이 외롭지 않도록 사랑으로 돌보았다. 어린이들이 좋아하는 간식 먹거리도 집에서 자주 만들어주면서.
예쁜 두 소녀가, 엄마가 없어도 공부를 열심히 하고, 어른들에게도 예절 바르고 좋은 습관을 가지고 살면, 누구에게나 사랑받는다면서 바른 정신적 교육도 시켰다.
아이들은 즐겁게 고모, 고모 부르면서 유난히 나를 따랐다.
엄마아빠가 인물이 좋았었기에, 천사처럼 유난히 예쁜 아이들이었다. 태어날 때 인물이 예쁜 딸들은 하늘의 축복이지.

어느 날 내 꿈속에 너의 모습이 보였다.
니가 죽고 난 뒤 한 일년이 지나서일까.
"누님, 누님 집에 이사 갈까 하는데 방 좀 치워 놔 줘요."
"그래, 온나. 방 깨끗이 치워놓을게."
나는 꿈속에서 전혀 스스럼없이 말했다.
꿈속에서 나는 니가 죽었다는 생각은 전혀 들지 않았고 고생하는 시기여서, 갈 곳이 없나 보다, 그러면 우리 집에 데리고 살자 그런 맘이었다.
사내 녀석이 어찌나 깔끔한지 방 청소도 직접 하고 집안이 널려 있는 것을 보지 못했다.
아내 대신 언제나 쓸고 닦았다. 청결한 것을 좋아하는 성품도 아버지를 빼다 박았다. 그래서 나는 집안을 깨끗이 치우고 제일 깨끗한 방을 너에게 줘야지 생각했었다.
꿈을 깨고 난 뒤에 생각해보니, 죽은 남동생이 우리 집에 이사 오겠다고? 이상도 해라. 그러나 한번 한 약속은 지켜야 한다고 생각했기에, 나는 남동생과 꿈속에서 한 약속을 파기하거나 싫어하지 않았다.
불쌍한 녀석. 죽어서도 떠돌이처럼 갈 곳이 없나 보다.
그래, 배고프면 우리 밥 먹고, 잠잘 데 없으면 우리 집에서 자라 했다. 언니는 내 꿈 얘기를 듣고는 두려워했다.
"형제라고 해도 죽은 혼령을 집안에 들이면 안 된다."
"그러면 불쌍한 그 녀석을 가라고 내쫓아야 하나!"
나는 버럭 화를 내었다. 살아있을 때도 나는 외로운 세 가족을 우리 집에 오라고 자주 불렀고 잠도 재워서 보냈다.

어려움에 처했을 때 유난히 냉정하게 피하는 여자 형제들에 비해서 인정 많은 둘째누나는 푸근한 너의 언덕이었다.

"그렇기도 하네. 너하고는 친했으니까 너한테 해코지하지는 않겠지. 그런데 니는 참 간도 크다. 죽은 혼령이 니 집에 온다는데 무섭지도 않나."

"다 마음먹기 나름이지. 죽고 사는 거 별 거 아니다."

살아있을 때 그를 사랑했는데, 죽고 나면 무서워해야 하나.

그 후부터 나는 죽은 남동생의 혼령이 우리 집에 묵고 있다고 생각하면서 살았다. 귀찮거나 두렵지도 않았다.

니가 니 딸들도 지켜주고 누나도 지켜다오 했다.

한 달쯤 지나서였다.

어떤 여자가 우리 아파트 벨을 눌렀고 밖에서 말했다.

"지나다가 목이 말라서 그러니 물 한 잔 주세요."

목마른 여자에게 물 한 잔 못줄 게 뭐냐 싶어 문을 열고 들어오라고 했다. 두 여자가 같이 다니고 있었다. 교인들이었다. 냉장고 안에 든 시원한 물을 가져다주었다.

물을 마신 두 여인은 쉬 가지 않고 자기네 특수종교를 선전했다. 나는 전업 작가로 종교를 선전하고 다니는 사람들을 별로 좋아하지 않았다. 문을 열게 하기 위한 그들의 속임수에 기분이 언짢았다. 글 쓰는 시간을 많이 뺏기게 생겼다.

목마르다고 하지 않았더라면 문을 열지도 않았을 것이다.

두 여자가 거실에서 집안을 휘 둘러보고는 대뜸

"이 집에 자살한 귀신이 있네."했다.

내가 남동생의 꿈을 꾼 후라서 잘도 알아맞히는구나 생각했다. 아니면 남에게서 듣고 미리 정보를 알고 왔거나.
"자살 귀를 데리고 있으면, 이 집 식구 중에서도 자살하는 사람이 생겨나는데요."하면서 겁을 주었다.
죽은 자를 제사로 달래서 보내야 한다는 말에
"괜찮으니 염려 말고 가세요."
그들이 말하는 기십만원 제사 지낼 돈이 없다면서 여자들을 밖으로 내보냈다. 고인故人은 죽기 전에 자기 앞 닦느라고 그랬는지 한 이년동안 열심히 종교에 심취했었다. 그런 후에 갔다. 두 여자들과 같은 종교였다. 그렇다면 나를 미리 알고 우리 집에 찾아왔을지도 모른다. 바쁘다면서 두 여자를 보냈다.

누이는 뒤늦게 너를 회고하며 통한의 글을 쓰려 한다.
니 영혼을 달래주는 일이라면 사양하지 않겠다.
니가 외롭게 혼자 떠나갔던 5월이 오고 있구나.
그래서 내게는 눈물 많은 5월이.
 5월 5일 어린이날. 너는 두 딸을 데리고 성지곡 어린이대공원에 가서 두 딸에게 놀이기구들을 다 태워주고 즐겁게 놀았다고. 맛있는 것들을 많이 사주면서 인형 선물도 사주고 두 딸이 맘껏 행복을 느끼도록 해주었다고 했다.
니 큰딸 정원이가 아빠가 간 후에 울면서 털어놓았다.
너는 바로 다음날인 5월 6일에 미련도 없이 훌쩍 떠나갔다.
자신의 죽음을 준비한 후에 니가 하나하나 실천한 행동은 우리들을 놀라게 했었다.

형제들에게는 숫자대로 고급 옷을 사서, 형제 집에 찾아가서 주거나, 혹은 주소를 알아내어 옷 선물을 소포로 붙이고 – 너는 형제들에게 몇 차례 돈을 빌려가고는 못 갚았기에 형제들에게 빚이 있긴 했었다. 내게도 큰 빚을 지고 있었다. 그것을 고급 옷 선물로 갚았니?
나는 그것이 너의 형제애이고 사랑이라고 믿는다.
그래서 죽음 후에 형제들이 모여서 너를 절에서 사십구재 지내고, 사자死者가 생시에 못 갚은 빚을 갚는다는 예수제도 정성들여서 지내주었다.

　너는 형제들 중에서도 참 부지런했는데, 남다른 모험심을 가지고 있었다. 하나하나 성실하게 차곡차곡 쌓아 가는 것이 아니라, 니가 번 돈으로 장사를 크게 확장했다.
잘되면 다행이고 못되어도 할 수 없다는 일종의 투기심을 가지고 있었다. 네 뜻대로 잘되었더라면 좋았을 것을, 새롭게 시작한 사업은 번번이 실패로 돌아갔다. 해서 주변 사람들이 너로 인해 피해입고 괴로움을 겪기도 했다.

　"나는 시시하게 살지 않을 거요. 멋지게 살 거라구."
　오토바이를 즐겨 타면서 점점 고급 종류로 바꾸었다.
너는 속도를 좋아했고 그것을 타고 씽씽 내달았다.
인생에서도 역시 빠른 속도를 좋아했나 보다. 변화를 즐기며 이사도 너무 자주 다녔다. 그러나 때로는 고독파였고 혼자서 산에 가는 것을 즐겼다.

　너의 아내는 니가 실패를 거듭하자 새로운 행복을 찾아서 어린 두 딸을 남기고 가출하듯 떠나갔다.

비정한 엄마가 가버린 뒤에 몇 년이 지났다.
어린 나이로 엄마 없이 외롭게 남겨진 두 딸에게 너는 죽기 전 마지막 선물과 슬프고 아름다운 추억을 남기려 했구나. 그리고 미련 없이 죽음을 선택했다. 유서 한 장도 남기지 않았다.
 두 딸은 형제들이 잘 키워줄 거라고 믿었던 거니?
 내가 너의 사랑을 사후에도 믿는 것처럼.
 경찰이 와서 너의 죽음을 의문사로 조사하려고 했을 때, 내가 그들에게 말했다.
 "조용히 가게 해주시지요. 그 애는 세상보다 먼 하늘나라를 좋아했답니다. 자기가 택한 죽음입니다."
 그 전에도 니가 스스로 선택한 오토바이 사고가 여러 번 있었다고 참고로 얘기했다.
 "가족이 그렇게 믿는다면 우리가 나설 일은 아니네요."
 "젊은 사람인데……"
 경찰은 혀를 차고 돌아갔다.

 자살하는 사람은 가장 비겁하고 용기 없는 사람이다.
 자결하는 사람은 가장 용기 있는 사람이다.
 너는 어떤 사람으로 불리기를 원했니?
 형제들에게 계속 폐를 끼치면서 비루하게 사는 삶보다 너는 실패를 거듭하는 너의 인생에 종지부를 찍자고 생각했다. 죽을 날을 기다리는 만사 귀찮은 사람의 축 처진 모습으로 있지 않고, 너는 미리 계획한 일들을 하나하나 실행으로 옮겼구나.
 지금 뉴스에서 어떤 젊은이의 마지막 모습을 본다.

그는 총으로 수많은 사람들을 살상하고, 세상을 떠들썩하게 하고 떠났지만, 너는 실패한 너의 삶을 스스로 책임지자 했었다. 그만큼 성품이 결백하고 깨끗했다.
너의 영혼은, 비수처럼 푸르고 멍에처럼 아프다.
"이 나쁜 자식아 — ! 너는 개자식이다!"
화장한 너의 유골을 맑은 가지산에다 뿌리면서, 너의 바로 아래 남동생 철이는 너에게 들으라는 듯이 어두컴컴한 계곡을 향해서 미친 듯이 소리쳤다.
형제를 배반한 놈이라고.
"그러나 용기 있는 놈이다! 성정이 깨끗한 놈이라고 — !"
연달아 뱉아 내는 그 말 한마디가 산을 저렁저렁 울리면서 퍼져 나갔다. 비명 같은 고함소리가 눈물겨웠다.
너는 들었니? 그 말을.
성스러울 聖자 대로 이름값을 했구나. 그렇게라도 성스러워지고 싶었던 거니. 나도 때로는 이 눈물 많은 세상 이쯤에서 접어버리고 간절히 너처럼 하늘로 돌아가고 싶어 하지만, 아들딸, 그리고 나를 사랑하는 사람들을 생각하면, 내가 내 자리에 있어주는 것이 그들을 행복하게 하는 거라고 생각하면서 참아낸다. 부처님의 법음 테입을 꺼내서 들으면서 나를 추스리곤 한다.
그렇게 떠난 너는 나의 멍에다. 부모의 멍에다.
어머니는 치매로 너의 죽음조차 모른단다. 참 다행이다.
이제는 니가 하늘나라에서 성스러운 모습으로 신선처럼 살기를 바란다. 고통도 훌훌 벗고 눈물도 훌훌 벗고 나비처럼 가볍게, 공기처럼 가뿐하게 너울너울 춤추면서.

니 딸들은 큰형 집에서 장기간 책임지고 키우면서 아버지도 도와서 잘 컸고, 예쁘고 행복하게 잘살고 있다. 공기 좋은 반촌에서 할아버지와 같이 살기도 했다. 너를 닮아서인지 공부를 좋아하고 재주도 빼어나서 두 딸이 시골 학교에서 우수상을 많이 받았다. 성실한 아빠의 인자를 받아 나왔고, 니가 딸들의 수호신으로 별이 되어 지켜준 탓이리라 믿는다.

몇 년 전에 가신 아버지를 니가 잘 모셔라.
아버지와 너는 닮은꼴이었지. 깨끗하고 깔끔한 성품까지.
살아생전 못한 효도를 맘껏 하려무나. 신선이 되어 나무그늘에서 바둑을 둘 때, 같이 둘 상대가 있어서 이제는 외롭지 않겠구나. 니가 세상에서 짐 졌던 고통들은 이제 내가 안으마.
 스물여섯 푸른 나이에 역시 자살로 돌아가신 큰외삼촌 얼굴을 니가 꼭 닮았다고 어머니가 종종 얘기했었다.
그는 음력으로 그 외삼촌의 제삿날 떠나갔다.
외삼촌과 얼굴이 닮았던 그가 같은 형태의 죽음을 했고, 하필이면 그분의 제삿날 떠나갔다는 것은 우연이 아닐 것이다.
전생과 업연에 얽힌 거라고 하지 않을 수 없다.
깔끔한 성격도 닮았고, 약간 말을 더듬거리는 것까지 닮았다고 어머니에게서 들었다. 26세에 간 큰외삼촌의 환생이었을까?
두 사람이 같은 염세주의였다. 만25세에다 12세를 보태어 만37세를 살고 간 그는, 다음 생에는 또 12년을 보태어서 49세를 살고 또 그렇게 생을 마감할 것인가?
 생각하면 참 기이한 일이다.

불교적인 해법으로 생각해본다. 전생이 있고, 그의 전생과 후생은 너무나도 닮은 모습을 하고 있다는 것을.
니가 태어났을 때 어머니는 자신의 큰오빠를 너무 많이 닮은 아기라서, 훌륭한 큰오빠를 생각하면서 〈성스러울 성〉자에다 〈밝을 철〉자로 聖哲이란 이름을 지었다고 했다.
어머니는 그 시절 진주법원 재판장의 딸로서 무척 똑똑한 여자였다. 그래서 일곱 자식들의 이름을 혼자서 어려운 옥편을 보면서 다 지었다.
 공부를 좋아하여 일제시대 일본 제국대학을 졸업한 큰외삼촌처럼 성철 역시 공부를 좋아했었다.
많은 가족에 집안이 어려워서 대학에 가는 것이 어려울 때, 그는 고학으로 대학에 가서 도강하듯이 공부했다. 복도에 서서 교수님의 강의를 날마다 들었고 노트에 기록했다, 그것을 아신 교수님이 문을 열고 나와서 미소로 안에 들어오라 했다.
고학생이라고 고백하자, 돈이 없어서 등록을 못해도 밖에 서서 공부하는 것이 기특하다면서 "진짜 학구파로군" 하시며 손을 끌고 교실로 데려 갔다고. 순진하고 착해 보이는 인상이 교수님을 감동시켰는지. 성격도 깔끔했다.
 성철은 죽은 외삼촌처럼 말을 더듬거렸다. 외삼촌은 의성김씨로서 뿌리 속 애국심을 가지고 있었다. 빼앗긴 나라를 생각하고 울분이 컸다. 일본에 가기 전, 뼈대 있는 집 처녀를 골라서 부모 간에 억지로 혼인을 맺은 아내를 싫어했다.
 결혼 첫날밤에, 그의 눈에 방안에 앉은 신부가 무서운 구렁이로 보인다면서 동침을 거부했다.

아내와 합방도 하지 않은 채 일본으로 떠났었다. 조선 젊은이는 일본군에 징집 당해가던 시절이었다. 제국대학 공부를 마치고 조선으로 돌아오는 배 안에서 그는 실종되었다.
배는 조선에 도착했지만 그는 배에서 내리지 않았고, 탑승자 이름을 가지고 동행했던 사람들이 선실 안을 수색했지만 그는 어디에도 없었다. 「死의 찬미」 속 김우진과 윤심덕처럼 아무도 몰래 현해탄에 몸을 던진 것이었다. 그의 고독한 염세주의는 그렇게 끝을 맺었다.
 부모의 상심은 말로 다할 수 없을 만큼 컸다.
 일본 제국대학을 나온 수재가 그리 허무하게 가버리다니. 그는 평생 동안 부모의 가슴속 멍에였다. 그의 혼은 우주를 자유로이 떠도는 바람이었다.
 두 사람은 결혼에서 실패한 것도 같았다.
길에서 여자를 보고는 "저 구렁이" 하기도 했다.
 지나고 보니 두 사람이 똑같은 형태의 삶을 살았던 것이다. 마치 앞사람의 발자국을 밟아 가듯이. 죽음의 시도도 여러 번 실패했으나 큰외삼촌의 제삿날에 뜻을 이루었다.
 그곳에는 알 수 없는 영혼의 비밀이 있다.
큰외삼촌의 혼백이, 자신을 닮은 그를 하늘나라로 이끌어준 거라고 생각한다. 참으로 묘하고 수수께끼 같은 일이지만, 윤회와 업이란 불교적인 해법으로 대비하면 그 속에 해답이 있다.
그 두 사람은 하늘나라 영계에서 만났을까?

〈중편소설〉

 내게 주오

– 천기누설 –

　김 여사는 노처녀 딸의 혼사문제를 앞두고 마음이 바빴다. 스물아홉 나이인데도 불구하고 결혼에는 도통 관심이 없는 둘째 딸을 중매로 강제 시집보내려고, 중매쟁이 노파한테 신랑감을 부탁해두고 있었다.
　며칠 후 중매쟁이는 남자의 사진을 가지고 나타났다.
소규모 업체를 운영하고 있다는 신랑후보는, 중매쟁이 말대로 과거 학창시절 운동선수답게 단단한 인상과 떡 벌어진 어깨에 유난히도 몸이 건강해 보여서 첫눈에 김 여사의 맘에 들었다.
　그녀의 남편은 공직에 있었지만 유난히 약골이어서 중병에 걸렸었다. 명문가의 딸로 태어났지만 남편의 오랜 병으로 여러 자식들과 긴 세월 고생을 해왔던 경험으로, 남자의 건강과 생활력이 가장 우선이었다.
　김 여사가 만나본 장준호는, 키는 좀 작았지만 역기 선수처럼 어깨가 딱 벌어지고 짤막한 목이 건강해 보였다.

작은 업체를 운영하는 사장이라니까 먹고사는 생활 걱정은 안 해도 될 것 같았다. 범띠 생답게 범상으로 혈색도 붉으스레 좋았고 인물도 괜찮은 편이었다.

"듬직하고 남자답게 생겼어. 내 딸은 몸이 약한데 남자를 보아하니 생활 걱정은 안 해도 되겠어."

김 여사는 첫눈에 유달리 건강해 보이는 장준호에게 호감을 느꼈다.

유난히 자아가 강하고 한번 옳다고 생각하는 일에는 고집이 센 편이지만, 한편 마음이 곱고 여리기도 한 딸에게는, 그런 씩씩한 남자여야 어울릴 것 같았다.

남자가 열 살이나 나이 차이는 났지만, 결혼 상대가 물 좋고 경치 좋은 곳이 어디 쉬운가. 회사의 말단 직원 월급쟁이보다는 경제력도 나을 것이다.

김 여사는 그를 놓치고 싶지 않았다. 서둘러 맞선을 보게 했다. 장준호는 첫눈에 혜인을 맘에 들어 했다.

혜인은 장준호를 첫눈에 마다했지만, 애초에 결혼하고 싶지 않은 혜인이니 허락을 얻어내는 것은 불가능할 터였다. 밑으로는 동생들도 혼기에 들어서 총총한데 빨리 노처녀 고물차를 들어내어야 했다.

김 여사는 결혼 날을 받기 위해서 철학을 잘 본다는 철학관을 찾아갔다. 이층 방이었다. 방안에서 사람이 점을 보고 있었기에, 밖에서 기다렸다가 차례가 되어 들어갔다. 감정료는 입구에서 미리 조수가 받고 있었다.

관장은 육십 대로 보이는 인물 좋은 남자였다.

"결혼날짜를 잡으려는데요."

"남자와 여자의 생일생시를 대보시오."

김 여사는 종이쪽지에 적어온 것을 내밀었다.

1948년(무자년) 음력 12월 13일 해시 딸의 생일이었다. 남자의 생일은 1938년(무인년) 음력 윤7월 24일 술시였다. 두 사람의 생일생시를 옮겨 적던 관장이, 갑자기 억! 하면서 비명 같은 소리를 내질렀다. 얼굴 표정이 굳어졌다.

"이 처녀가 누구요?!"

관장은 정색을 하고 물었다.

"내 딸인데 왜요?"

관장의 표정이 하도 이상해서 김 여사가 되물었다.

"이 여자는 이 남자와 혼인해서는 안 되오! 아니 이 여자는 어느 남자와도 혼인해서는 안 되오!"

관장은 단호한 표정으로 굳은 채 고개를 절레절레 흔들었다. 김 여사는 장준호를 처음부터 마음에 들어 했던 터라 불만스러웠다.

"내 딸이 왜 결혼을 하면 안 된단 말이요? 얼마나 심성이 착하고 영리하고 부모한테 효성스러운데……."

"그렇겠지요. 처녀의 심성은 전혀 나무랄 데 없소. 자질도 매우 훌륭하오. 어디 내놔도 재주가 빠지지 않소. 한데 이 처녀는 이 남자한테 시집가면 절대로 살아내지 못하오. 몹시 불행해지오. 얼마 안 가 파탄을 맞게 될 거요."

"궁합이 그토록 나쁘단 말인가요?"

김 여사가 걱정스러운 표정으로 물었다.

"이 남자하고 결혼은 생각지도 마시오. 이 딸은 결혼시키지 않는 것이 좋을 거요."

"내 딸을 평생 처녀로 늙히란 말인가요?"

김 여사의 신경이 곤두섰다. 큰딸을 몇 년 전에 시집보냈고, 시집가지 않으려는 골칫덩이 둘째딸과 정신적인 갈등을 겪다가, 강제로 겨우 맞선자리에 내보내는데 성공했는데 또 무슨 장애물이란 말인가.

"내 딸이 시집 못 갈 이유가 뭔데요?"

"그것은 얘기할 수 없소. 천기天氣를 누설하면 안 되니까. 이 처녀는 예사 사람이 아니라는 것만 알아두시오."

"답답해서 죽겠네. 좀 알아듣게 얘기해 주시오."

김 여사는 답답해서 입안이 바짝 마르는 것 같았다.

"예사 사람이 아니라고 했소. 천기를 누설할 수 없소."

김 여사의 물음에도 관장은 앵무새처럼 같은 소리만 반복했다. 그는 눈을 지그시 감고 명상에 잠기는 듯했다.
관장은 눈을 크게 뜨고 김 여사를 보면서 정색했다.

"이 딸을 내게 주오."

김 여사는 흥분해서 벌떡 일어섰다.

"뭐라고? 아니 이 영감이 미쳤나? 당신 지금 나이가 몇이오? 환갑도 넘어 보이는데, 그렇다면 결혼도 했을 건데, 늙은이 주제에 내 딸을 달라고? 에잇! 천하에 나쁜 영감 같으니!"

내 딸을 자기 소실로 삼겠단 말인가?

성미 급한 김 여사는 분통이 터져서 책상 위에 있는 한 무더기의 종이를 집어서 관장의 면상을 향해 냅다 집어던졌다.

처음부터 그를 아랫사람처럼 무시하고 있었다.
"니가 우리 집을 뭘로 보고 그런 허튼 소리를 하느냐! 내 친정아버지가 법관을 지냈고, 내 시댁도 알아주는 양반 가문이다. 그런 내 딸을 뭐라고? 시집보내지 말라 해놓고는 너한테 달라고? 이런 미친 영감쟁이가 있나? 내가 분해서 못살겠네! 온몸이 치가 떨리네!"
김 여사는 온몸을 부들부들 떨고 있었다.
사주관상이나 보는 미천한 남자가, 생전 본 적도 없는 내 딸을 달라니 될 법이나 한 소린가 말이다. 정신이상자 같은 소리를 하는 것으로 보아, 좀 전에 말한 사위후보와 궁합이 나쁘다는 소리도 헛소리인지도 모른다고 생각했다.
"그 딸이 명문가에서 태어난 것도 알고 있소. 내 말을 허투로 듣지 마시오. 그러면 꼭 후회할 일이 있을 거요. 그 딸은 보통 여자들과는 운명이 다르오. 내가 그분을 아내로 삼겠다는 것이 아니외다. 참 성질도 급하시군."
"시끄럽다! 이 영감쟁이! 순 돌팔이 같으니!"
흥분한 김 여사는 뇌까리다 말고 한 생각이 머리를 쳤다. 그분? 그분이라고? 스물아홉 살 생일을 봐서 알 건데, 나이가 훨씬 어린 내 딸을 늙은이가 그분이라고 불러?
시집도 안 간 처녀를 그분이라니……!
그러다가 다시 냉정한 판단력으로 돌아왔다.
이 영감쟁이가 뱃속에 시커먼 흑심을 품고 나를 놀리고 있는 거다. 손에 쥐었다 났다 하는 거라고. 에이, 더 들을 것도 없다!
김 여사는 방에서 뛰쳐나와 신발을 사납게 꿰어 신었다.

신발이 앞뒤로 돌면서 제대로 신기지 않아서 애를 먹었다.

"내가 집에 가서 영감쟁이를 사기꾼으로 고발할 수도 있으니 각오하소! 무당들이 점 보러 찾아오는 사람들한테 이상한 소리를 해서 먼저 겁부터 준다 카더마는 딱 맞네. 뭐라? 천기누설? 아무 데나 갖다 붙이면 다 말이 되는 줄 아나? 살다 살다 별 희한한 소리 다 듣겠네!"

"훗날에 가서 내 말을 기억하게 될 거요."

씩씩거리며 방을 나가는 뒤통수에 관장의 말이 날아와서 화살처럼 꽂혔다. 그것은 끈끈이주걱처럼 몸에 착 붙어서 잘 떨어지지 않았다. 펄펄 뛰는 김 여사와는 달리 그는 차분한 목소리로 경고했다.

훗날에 가서? 그 말이 묘하게 여운을 남겼다. 화난 상대한테 끝까지 침착함으로 대하는 것도 좀 예사롭지 않았다. 김 여사는 가까스로 흥분을 누르고 돌아서서 물었다. 하나 아직도 감정의 찌꺼기가 남아 있었다.

"내 딸이 당신들처럼 무당 기질이 있단 말이요?"

김 여사의 말 속에 뾰족한 가시가 돋아 있었다. 뿌리 속 양반의 자존심이, 사주보는 사람을 눈 아래로 하대하는 투는 여전했다.

"아니오. 훨씬 크오. 그 딸을 선대에서 백일치성으로 기도해서 낳지 않았소? 그 딸에게 함부로 하지 마시오."

관장은 노기등등한 김 여사에게 쥐어짜는 듯한 목소리로 응답했다. 천기누설이니 해명을 하지 말아야 했는데, 작은마누라로 들이려 한다는 오해를 불식시키고 싶었다.

할 수만 있다면 생일과 사주로만 본 그 여자를 오매불망 갖고 싶기도 했다. 묘한 영적 교감이었다.

　김 여사는 못들은 척 입구를 빠져나왔다.

　선대에서 기도해서 낳지 않았소? 그 딸에게 함부로 대하지 마시오.

　조금 전 들었던 말이 머리속에서 지구를 탄 듯이 빙글빙글 맴돌았다. 선대에서 기도로 낳았다는 말은 옳았다.
함안 조씨咸安趙氏 명문대가 양반가문에서 태어난 시어머니는 천석꾼의 집에 시집을 가서도 유난히 불심佛心이 깊었다. 남편에게 큰돈을 얻어내어 절을 짓기도 한 시어머니가, 날이면 날마다 신 새벽 냉수 목욕으로 하루에 꼭꼭 삼천 배씩 절에서 백일치성을 드려서 낳은 아이였다. 며느리가 첫딸을 낳자 가문을 이어갈 아들손자를 보기 위해서 날마다 하루에 삼천 배를 하면서 지성으로 올린 기도였다.
시어머니가 백일기도 후에 꿈속에서 관음보살을 보았다.
음력으로 무자년戊子年 섣달 열사흘 밤 해시. 차갑고 매서운 겨울 한밤중이었지만, 유난히도 맑은 밤하늘에는 북극성과 반짝이는 화성이 영롱하게 빛을 발했다.

　며느리가 산통을 겪는 순간에도 집안의 우물가에서 시어머니의 간절한 기도는 계속되었다. 밤하늘을 보면서 유난히 빛나는 화성에게 순산을 빌고 있었다.
양력으로 1월 11일 밤이었다. 대청마루의 기둥시계가 열한 점을 치는 순간에, 아기는 고고의 울음소리를 터뜨리면서 세상에 태어났다. 1.11.11. 한 일자만 가득한 출생일에 태어난 아기.

시골의 침침한 호롱불 밑에서 – 산모에게 정신적으로 안정감을 주기 위해 일부러 남포 심지를 낮추었다 – 조마조마한 가슴으로, 출장 온 여 산파가 받아낸 신생아의 아랫도리를 본 시어머니는, 아들 낳았다고 함박웃음을 지으며 탄성을 터뜨렸다.
"아들이야, 아들! 오! 부처님, 감사하옵니다!"
첫딸을 낳았던 며느리도 기운 없이 미소를 그렸다.
"그토록 지성으로 기도하시더니 소원성취 하셨네예. 축하드립니더."
수많은 하인들이 차가운 겨울 한밤중임에도 불구하고, 자다가 마당에 달려 나와서 마님에게 진심으로 칭송을 올리면서 다 같이 기뻐했다.
그런데, 날이 새어서 이불을 들치고 신생아의 아랫도리를 보니까 아들이 아니라 딸이었다.
"밤중에 보고 아들로 느껴졌던 것은 웬 착각이었을까? 어젯밤에는 분명히 작은 고추가 보이던 아들이었는데…? 이상도 해라……."
불심이 유난히 깊은 시어머니는 그것을 부처님 뜻이라 믿었다. 둘째 손녀였다.
그럼에도 기도를 포기하지 않고, 다음에는 꼭 귀한 아들을 점지해주시겠지 믿으며 역시 똑같은 기도를 올렸고, 세 번째는 떡두꺼비 같은 아들손자를 얻었다. 비로소 소원성취를 한 것이다.
둘째 손녀가 태어난 날이 양력으로 1월 11일 밤 11시였는데, 세 번째 태어난 아들손자의 생일도 이상하게 양력 11월 11일 밤 11시였다.

두 아기가 하루 삼천 배씩 할머니의 지극한 백일기도 후에 태어났는데, 생일 속에 한 1자만 나란히 든 것은 무엇을 뜻함일까? 참으로 이상한 우연이었다.

진주시의 공무원이던 김 여사 남편이 직장 이동으로 마산으로 옮겨가 살 때도, 시어머니는 둘째 손녀와 함께 살기를 원했다.

"둘째 혜인이는 내게 두고 가거라."

유독 그 손녀에게 정이 깊었고 언제나 보배처럼 애지중지했다. 그 딸을 낳고 집안에 좋은 일만 있었던 것은 아니었다. 대갓집 천석꾼 재산과 맞바꾼 딸이었다.

표 나게 가산이 기울었다. 둘째딸과 아들을 얻은 뒤에, 시아버지가 친척들에게 보증을 서서 재물이 날개 달린 새처럼 천지 사방으로 흩어져버리고, 남편도 공직에서 실직하여 우여곡절을 겪다가, 긴 세월 높은 지위에 있는 친정오빠의 주선으로 새 직장을 찾아서 떠나는 길이었다.

젊은 새댁 김 여사는 어린 둘째딸을 속으로 미워하고 원망했다. 시어머니에게 한동안 맡기는 것을 주저하지 않았다.

혜인이 학교에 입학할 나이가 되어가자, 남편의 고향인 진양군 일반성에 사시는 시어머니에게서 떼 내어 마산 집으로 데려왔다. 시어머니는 둘째 손녀를 보내면서 서운함에 눈물을 보였다.

혜인은 어릴 때부터 두뇌가 명석해서 가는 곳마다 신동神童이라고 불렸다. 일곱 형제들 중에서도 유독 빼어난 아이였다.

키우면서 보니, 행동이나 생각이 남달랐다.

시어머니를 닮아서 결벽증이라 할 만큼 유난히 깔끔한 성격으로, 옳지 못한 일이나 부정을 보면 그냥 넘어가는 적이 없었다.

대쪽기질이었다. 일찍부터 자신을 희생해서 스스로 약한 자나 불우한 사람들의 편이 되어주고 싶어 하는 별난 아이였다.
어릴 때부터 사내아이처럼 별나서 동네 아이들과 놀다가 몇 번이나 죽음의 위기를 겪었는데, 이상한 기적을 일으키면서 살아났다. 다섯 살 때 마을의 사내아이들과 놀면서, 철부지가 눈감고 강물 위 〈침목 건너가기〉 놀이를 하면서, 가위바위보를 해서 지자 차례가 돌아왔다. 순진해서 그 말대로 눈을 꼭 감고 높은 다리 위 침목을 건너가다가, 어린이가 다섯 째 칸에서 발을 헛디디고 침목 사이로 빠지면서 아래 돌밭으로 떨어질 순간에, 유아가 찰나적인 기지로 철로의 튀어나온 나사를 잡고는 대롱대롱 허공에 매달리는 꼴이 되었다. 떨어지면서 침목에 이빨이 박히는 순간에 아이가 한 손으로 쇠나사를 잡았던 것이다.
입에서는 붉은 피가 줄줄 흘러내렸다. 아이들만 있었기에 구조를 할 수도 없었다.
한 아이가 밭에서 일하는 어른을 부르려고 달려갔고, 그 순간에 진주에서 오는 기차가 달려왔다. 강물 위 철로를 구르는 동체의 요란한 소리에 한 손으로 대롱대롱 매달린 아이는 의식을 잃고 기절했다. 그네처럼 흔들흔들 하면서 기절하면서도 잡은 쇠나사는 악착같이 놓지 않았다,
기차가 지나가고 난 후에도 아이는 기절한 채 매달려 있었다.
일하던 아저씨가 달려와서 침목 위 구멍으로 아이를 끌어올릴 때, 다섯 살 기절한 아이의 손이 좀체로 풀리지 않아서, 아저씨는 땀을 뻘뻘 흘리면서 애를 먹었다고 했다, 손아귀의 힘이 장사 같았다고 구한 아이를 업고 와서 가족들에게 얘기했다.

어릴 때부터 계집아이가 행동이 남달랐고 무척 별났다고 어머니 김 여사는 한 번씩 푸념했다. 이상한 기적을 수없이 일으키는 존재였다. 초등학교 사학년 때는 잠자다가 아무도 모르는 귀신도 알아보았다.

혜인이 일곱 살이 되어서, 명사들 자녀들이 입학한 마산 성호유치원에 들어가서는, 유서 깊은 교육기관이라서 어린이들에게 해마다 아이큐검사를 했는데, 그날 유래 없는 성적을 받고 교육자들을 놀라게 했다. 원장이 아버지가 근무하는 마산시청으로 찾아오기도 했다. "이 아이를 잘 키우십시오. 자라서 나중에 나라를 위해서 큰일을 할 것입니다." 하고 얘기하고 갔다고 했다. 어릴 때부터 그런 전설과 신화를 가지고 있었다.
김 여사는 자신도 모르게 자주 자주 그런 딸에게 정신적으로 휘둘렸다.

사춘기적부터 세상과는 담을 쌓고 사람과 어울리지 못하는 염세주의였다. 혼자서 산에 오르기를 좋아했고 시도 때도 없이 하늘보기를 즐겼다. 밤마다 꿈꾸었으며 이유도 없이 종종 죽음을 시도했다. 그랬지만 늘 기적적으로 살아났다. 사고나 위기에서도 백발백중 구원을 받았다.

활활 타오르고 있는 불 속에서도 죽지 않고 거뜬히 살아 나왔고, 불 속으로 달려 들어가 어린 동생들을 다 구해낸 용감한 소녀였다. 스무 살 때는 혜인이 혼자서 보트를 타다가 다대포 동쪽바다 바닷물 속에 빠졌을 때는, 난데없이 두 해녀가 나타나서 바닷물 속에 빠진 처녀 혜인을 구해주었고, 연탄가스 중독으로 가족들 모두 사경을 헤맬 때도 혜인이 가족들을 살려내었다.

가물가물하는 의식 속에서도 혜인이 혼자 먼저 깨어나서, 힘겹게 기어가서 창문과 현관문을 활짝 열어서 가스를 빼내고 어머니와 가족들을 구했고 그때 개도 살렸다. 그런 사건들이 숱하게 있었다. 보통사람들하고는 다른 어떤 영적인 힘을 가지고 있었다. 결혼하지 않겠다면서 평생 독신으로 살기를 고집했다.
훗날 영성을 가진 도사들은 한눈에 혜인을 알아보았고 주변에 모여들었다. 혜인을 두고 늘 아리송하고 이상한 소리를 했다. 능력자라고 했고, 초인이라고도 했다. 김 여사가 낳은 자식들이 일곱이나 되었지만, 혜인에게만 그런 이상한 소리를 했다

 김 여사는 또 다른 철학관을 찾아갔다.
 생일을 적은 종이를 내밀면서 가슴이 후들거렸다. 같은 소리를 들을까봐 잔뜩 긴장되었다. 하나 그곳에서는 좀 전에 다녀온 철학관 같은 이상한 소리는 하지 않았다. 평범한 점괘와 설명이었다. 생일 속의 남자와 궁합이 상극으로 좋지 않다는 소리는 같았다. 그곳을 나와 또 다른 철학관을 찾아갔고 역시 궁합이 나쁘다는 소리를 들었다.
 수중에 있는 돈을 복채로 다 날려버린 후에야 김 여사는 맥이 빠져서 집으로 돌아왔다.
 "어찌해야 하나? 이 혼사 말을 그냥 없던 일로 접어 버려야 하나? 내가 괜히 철학관을 찾아간 것이 아닌가? 알면 병이고 모르면 약이라고 그냥 적당한 날을 골라서 해버릴 것을……."
 여장부형의 김 여사는 매사 일을 처리하는데 남자처럼 재빠르고 확실했으나 속으로 조금은 찜찜했다.

어느 날 외출했다가 집에 오니 혜인이 보이지 않았다. 문도 잠기지 않은 채 빈집이었다. 이웃가게에 물건이라도 사러 갔나 하고 기다렸지만 종내 나타나지 않았다.

"야가 집을 비워놓고 어데 갔노. 대문도 열린 채로."

밤중이 되고 다음날이 되도록 혜인은 행방이 묘연했다.

친구 집에 간 것일까? 시집가기 싫다는 애를 억지로 결혼시키려고 하니까 화가 나서 가출이라도 했나? 그렇다면 문단속을 하고 갔을 텐데, 대문을 열어두고 그냥 간 것이 아무래도 이상했다. 전화도 귀하던 시절이라 밖에서 집으로 연락하는 일은 어려웠다. 가족들은 영문을 몰라 했고 혜인 때문에 속을 바작바작 태웠다.

사흘이 지난 뒤에 혜인이 집으로 돌아왔다.
얼굴이 몰라볼 만큼 핼쑥하게 축이 나있었다. 병자처럼 보였다. 혜인은 외출복이 아닌 집에서 입는 허드레 옷차림에 맨발이었고 슬리퍼를 신고 있었다. 사흘 만에 귀가하는 차림치고는 너무 이상했다.

"니는 도대체 어딜 갔다가 인제서야 집에 오노! 식구들이 걱정할 것은 생각도 안 하나? 사람도 없는데 집은 텅 비워놓고 어데 갔더노?"

혜인은 김 여사의 말은 들은 척도 하지 않고 기진해서 제방으로 들어가더니 이불을 쓰고는 누워버렸다. 세상만사 귀찮다는 표정으로. 묻는 말에 대꾸도 하지 않았다.

방안에서 이내 흑 – 하고 흐느끼는 소리가 들렸다.

김 여사는 놀라서 달려 들어갔다.

"무슨 일이고? 엊그제까지 멀쩡하던 애가 갑자기 다 죽어 가는 듯이 니 꼴이 왜 그렇노? 밖에서 무슨 일이 있었느냐고!"

이불을 얼굴까지 덮어쓰고 있는 딸을 김 여사가 흔들어대었다. 이불을 왈칵 걷어내었다.

혜인은 온통 눈물범벅이었다. 자세히 보니 얼굴이 창백하고 입술이 하얗게 바짝 말라 있었다.

"이것이 중병이 들었구나. 어디가 아픈지 말해라."

김 여사는 딸의 이마를 짚어 보았지만 열은 없었다.

"어머니, 나는 이제 어떡하면 좋아!"

비명처럼 처절한 목소리였다.

"왜 그런지 이유를 말해라. 이것아, 답답하다."

혜인이 울먹이면서 풀어내는 사연은 기겁을 할 만큼 놀랄만한 사건이었다. 맞선 상대였던 장준호에게 납치를 당해가서 사흘을 감금당해 있다가 겨우 풀려났다는 것이었다.

그 얘기를 듣는 순간, 김 여사는 한 달 전 철학관 관장의 말을 떠올리면서 눈앞이 캄캄해졌고 가슴이 철렁 내려앉았다.

"이 남자하고 결혼하면 불행해지오. 절대로 살아내지 못하오. 이 여자는 결혼해서는 안 되오."

아직 결혼도 안 했는데, 맞선만 보았을 뿐 결혼허락을 한 적도 없는데, 그 불행이 벌써부터 회오리처럼 닥칠 거라고는 상상도 못했다.

혜인이 혼자서 집에 있을 때 장준호가 찾아왔고, 그는 밖에서 차 한 잔 하자고 말했다.

혜인은 장준호의 데이트 신청을 거절했다.

어머니의 강권에 못 이겨서 맞선을 볼 때부터도 그는 전혀 호감이 가지 않았고, 혜인은 시집가고 싶은 마음이 추호도 없었다. 직장에 다니면서 돈을 벌어, 동생들 학비를 보조해주는 것을 천직처럼 생각하고 처녀가장 노릇만 열심히 하려했다.

혜인이 본 장준호는 첫눈에 인상이 억세고 사나워 보였다. 그에게 유난히 호감을 느낀 어머니가 집을 가르쳐 주었을 것이다.

혜인이 데이트를 거절하자 묵묵히 돌아가더니 잠시 후에 또 찾아왔다. 세 번째는 엉뚱하게도 친구를 보냈다.

장준호는 혜인의 이웃에 사는 친구에게 부탁했다.

"나 그 여자가 맘에 들었다. 나 좀 도와 주라."

준호가 혜인의 집을 손가락으로 가리키자, 양과점 주인 기수는 웃으면서 고개를 절레절레 흔들었다.

"그 여자라면 일찌감치 단념하는 게 좋을 거다."

"왜? 이유가 뭔데?"

장준호가 놀란 표정으로 물었다.

"내가 이 동네 오래 살았고 우리 집에도 종종 오기에 아는데, 천성적으로 남자를 별로 좋아하지 않더구나. 예전부터 목을 매는 남자가 있던데 전주이씨. 그는 인기 배우 누구처럼 굉장히 잘생긴 미남이었다. 서울에서 유명 대학에 다닌다고. 그런데도 여자는 늘 도도하더라구. 남자가 항상 여자 앞에서 쩔쩔매고. 남자가 여자를 굉장히 좋아하고 있었어, 몇 년 동안."

"그 남자는 여자한테 잘 보이려고 우리 집에서 선물용 케이크도 여러 번 사갔었지. 우리 가게에서 같이 차를 마시기도 했다. 그런데 여자는 볼 때마다 남자를 귀찮아하던데."

"집에 찾아왔다고 막 화를 내고……."

"그런데도 남자는 팔년이란 긴 세월동안 한결같았지. 늘 우리 집 앞으로 지나다녔는데, 몇 년 전부터는 그 청년이 보이지 않는 것이, 도도한 여자를 단념하고 장가라도 갔나 보더라. 우리 가게에도 안 온다."

얘기를 들으면서 장준호의 표정이 굳어졌다.

그는 여러 가지 조건이 나빴다. 재산도 없었고 나이 어린 여자와 동거하다 낳은 아들도 있었다.

기수는 친구의 사정을 잘 알기에 덧붙였다.

"조건 좋은 남자도 마다하는데 니가 젊기를 하나, 인물이 잘 생겼나, 재산이 있나, 게다가 초혼이면서 아들 혹까지 붙어 있는데. 안 된다 안 돼. 나이도 너하고는 십 년이나 아래라면서? 누울 자리를 보고 발을 뻗어야지."

"일찌감치 냉수 마시고 속 차려라."

"집을 보아하니 사는 형편은 별로던데?"

"그렇다니까. 여자는 늘 봐도 차림이 수수해. 멋 부리지도 않아. 그런데도 굉장히 자존심이 강하더라구. 당당하다고 할까."

"나도 웬만한 여자는 눈에 차지 않는데, 이상하게 그 여자를 한번 본 뒤에는 일이 손에 안 잡힌다. 자꾸만 눈앞에 어른거리고… 그래서 왔지. 만나서 담판이라도 해보려고."

장준호는 수많은 여자들과 교제했었다. 화류계 여자들도 있었고, 거래처 여자들도 많았지만, 아무리 양귀비처럼 예쁜 여자도 돈을 주고 한 번 품고 나면 금방 싫증이 났다.

그는 한 여자에 충실한 타입이 아니었다.

그 여자들은 정에 헤펐고 먼저 남자를 유혹했다. 밥을 사달라, 술을 사달라, 선물을 사달라 하면서 끊임없이 뭔가를 요구했다. 요구하는 것을 들어주면 너무나도 쉽게 옷을 벗었다.
그런 여자들은 두 번 다시 돌아보기 싫었다. 제 발로 찾아와 끈끈하게 미소작전을 펴면서, 귀찮도록 매달리는 여자들을 그가 먼저 먼지를 털듯 털어 내었다. 그래도 매달리는 여자들은 화를 내고 욕을 해서 쫓아 보냈고, 한두 번 만난 뒤에는 의식적으로 피해 다녔다.

외지에서 직장에 다니면서 동거하다가 아들을 낳은 여자도, 예쁜 외모와는 달리 너무 철딱서니 없이 굴어서 금방 싫증이 났다. 어려움이 닥치자 이별을 먼저 선언하면서 떠났고 그는 여자를 잡지 않았다.

그 후 장준호는 나이 사십에 들도록 결혼하지 않고 독신으로, 긴 세월 플레이보이처럼 살면서 여자들의 생리를 잘 알았다. 수많은 여자들 속에서 살았다고 해도 과언이 아니었다. 연륜이 쌓이고 결혼을 생각하면서 수십 차례 맞선을 보았지만, 선뜻 가슴을 흔드는 여자는 없었다. 그런데 맞선자리에서 처음 본 혜인은 풍기는 분위기부터 달랐다. 맑고 얌전해 보이는 인상과는 달리, 대화가 호락호락하지 않고 함부로 할 수 없는 어떤 위엄이 서려 있었다. 고고한 여자에게 도전장을 내보고 싶었다.
두 번이나 찾아갔다가 무참하게 거절당하자 그는 오기가 솟아났다. 처음에는 혼자, 두 번째는 친구를 보냈다.

혼자 힘으로 안 된다면 주변 사람들을 동원해서라도 꼭 여자를 꺾어보고 말리라 다짐했다.

야망이 센 그는 여자를 점찍었다가 뜻을 이루지 못한 적은 한 번도 없었다.
욕망을 달성할 때까지 수단과 방법을 가리지 않았다. 혜인의 이웃에 사는 친구에게 통사정하며 부탁하는 것이었다.
"상사병 걸린 건가? 그 나이에 맞선을 단 한번 보고?"
결혼한 지 십오 년도 넘은 기수는 재미있어서 웃었다.
혜인은 미인도 아니면서 묘하게 사람을 당기는 힘이 있었다. 양과점 앞을 지나다닐 때마다 기수는 하던 일을 멈추고 혜인을 바라보았다.
그는 주방에서 직접 빵을 만들었는데, 밀가루가 허옇게 묻은 손을 들고 거리를 지나가는 여자를 멍하니 바라보았다.
그녀가 지나가면 눈앞에 청풍이 이는 듯했다. 은은한 꽃향기도 나는 듯했다. 한참을 넋을 잃고 바라보는 기수를 향해 옆에 선 아내가 핀잔했다.
"바삐 일하다 말고 누굴 그리 쳐다보는 거요?"
그의 아내는 남편에게 핀잔을 주다가, 그의 시선을 따라잡으며 목을 빼고 바깥을 내다보았다.
"아아, 저 처녀! 나도 저 아가씨가 어쩐지 좋더라. 사람을 잡아당기는 이상한 매력이 있지요? 강력한 자석처럼."
기수의 아내도 싱긋이 웃었다. 그 여자를 플레이보이 장준호가 맞선 한번 보고 목을 매면서 눈독을 들이게 되었으니 대 사건이었다.
"친구야, 제발 부탁한다. 총각 장가 좀 가게 해다오."
"총각? 집에 열 살 먹은 아들을 두고서도 총각이냐?"

"그건 한때의 실수였다. 법적으로 엄연히 총각이라구."

장준호는 여자 때문에 친구의 도움을 필요로 하는 것도 처음 있는 일이었다. 몇 번씩이나 찾아와서 너무 애타하는 준호를 보자, 마음 약한 기수는 결국 포기시키는 일에서 도와주기로 생각을 바꾸었다.

혜인은 단골 양과점 주인을 보고는 준호에게처럼 쌀쌀맞게 굴지는 않았다. 기수는 잘 아는 이웃이라서인지 친절로 대했다.

"그러지 말고 한번 만나 주세요. 저렇게 애타하는데."

"처음 본 저를 보고 애타하다니요. 이해할 수 없네요."

그가 돌아간 뒤 혜인은 짜증이 나려고 했다.

남의 의사는 무시한 채 끝까지 강요하는 남자가 미워졌다.

잠시 후에 또 기수가 찾아와서 혜인을 불렀다.

나가 보니 뒤에는 장준호가 서있었다.

"나가기 싫다는데 자꾸 왜 강요해요! 안 나간다구요!"

장준호를 보자 화가 나서 혜인이 소리쳤다.

그때 택시가 한 대 앞으로 지나가자 장준호는 택시를 불러 세웠다. 혜인은 그가 택시를 타고 돌아가려는가 생각하고 속이 시원했다. 하지만 그것은 오산이었다.

준호는 기수에게 재빠르게 눈짓을 했다.

준호는 어느새 혜인의 한쪽 팔을 완강히 붙잡고 있었다.

기수가 혜인 옆으로 다가와서 남은 팔을 마저 붙들었다.

놀란 혜인이 소리쳤다.

"왜 이래요?!"

두 남자는 강제로 혜인을 택시 안으로 밀어 넣었다.

"이렇게까지 고개 숙여 여자한테 사정해야 하다니 참으로 비참하다, 비참해."

준호는 얼굴을 찌푸리면서 중얼거렸다.
두 남자 사이에서 반항하는 혜인을 보면서 사태를 짐작한 택시기사도 옆에서 거들었다.

"아가씨, 웬만하면 잘해보세요. 남자도 듬직하니 좋아 보이는데. 세상에 남자들이 별사람 없다고요."

이제는 세 남자가 힘을 합쳐서 혜인을 납작하게 샌드위치로 만들고 있었다.
뒷자리에 혜인을 밀어 넣고 준호가 옆에 앉았다.
택시 문을 닫자 기수는 빙그레 웃고 서있었다,
재미있다는 듯이. 택시는 출발했다.
혜인의 집 앞거리에는 불행히 아무도 없었다. 택시기사 외에 그 순간을 본 목격자가 하나도 없었다. 여름날 해지기 전의 오후였다. 택시는 가까운 곳의 찻집을 여러 개 통과하고 달려갔다.

"내려주세요! 근처에서 차 한 잔 하자더니, 도대체 어디까지 가려는 거예요! 나는 이런 꼴로 나가기 싫다구요!"

혜인이 소리쳤다. 집에서 입는 편한 옷에 슬리퍼 바람이었다. 옆에서 준호가 언성을 높이며 화를 내었다.

"그래도 예쁘니까 걱정 말아요. 잡아먹지 않을 테니 그만 좀 하쇼. 내가 괴물처럼 보이오? 같이 차타고 바람이나 쐬고 얘기 좀 하자는데."

"아아, 오늘 기분 참 더럽다. 날 치한처럼 생각하잖아."

"그러게 지금이라도 날 내려주면 되잖아요!"

"그럴 수 없소. 사내자식 체면이 있지. 아가씨는 너무 도도해요. 내가 살아오면서 아직 여자들한테 이런 형편없는 대접을 받아본 적은 한 번도 없었는데….”
"자신이 그렇게도 잘났소?”
준호는 혜인에게 대놓고 빈정거렸다.
단단히 화가 나 있었다.
남자가 맘에 드는 여자를 찍었다가, 목적을 달성하지 못하면 여자에게 해코지를 할 수도 있다는 생각이 머리를 스치자 혜인은 두려워졌다. 거리가 환한 것이 조금은 다행스러웠다. 더 반항하는 것은 사나운 남자를 자극하는 일이 될 것 같아, 혜인은 입을 다물었고 고개를 돌리고 창밖을 내다보았다. 가슴속은 한없이 답답한 채로.
혜인은 어머니에게 얘기하면서 숨을 헐떡거렸다.
"먼 혈청소까지 가서야 택시를 내렸어요. 그 남자는 내 말 같은 것은 전혀 들어주지 않았고 제 마음대로 행동했어요. 그 남자가 가까운 가게에 맥주를 사러 갔을 때, 그 순간을 틈타서 죽기로 도망을 쳤지만 얼마 못 가 뒤에서 달려온 그 남자에게 몇 번이나 뒷덜미를 잡혔어요.”
학교 때 기계체조와 축구 등 여러 가지 운동을 했다더니, 몸 약한 혜인과는 달리기에서 비교도 되지 않았다.
사나운 매 앞의 참새 꼴이었다.
"말을 안 듣는다고 너를 마구 때리기도 했겠구나.”
"처음에는 좋은 말로 자기하고 결혼하자고 졸라대었는데 내가 거절했고, 술이 점점 취하자 나중에는 짐승처럼 변했어요.”

집에도 못 가게 사흘을 여관에 감금한 뒤, 말로는 안 되자 나중에는 폭력으로 혜인을 취하고, 집에 돌아가면 부모님께 꼭 자기와 결혼하겠다고 말하라고 몇 차례나 다짐을 받은 후에야 겨우 집으로 돌려보내 주었다.

"아가씨 부모님은 며칠 후에 내가 찾아가서 만나 보겠소. 내가 노처녀 하나 구제해 주는 거지. 나도 비싼 남자요. 내 맘에 드는 여자는 흔치 않다구."

그는 혜인이 음식도 거부하고 울면서도 끝끝내 눈빛을 굽히지 않자, 이제는 깨어진 접시인데 어쩔 거냐는 듯 주인처럼 도도하게 굴었다.

혜인은 울먹이면서 사실을 털어놓았다.

"보지 않아도 훤하다. 천하에 둘도 없는 돌 상놈 같으니라고. 결혼이란 인륜지 대사로, 서로 양쪽 집안에서 의논하고 하나하나 맞춰가면서 기분 좋게 해야 하는데, 어른도 없이 처녀 혼자 있는 집에 찾아와서 강제로 납치를 해가다니. 내가 이 놈을 당장 경찰에라도 고발하고 싶은데 너를 생각하면 그럴 수도 없으니 어찌 할꼬."

김 여사는 딸이 당한 고통을 생각하고 치를 떨면서 분해했다. 친정 집안에 영웅형 오빠나 남동생들도 있었지만 그런 막돼먹은 행동을 본 적은 없었다. 순한 남편과는 달리 강직해 보이는 남자다운 인상이라고 좋아했던 김 여사의 착각이었.

다른 사건도 아니고 딸의 자존심과 장래가 걸린 일이었다.

동네에 소문이 나서 이로울 것이 하나도 없었다. 가족들은 벙어리 냉가슴 앓듯 속을 숯검정처럼 새까맣게 태웠다.

"이게 다 엄마 때문이야. 내가 그리 시집 안 간다 안 간다 해도 억지로 보내려고 그 남자하고 선보게 하더니… 내 신세만 만신창이로 망쳐 놓았잖아. 나 절대로 시집 안 갈 거야!"

혜인은 앞에 앉은 사람이 장준호인 양 울면서 소리치며 어머니를 원망했다.

선보는 날도 혜인은 화장이나 머리도 빗지 않고 불만으로 퉁퉁 부어서 나갔고, 장준호에게 자신은 시집가고 싶지 않다고 단호히 말했었다. 어머니의 강제에 못 이겨 나온 거라고.

장준호는 혜인을 보면서 껄껄 웃어대었다.

"내가 아가씨 맘에 들지 않나 봅니다."

처음부터 단호하게 거절하던 여자를 첫인상부터 탐이 나서 힘으로 정복한 것이었다.

"이런 일이 생길 줄 어찌 알았겠노. 긴 세월 희생으로 동생들 공부시키느라 고생만 했으니까, 이제는 시집가서 잘 살라고 주선했던 건데. 지금은 내 발등을 찍고 싶도록 후회스럽다. 그래, 시집가지 마라. 그런 놈하고는 안 되지. 평생 에미하고 같이 살자꾸나."

"나 그 사람 두 번 다시 얼굴 보기도 싫어요."

김 여사는 딸이 당한 고통을 생각하고 불쌍해서 부둥켜안고 울었다. 저녁때 가족들이 모였을 때 온 집안이 벌컥 뒤집혔다.

긴 세월 공직에 있었고 평생 법이 없어도 살 호인 아버지는 너무 기가 막혀서 말문이 막혀들었다. 조상 대대로 선비 집안인 것을 자랑으로 여기며 남에게 욕먹지 않고 살았는데, 동네에 소문이라도 날까봐 크게 떠들지도 못했다.

딸 가진 자의 약점, 벙어리 냉가슴 앓기였다.
혜인의 남동생들은 장준호를 가만두지 않을 거라고 별렀지만 다들 아직 나이가 어렸다.
집에 있던 대학생 남동생은 밤에 찾아온 장준호를 밖에서 만나 강하게 항의하다가, 그의 억지와 임기응변, 위협적인 구변술에 그만 케이오패 당하고 말았다.
"내가 니 누나를 먹고 버리기라도 했냐? 책임지고 결혼하겠다고."
"여자를 납치하는 것이 잘못이 아니란 말이요?"
"결혼을 전제로 만난 사람들이다. 니 누나도 내가 좋아서 따라온 거라고. 나이가 어려서 남자한테 납치 당하냐? 도무지 이치에 안 맞아. 노처녀를 구제해주는 일이라구."
장준호는 법을 자신한테 유리하도록 요리조리 갖다 붙이면서, 나이 어린 남동생을 마구 주물러대었고 미꾸라지처럼 잘도 빠져나갔다. 남동생은 화가 나서 돌아왔다.
"상종 못할 인간이요. 미리 선수를 치는데 말로는 당할 수 없어요. 뒷빽이 단단한지 전혀 법도 겁 안 내요."
남동생은 피해자가 포기하는 수밖에 없겠다고 말했다. 억보로 나오는 인간한테 누나가 잘못 걸렸다면서.
남자에게 무참하게 당하긴 했지만, 혜인은 그와 결혼하고 싶은 마음이 추호도 없었다. 자의도 없이 짓밟혔다는 생각으로 나날이 고통스러웠다.
전혀 애정도 없고 시집갈 마음이 없는 혜인을 부모들은 안간힘으로 집안에다 감추었다.

장준호와 일절 만나지 못하도록 지켰다.

사흘 후에 장준호가 밤중에 집으로 찾아왔다. 술이 곤드레만드레 취해 있었다. 그는 대문 앞에서 막무가내로 소리 질렀다.

"내 여자 혜인을 내놓으시오."

아버지가 나가서 호통을 쳤다.

"어디 와서 행패를 부리는 거야? 혜인이는 우리 딸이지, 니 여자가 아니다. 술 취해서 미친 짓거리 하지 말고 당장 돌아가! 너같이 막돼먹은 인간한테는 내 딸을 줄 수 없다!"

"혜인을 당장 내놓지 않으면 영감도 재미없소!"

술 취한 때문인지 안하무인이었다.

장준호는 사납게 으르렁거렸다. 목에다 징그러운 뱀을 감은 것처럼 큰 밧줄뭉치를 어깨에 맨 종업원을 둘이나 양쪽에 거느리고 서있었다. 모두 거인처럼 덩치가 커서 위압적이었다. 종업원들도 술 취해서 얼굴이 토마토처럼 붉었다.

무슨 짓을 할지 모르는 무대책 패거리들이었다.

저승사자 같은 괴상한 폼들이었다.

"하고 싶은 말이 있으면 술 마시지 않은 낮에 맨 정신으로 와서 말해."

아버지는 밤늦은 시간에 술 취해서 나타난 사나운 불청객들과 더 상대하고 싶지 않아서 대문을 닫고 문고리를 걸었다.

장준호는 점점 흥분하기 시작했다. 고래고래 고함을 질렀다.

"동네 사람들, 내 말 좀 들어보소 — "

"내가 이 집 딸 혜인을 여관에 데리고 가서 사흘이나 같이 잤는데, 다른 놈한테 시집보내려 한다아 — "

요란하게 떠드는 소리에 이웃 사람들이 재미있어 하면서 내다보았다. 조용한 성격의 아버지는 창피스러움과 분노로 얼굴이 백짓장처럼 하얘졌다.
"세상에, 세상에 저런 막돼먹고 고약한 놈이 있나!?"
장준호는 그래도 안하무인이었다. 혜인을 자기 여자로 데리고 갈 목적을 위해서는 수단과 방법을 가리지 않았다.
다음날 술이 깬 뒤에는 기죽은 모습으로 김여사를 찾아왔다.
"어제는 술이 취해서 그만 실수했습니다. 장모님은 전에 나를 마음에 든다고 하셨지요? 딸을 내게 주겠다고 하지 않았소. 그 말을 믿고…."
"그런데 혜인이 고집스럽게도 말을 안 들어서 최후 수단으로 그런 방법을 쓸 수밖에 없었던 거요. 결혼하게 해주시오. 혜인을 내게 주오."
술이 깬 뒤에는 찾아와서, 잘못했다고 사과할 줄 아는 남자의 호탕함이 김 여사는 은근히 맘에 들었다.
김 여사도 자신의 친정아버지처럼 술을 좋아하는, 남자 같은 호방한 성격이었다. 친정에서, 나라의 인물로 손꼽히며 성공한 거물 아버지와, 영웅기질의 오빠들과 살면서 주당들을 익히 보아온 김 여사였다. 술 취한 뒤의 웬만한 실수는 이해할 줄 아는 아량도 겸비하고 있는 큰 여자였다.
끈질긴 장준호의 집념을 피할 수 없다고 생각한 김 여사는, 아버지와는 달리 그를 어르고 달래가면서 대화했다.
서로 간에 투쟁은 별로 득이 되지 않는다고 계산한 것이다.
딸 가진 부모의 마음이었다.

김 여사는 성격이 여자처럼 얌전한 남편에 비해, 장준호의 남자다운 박력에도 매력을 느끼고 있었다.
  "혜인이 아버지는 술도 안 마시고 평생을 얼마나 점잖은데, 자네는 벌써부터 행동이 개차반이잖아. 장인어른한테 하는 행동이 그게 뭔가? 우리는 시가도 친가도 다 알아주는 양반이네."
  "동네방네 마구 우사시키면서 떠들어대고. 사람의 도리도 모르는 자네를 뭘 믿고 착한 내 딸을 주나?"
  김 여사는 장준호를 크게 나무랐다.
처음에는 남자답게 와일드해 보이는 그가 좋았지만, 나쁜 버릇을 고치도록 다짐을 받아둘 필요가 있었다. 고약한 사람들을 인간으로 만드는 재주를 가지고 있었다.
  여자를 먼저 힘으로 꺾었음에도, 자신에게 혜인을 내놓지 않을지도 모른다고 생각하자 장준호는 안달이 났다.
산 넘어 또 산이었다.
  "본심은 나쁘지 않은데 술 때문에…. 내가 장모님한테 내 능력으로 줄 수 있는 것을 주겠소. 생활이 어려워서 돈이 필요하다면 원하는 대로 줄 테니 대신 혜인을 주시오."
  대가족에 사는 형편을 보아하니 여유 없음을 간파하고, 그가 내민 카드였다. 대개의 어려운 사람들은 재물을 조건으로 내밀면 혹한다. 돈을 싫어하는 사람은 없으니까.
장준호는 저축통장을 가지고 있지는 않았지만 우선 마음이 급했다. 김 여사가 원한다면 빚을 얻어서라도 얼마간 줄 참이었다. 그것은 세상을 처세술로 사는 그의 두 번째 수단이었다.
  그 말에 김 여사는 분노가 머리끝까지 솟구쳤다.

"뭐라고? 이런 미친 인간을 보았나? 내 딸이 물건이더냐? 돈을 주고 사게. 우리가 돈 받고 딸을 팔아먹을 그런 못된 사람으로 보이나. 이 나쁜 인간아, 당장 나가거라!"

김 여사는 길길이 뛰면서 부엌의 소금을 가져다가 뿌렸다.

장준호는 낮에는 맨 정신으로 나타나서 사정을 하다가, 밤이 되면 술 취해서 나타나 온 동네가 시끄럽도록 소란을 피우며 협박을 계속했다.

시도 때도 없이 집 근처에서 잠복을 하고 결국 혜인을 또 납치해갔다. 결혼도 생략한 채 데리고 살면서 보내주지 않았다. 마치 콜렉터처럼 밤낮을 감시하면서, 혜인이 도망가지 못하도록 종업원들을 옆에 두고 지켰다.

그는 이상한 변태성에다가 상습 알코올중독자였다.

철학관 관장의 말은 옳았다.

혜인은 장준호와 평생을 불행하게 살았고 고통 속에서 허우적거리며 두 아이가 태어났다. 견디다 못한 혜인은 여러 차례 음독 자살을 시도했지만 번번이 실패했다.

돌아가신 혜인의 친할머니가 영혼으로 지켜주었다.

혜인이 지옥 같은 불행 속에 있을 때는 친할머니가 무당의 몸에 짚혀서 나타나 혜인이 불쌍하다면서 마구 통곡을 터뜨렸다. 당장 데리고 오라면서 슬프게 울었다.

그것을 보면서 이상히 여긴 김 여사가, 사위집에 찾아가 보면 혜인은 끔찍한 고통 속에서 수없이 담금질을 당하고 있었다.

처음부터 부처님께 지성 어린 기도로 혜인을 세상에 태어나게 한 할머니는 혜인의 영원한 수호신이었다.

위기 때마다 영혼으로 나타나서 알려주었다.

그럴 때는 김 여사가 딸을 강제로 집으로 데려왔지만, 피신은 한 달을 가지 못했다. 장준호가 나타나서 혜인을 몰래 데려가 버리는 것이었다.

근처에 숨어 있다가 가족들이 출근하고 집이 빌 때 들이닥쳤다. 어디에도 그의 시선을 피해서 숨을 곳은 없었다.

세상 끝까지 추격했다.

한여름 8월 출생인 그는, 아름다운 여신 페르세포네를 강제로 납치해서 자신의 아내로 삼은 제우스신의 동생 땅(지하)의 신 하데스의 혼령을 가지고 있었다.

혜인이 참다 참다 더는 견딜 수 없어서, 아이들을 데리고 친정이 아닌 깊은 산의 절로 도망을 가서 숨어버리면, 장준호는 죽겠다고 비명을 질러대었다.

곁에 두고는 온갖 박해를 가하면서도, 혜인 없는 세상은 살 수 없노라고 유서를 남기고는 음독을 하기까지 했다.

처가 식구들에게 눈물을 보이면서 무릎을 꿇기도 했다.

그녀 없는 세상은 캄캄한 암흑이었고 살아갈 기력을 깡그리 잃었다. 세상을 다 뒤져서 혜인을 찾아내어 집에 데려다 놓으면, 그는 안심하고 당장 기운을 차렸고 팽개쳤던 일을 찾아 열심히 가장 노릇을 했다. 혜인의 존재는 타락한 장준호의 영혼을 붙잡아 세워주는 지팡이였다.

그는 눈물을 보이며 혜인에게 사정했다.

"내 곁에서 조금만 더 참아 줘. 너를 의지 삼고, 형편없는 영혼을 가진 나지만 사람이 되어볼 테니까."

"나를 구제해 주는 일, 그건 오직 너만이 할 수 있어. 바보온달을 훌륭한 장군으로 만들었던 평강공주처럼."
　그럴 때의 그는 선량한 영혼의 소유자였다.
밤과 낮의 행동이 확연히 다른 두 개의 인격을 가지고 있었다. 무서운 남자가 너무 싫어서 혜인이 어린 두 자식을 데리고 먼 곳으로 탈출해도, 수사학을 공부한 남자가 수단방법을 가리지 않고 잡아오기를 반복하자, 우울증으로 지친 혜인은 몇 번이나 자살을 시도했지만 그럴 때마다 거짓말처럼 살아났다.
　김 여사는 그럴 때마다 눈물로 용한 점쟁이를 찾아서 딸의 운명을 물어보고 다녔다. 그 딸의 운명을 알아보느라 복채로 쓴 돈이 거금 백만원이 넘었다.
　"원치 않는 남자에게 납치당해서 지옥 같은 삶을 살면서, 내 딸이 자꾸만 자살로 죽으려 하는데, 그 아이 운명이 어떤지요? 명이 짧아서 일찍 죽을 운명인가요?"
　"그 딸은 절대로 죽지 않소. 자살해도 여러 번 실패했지요?"
　"부모 애간장을 태우면서 죽음을 시도해도 그렇더라구요."
　"그 딸은 특수한 운명을 타고났고 부처님이 명줄을 손에 쥐고 계셔서 절대로 죽지 않소. 죽음의 위기에서 살려내는 것은 부처님의 손이오. 자꾸 자살하다가는 건강만 해칠 뿐이요. 내 말을 딸에게 전해주시오. 불사조의 영혼이라고. 하늘이 불러야 간다고. 날마다 지장보살님께 기도하라고 하시오"
　그 점술가도 김 여사가 예전에 보았던 천기누설 도사와 같은 얘기를 했다. 김 여사는 피가 마르는 듯했다. 집에 돌아와서 폐인처럼 피골이 상접해있는 딸을 만나서 그 말을 전했다.

혜인은 허허롭게 웃었다. 벗을 수 없는 업인가 보다 자조했다.
혜인이 스물아홉 살에 남자에게 잡혀가서 감금당해 살면서 일년 뒤에 아들을 낳았는데 병약한 아들은 2.3Kg으로 인형처럼 작게 태어났다. 임신 중에 아기를 포기한 상태로 혜인이 음식을 먹지 않고 자학적으로 굶었기 때문이었다.
첫아들을 죽을 고생을 하면서 낳고 보니 너무 예쁘고 사랑스러운 아기였다. 갓난아기 앞에서 태아를 돌보지 않았던 엄마의 잘못을 눈물로 참회했다. 그때부터 혜인은 아기를 의지 삼고 사랑으로 키우면서 살아가리라 다짐했다.
　아들의 백일을 하루 앞두고, 시장에 가서 아기 옷이라도 한 벌 사려고 초라한 모습으로 아기를 업고 시장에 갔다. 잡혀가서 산동네의 가난한 집에 살면서 아기를 업을 포대기 하나도 없었기에 작은 아기이불로 포대기를 대신했다.
차비를 아끼느라고 걸어서 시장에 가고 걸어서 오느라고 한 시간이 소요되었다. 아기 옷을 한 벌 사고 나물거리도 샀다.
　혜인이 집에 없을 때 술 취한 장준호가 저녁나절에 집에 왔다가 혜인이 없는 것을 보고는, 자기를 싫어하는 여자가 몰래 도망간 것으로 오해하고 의처증으로 눈이 뒤집혔다. 이불을 모조리 꺼내서 장롱 속을 조사하고 손도끼를 들고는 방안의 장롱을 화풀이로 마구 찍어대었다.
간판 업을 집에서 하고 있었는데, 혜인이 일하는 기사에게 시장에 다녀오겠다는 얘기를 하고 나왔지만, 작업하던 김 기사의 얘기도 일체 듣지 않았다. 도끼를 들고 설치는 알콜중독자 장사장의 포악성을 말리지 못하고 겁이 난 김 기사도 몸을 피했다.

그때 혜인이 돌아왔다.
자신이 없는 새 작은 도끼를 손에 들고 장롱 곳곳을 찍어서 부순 것을 보고는 아연했다. 시장에 다녀왔다고 시장 본 짐을 들어서 보여주었지만 남자는 믿지 않았다. 핑계라고 의심했다.
"이렇게 살 바엔 차라리 죽는 게 낫겠어."
"죽는 게 낫겠다고? 그래 죽여주마."
남자는 도끼를 들고 여자의 머리를 내리쳤다. 눈앞이 백지처럼 하얘졌다. 피가 얼굴로 뒤통수로 흘러내렸다. 혜인이 뒷걸음질 치자 악마로 변한 남자가 앞으로 다가오고 있었다.
"오지마 오지마, 제발 오지마 -."
혜인은 마루로 올라섰다가, 소름끼치는 악마를 피하려고 맨발로 마당으로 뛰어나왔다. 업은 등 뒤의 아기에게도 피가 흘렀다. 남자가 여자를 잡으려고 따라 나왔다. 대문도 없는 그 집은 마당을 지나면 우불구불하게 개수가 많은 계단이었다.
계단을 내려오다가는 잔인한 남자의 손아귀에 잡힐 것이기에, 혜인은 순간적 기지로 계단 위의 공중을 새처럼 훌쩍 날아갔다. 삼층 높이만큼 높았고 폭이 넓은 계단을 단숨에 날아서 뛰어내렸던 것이다. 그랬기에 남자보다 속도가 빨랐다. 극한상황에서는 사람도 새처럼 날 수 있다는 것을 지난 후에 알았다.
마지막 제일 밑 계단에 발이 걸려서 골목 바닥에 꼬꾸라지려 했지만, 혜인은 초인적인 힘으로 일어서서 산 쪽으로 달려갔다.
온몸이 피투성이인 채로. 너무 창피스러워서 경찰서에도 가지 않았다. 부모도 형제들도 그것을 몰랐다. 부모형제들에게 상처를 주느니 구도자처럼 고통은 혼자서 안고 가려했다.

훗날 수기를 쓰면서 남자에게 도끼를 맞았던 얘기를 썼지만, 언니도 그것을 믿지 못했다. 도끼를 맞았으면 죽어야지, 왜 살아 있느냐고 했다. 기적을 당해보지 않은 사람은 모른다.
간판을 하는 남자라서 손도끼를 쉽게 다룰 줄 알았고, 여자의 머리 정수리를 찍으면서 도끼를 망치처럼 뒤쪽 둔중한 쪽으로 한 순간에 돌렸다고 했다. 죽이기는 아까워서 겁을 주려는 발상이었다. 산속 추위 속에서 피는 저절로 엉겨서 멎었고 또 한번의 기적이었다.
밤새도록 아기를 품에 안고 산에 앉아 있다가 새벽녘에 너무 추워서 제 발로 악마의 성으로 돌아갔다.
남자가 여자를 찾아서 나갔는지 집은 비어 있었다.
피를 많이 흘린 후에 한동안 빈혈로 고생했지만 그 후에 병원에도 가지 않았다. 자포자기해서 죽기만을 기다렸다.
친정에도 가지 않았다. 이런 처참한 모습으로 어디로 갈 것인가. 차라리 가해자가 있는 악마의 집이 편했다. 모래땅에 혀를 박고 죽을지언정, 혜인의 대쪽 같은 자존심이었다. 내가 잘못한 일이 하나도 없는데 도망갈 이유가 없다고 생각했다.
죽일 테면 죽이라지. 죽음 앞에서도 아무것도 겁나지 않았다.
　주변을 돌면서 여자를 찾아 헤매다가 집으로 돌아온 남자는, 날이 새자 술이 깨어서 제 정신으로 돌아왔다. 낮에는 정상인이고 밤에는 술 취하면 악마로 변신하는 하이드였다.
하데스와 하이드 이름도 비슷하네.
피투성이가 된 채로 방안에서 잠들어 있는 여자와 아기를 보고는 남자는 온몸을 바들바들 떨면서 자책했고 한없이 울었다.

"나 같은 놈은 천벌을 받아야 해."

여자는 눈을 뜨고 무릎을 꿇고 오열하는 남자를 바라보면서 아무 말도 하지 않았다. 가슴속 가득히 평화가 찾아들었다.
부처님이 아홉 마왕들의 시험을 이기고 성불하듯 도끼를 맞은 순간에 성불한 것이라고 지인들이 말했다.
전생에도 긴 세월 아난으로 수도승이었던 존재라서 담금질 고행을 사랑했고 인내심이 대단했다. 부처님의 고행처럼 끔찍한 고통을 이겨내면 하늘이 큰 것을 선물로 주셨다.
그런 사건을 겪으면서 혜인은 운명철학을 공부했다.

혜인이 서른 살에 당했던 도끼 사건,
그것이 뇌시티 사진에 그대로 나타나 있었다. 정수리 가운데서 피를 뚝뚝 흘리고 있는 모습이. 신기하고 기가 막힐 정도였다. 피가 뇌 속에 들어가서 고여 있을 것인데도, 긴 세월 뇌에 병이 생기지 않는 것도 이상한 일이었다. 신의 도우심이었다.
문단의 전직 회장님이었던 이석 선생님이,
지난날 혜인에게 〈그리스 신화〉 속에서 본인의 모습을 찾아보라 하셨는데, 지하의신 하데스와 여신 페르세포네의 이야기가 그랬다. 거대한 힘의 소유자인 하데스에게 납치당해 가서 지하의 성에 갇힌 채 긴 세월을 눈물로 산 이야기.
팔월의 별자리에는 남자가 여자를 납치하는 이야기가 김해천문대의 별자리 해석에도 나와 있었다. 남자의 출생도 같았다.
45년을 그 남자와 참고 살았으니 스스로도 대단하게 느껴진다.
84세에 그가 저 세상으로 떠날 때까지 병든 그를 옆에서 2년 동안 간병했다. 그는 마지막에 고맙다 인사하면서 떠나갔다.

장준호는 자기 때문에 생을 포기하고 무너져 가는 혜인을 보면서 지킬 박사와 하이드 같은 어둠의 영혼이 혜인 옆에서 점점 힘을 잃고 퇴색해 갔다. 삼손처럼 힘이 센 그는, 이 세상 누구에게도 져본 적이 없다면서 큰소리쳤지만, 세월이 흐르면서 그는 혜인을 든든한 언덕처럼 의지 삼고 차츰차츰 영혼이 정상인으로 개선되어 갔다. 긴 세월이 흐른 뒤였다.

   기적의 손이 있다.
살아오는 동안 기적을 수없이 경험해본 혜인은 기적은 극한 상황에서 온다는 것을 알았다. 생사를 판가름하는 위기에서 기적이 나타난다. 형체는 보이지 않으면서도 어떤 영적인 힘으로 나타난다. 죽음을 건너뛰는 불사조란 이름으로.
혜인은 불행으로 담금질 당하듯 하면서, 도사들이 얘기하는 자신의 운명을 알고 싶어서 그때부터 운명철학을 독학으로 공부했다. 혜인의 운명 속에 운명철학을 한다고 나와 있었다. 타고난 예언자였다. 그것을 보고 이상한 우연에 웃었다. 평생 독서를 좋아하는 그녀는 역사책을 수없이 읽었고, 위인 영웅들을 모델로 만든 대작 영화들도 빠짐없이 보았다.
남다른 두뇌로 세계적인 영웅 위인들의 삶을 탐구했다.
위인들의 삶을 탐구하면서 보니, 그분들 운명 속에 공통점이 있었다. 동서양을 막론하고 세계적 위인들 속에 12월생들이 많았다. 육십갑자에서 거꾸로 연도를 계산해보니 가장 큰불인 하늘나라 벽력화의 운명을 타고 났다. 혜인도 같은 시기에 태어났다. 아아~ 그래서였구나! 도사들 얘기가!

자신을 바쳐서 세상을 구한 예수 그리스도.
〈내 인생에 불가능은 없다〉고 했던 나폴레옹.
〈운명 교향곡〉으로 세상을 놀라게 했던 악성 베토벤.
〈전쟁과 평화〉를 쓴 대문호 톨스토이.
하늘의 별자리를 보고 예언을 하고 전쟁을 승리로 이끌었던 삼국지의 제갈공명. 몽골의 징기스칸. 대부분이 12월생들이었고 대왕성 큰 별들이었다. 한겨울에 태어난 그들은 무수한 고난을 겪었고 강인한 의지로 다 이겨내었다. 가진 것을 다 내어주고 빈 가지로 선 나목의 운명이었다.

　맑은 청수처럼 푸르디푸른 절개로 살다 가신 정몽주는 당신이 죽을 날도 알았다. 그분도 12월생이었다. 바른 말 하다가 한 때 귀양을 가기도 했지만 다시 조정에 등용되었다.
명나라에 사신으로 다녀오면서 태풍을 만나 바다에서 13일 동안 표류하면서 떠내려가다가 생사를 가르는 사투를 벌이면서 살아난 기록이 있었다. 역시 기적을 이루었고 신의 도움으로 살아난 분이었다.
그때 태어난 사람들은 생년이 12월 혹한 출생으로 겨울처럼 해맑은 성품을 지녔고 평생을 이타심으로 살았다. 수많은 고난을 이겨내고 신의 선택을 받아 종내 정상에 우뚝 섰다.
고통이 가져다준 월계관이었다. 훗날 역사에 기록되었다.
과거 역사 속 사람들은 생년월일이 나타나 있지 않은 사람들이 많았는데, 인생의 모습이 위인들과 똑같은 형태로 산 사람들은 일년중 큰 달인 12월생일 수 있다. 하늘로부터 선택 받은 왕이나 지도자 운명으로 큰별이었다.

혜인은 여자이면서도 세상에서 과거의 암행어사 같은 역할을 하고 살았다. 처음 고향에서 태어났을 때 할머니가 방안에서 본 밤11시 한밤중에는 아들로 보였는데, 날이 샌 뒤에 보니 딸이었다고 했다. 혜인은 남자 여자 두 역할을 하는 존재였다. 그녀의 운명이 해당되는 페이지마다 암행어사가 부정을 향해서 크게 소리치면서 호령하고 있는 그림들이 나타났다. 예술가로 행위예술을 할 때는 남자 위인 분장을 즐겨했다.
많은 역학 책을 구해다가 읽으면서 보니, 그림 사주 책에는 한복 두루마기로 사복을 한 암행어사 뒤에 왕관을 쓴 왕이 서 있었다. 돌아보니 30년간 혜인이 꼭 그런 삶을 살았다. 점술가들은 그런 사람들을 가리켜 천기누설 할 수 없다면서 비밀스럽게 숨기려 했는데, 혜인은 타고난 예언자였고 운명철학을 공부하면서 뒤늦게 그 비밀을 알아내었다.
의성김씨 외가의 조상들이 대부분 영성을 가진 사람들이었다. 영혼을 보았고 귀신들과도 영적으로 교류했다.
외할머니, 외할아버지, 어머니, 외삼촌들이 그랬다.
사주 책에서 보니 어머니의 운명과 혜인의 운명이 똑같은 별자리로 일치했다. 둘째딸인 것도 같았고 얼굴도 닮았는데, 사주도 일치했다. 정묘년 생과 무자년 생이 다르고 태어난 달도 9월과 12월이 다른데도. 문학과 미술 예술성을 타고난 것도 같았다. 어머니 김 여사도 예언자였다. 그래서 자식은 부모를 닮는가 보다.
친가와 외가 두 집안의 종교가 일치했다. 두 노인들이 다들 긴 세월 불교 인연에 타고난 보살들이었다.

1937년 일제시대에 고향마을 보타산에 절을 짓고 하루에 삼천 배씩 정성어린 백일기도로 혜인을 세상에 태어나게 했던 친할머니도 마찬가지였다. 부처님과 영적으로 교류했다. 신 내림은 혜인을 지나서 그녀의 딸도 보살 기운을 가지고 태어났고, 역시 혜인이 부처님께 기도해서 낳은 외손녀 태희도 사월 초파일에 태어났는데, 벽력화 사주에다 여아로서는 피부가 까무잡잡한 인도인 얼굴을 하고 있었다.
인연이란 참으로 묘한 것이다. 혜인이 꿈속에서 보았던 세 살짜리 예쁜 여아가 며느리의 몸에 잉태되어 친손녀로 태어나기도 했다. 바로 그 얼굴이었다.
과거의 유명 인이 그 집안의 후손으로 태어나기도 한다.
역사는 과거의 수레바퀴가 현대까지도 윤회처럼 돌고 돈다.

명사인 황우석 박사도 12월생이었다. 그 역시도 어릴 때부터 고난 속에서 살아왔고 자수성가로 성공한 사람이었다. 해서 노대통령의 눈에 띄었고 〈최고과학자〉란 명예도 얻었다. 누구에게나 행운의 시기와 햇수가 짧은 액운의 시기가 있다. 그랬기에 성자가 액운 천중살에 들었을 때는 무수히 고난을 겪었다. 혜인은 자신과 비슷한 생일에 태어난 성자의 고난을 보고는, 일면식도 없었던 그분의 구명운동에 성치 않은 몸으로 동참했다. 대형 교통사고 후에 대학병원에서 여러 곳을 수술 받았고 사고 당한 지 넉 달 후라서 장애인처럼 다리를 잘 못쓸 때였지만, 뉴스를 보고는 가만히 보고만 있을 수 없었다.
그 해의 12월 강추위도 살을 에는 듯 지독했다.

부산역 앞에서 밤중에 촛불을 들고 오래 서있을 때는 몸이 동태처럼 굳어졌다. 정면충돌한 교통사고 순간에 119 출동으로 의식도 없이 실려 가서, 고신대 병원에서 피부 이식으로 무릎을 접합수술 했는데, 약물부작용으로 위기를 겪으면서 22일 만에 치료를 거부하고 집으로 도망 와 버렸다. 집에서 부처님께 간절한 기도로 환부들이 차츰차츰 회복되었다.

혜인이 집에서 요양 중일 때 황우석 박사 사건이 터졌다. 휴머니스트인 그녀는 고통 받는 사람들을 외면하지 못했다. 강추위 속에서 촛불을 들고 역 광장에 장시간 오래 서있자, 접합수술 했던 자리의 살덩이들이 아래로 발목까지 흘러내려서, 두 덩어리가 발목 양쪽으로 풍선 혹처럼 크게 불거지기도 했다. 그것을 본 젊은 여성이 다가와서 혜인을 붙잡고 울었다.

"이런 몸으로 황 박사 구명운동에 나오셨습니까?"

곧바로 택시를 잡아주면서 집에 가서 쉬라고 했다.

고통은 서로 나누어 가지는 것이다. 고통을 나누면 반으로 줄어들고 기쁨을 나누면 두 배로 커진다는 말이 있다.

그때 미국에서도 여기자가 부산역에 취재를 나왔는데, 관심으로 혜인에게 다가왔다. 그녀는 40대 초반의 한국인이었고 이름이 에버그린이었다. 미국에서 온 기자라고 수인사를 나누면서 혜인이 수필작가라는 것을 알고는, 미국 신문에 연재로 작품을 싣겠다면서 육 개월 동안 인터넷으로 작품을 보내 달라 했고, 그녀가 운영하는 코리아웹 한인신문에 수필을 연재하기도 했다. 고마운 여성이었다. 그때는 형편이 어려워서 사례하지도 못했는데, 지금 그녀를 만난다면 고마움에 대한 사례를 하고 싶다.

어딜 가나 혜인의 존재를 한눈에 알아보는 사람들이 있었다.
인터넷은 지구촌이라 불리면서, 우연히 만난 미국 신문사 여사장과 미국 신문과도 교류하게 해주었다.
구명운동 하는 사람들은 황 박사를 직접 본 적도 없었고 그분은 서울 먼 곳에 있었다. 그분이 억울한 일을 당하고 있다고 진실을 믿는 사람들이 모여서 구명운동에 동참하고 있었다.
구명운동 대원들이 며칠 후에는 대구의 국채보상공원에 여러 대의 승용차로 원정을 갔다. 그곳에서도 자정을 넘기면서 새벽시간까지 황 박사 구명운동을 하기도 했는데, 혹독한 대구의 강추위 때문에 혜인은 손가락 발가락이 죽처럼 흐물흐물해지는 동상에 걸리기도 했다. 어떤 아가씨는 들고 있던 촛불에 긴 머리카락에 불이 붙어서 머리카락을 많이 태우기도 했다.
성자를 구명하는 일에는 수많은 사람들의 희생이 따랐다.
알지 못하는 남의 일에 스스로 나서는 사람들은 천사 급이었다. 난생 처음 동상 걸린 손을 보고는 너무 놀랐지만, 집에 돌아온 뒤에는 동상이 나았다. 거룩하신 부처님의 가피력으로.
혜인은 불행한 이들을 품에 안고 평생 그들을 도우면서 살았다. 운명철학을 하는 관계로, 타고난 성자도 액운이 들고 운이 나쁘면 고통당한다는 것을 알았다. 성자이기에 고통도 유난히 컸다. 고난에 빠진 사람들을 도우면서 스스로 나서서 세상을 바르게 세우는 일을 했다. 그녀는 힘들고 외로운 고행 길을 스스로 선택해서 가고 있었다. 봉사를 사랑하는 정의로운 사람들을 좋아했고 불의와는 타협하지 못했기에 혜인을 미워하는 적들도 있었다. 나쁜 소문으로 음해하고 누명을 씌우기도 했다.

그런 고통들이 위인들과 똑같은 운명이었다.

　팔순을 앞에 둔 친정아버지도 대상포진 병을 앓으면서 79세 임종을 앞두고 독거인으로 살면서 둘째딸에게 간절히 말했다.

　"스스로 찾아와 병상을 지켜주는 자식은 너뿐이구나. 니가 필요하다."

　곧바로 시골로 달려가서 아버지의 곁을 지키면서 간호했다.

　늙은 김 여사는 병들고 외로워지자 혜인을 찾으며 그리워했다. 노병으로 병세가 나빠지자 요양병원에 오래 있었는데, 84세로 돌아가신 어머니의 임종간호도 혜인이 도맡아서 했다.

　"자식이 많아도 내 곁을 지켜줄 자식은 너 하나뿐이구나. 어미를 외로움에서 지켜다오. 내게는 니가 필요하다."

　부유하게 살면서도 내성적 성격으로 우울증을 겪고 있는 외로운 친구가 말했다.

　"니가 내 옆에 있다는 것이 참 다행이다. 너를 보면 마음이 푸근해지고 힘이 되니까."

　세월이 흘렀다. 그녀는 중후하게 연륜을 쌓아갔다. 고통 속에 살면서 자신의 세계를 이루었고, 목마른 사람들이 그녀를 찾아와서 목을 축이고 빛과 희망, 새로운 힘을 얻어갔다. 그녀는 세월이 흐를수록 더 젊어 보였다. 나이를 거꾸로 먹는 것 같았다. 60대에 사진을 찍으면 20대 처녀처럼 찍혀 나왔다. 사진을 본 사람들은 옛날 사진을 가져왔다면서 오해했다.

　"65세에 찍은 사진인데요."

　그녀 속에 살고 있는 보살이 찍혀 나오는 것이다. 신은 순수한 어린이 모습을 하고 있다. 아이처럼 천진한 성품을 지녔다.

거짓말이나 속임수를 쓸 줄 모른다. 나이도 없고 늙지 않는다. 늘 해맑은 눈빛의 소유자다. 그런 여자들이 세상에 있다.
　평생을 문제투성이인 남자에게
　"나를 왜 놔주지 않느냐?"
　고 혜인이 불평을 말했을 때 장준호가 말했다.
　"내가 너를 좋아하는 것은 너는 다른 여자들하고는 다르게 맑은 여자다. 누구나 보면 좋아할 타입이다. 내가 사흘만 지나면 여자들한테 싫증을 잘 내고 보기 싫어지는데, 너는 싫증나지 않는 여자다. 성격도 거짓말 할 줄 모르고 어린이처럼 순진하다. 그래서 걱정된다. 도둑에게 사기를 당하거나 영악한 사람들 속임수에 넘어갈 수 있으니까 내가 평생을 감시하는 것이다."
　"내가 뒤에서 너를 지켜보니까 너를 유혹하는 잘난 남자들도 많더구나. 그래서 나는 항상 불안하다."
　"너는 사람을 설득하는 큰 힘이 있다."
　장준호는 예리하게 사람을 볼 줄 아는 눈이 있었다.
　밖에 나가서도 같은 소리를 들었다. 혜인의 얘기를 듣고
　"그런 소리는 자신의 신상에 해가 될 뿐 전혀 도움이 되지 않아요. 좀 생각해보고 말하세요."
　모임에서 여자들이 자기들하고는 다른 행동에 기막혀하면서 웃었다. 다른 여자들이 모여서 명품을 자랑할 때, 구제 싸구려 옷을 입고서도 그녀는 어디서나 당당했다. 싸구려 옷을 입어도 귀부인처럼 아름답게 보였다. 진정한 멋을 아는 그녀를, 처음 보는 여자들이 버스나 지하철 속에서 옷차림새를 미소로 칭찬했다. 멋쟁이라면서 부러워했다. 광채를 뿜어내고 있었다.

"이 옷 5천원짜리 인데요."

주위 사람들이 아무리 충고해도 그녀의 순진함은 변함없이 세월이 흘러도 그대로였다. 손익을 전혀 계산할 줄 모르는 행동. 근검절약으로 살면서 가는 곳곳마다 세상을 정화시키고자 했다. 그녀가 지나는 길목마다 맑은 바람이 불었고 깨끗해졌다.

배내골에 별장을 마련한 남동생도 집을 수리하기 전에 누나인 혜인을 불러들였다.
평범한 집을 어떻게 고치면 좋겠는지 의견을 물었다.
관광지역인 만큼 지붕을 삼각형으로 멋지게 고치고, 건물 색깔도 아름답게 페인트칠 하도록 조언했는데, 고친 후에는 아름다운 집이 되었고 지나는 사람들이 미소로 사진을 찍어갔다.

그는 여자가 아니었다. 누구나 태양처럼 우러르는 보살이었다. 사회악은 그 앞에서 맥을 추지 못했다. 슬금슬금 꽁무니를 빼면서 뒷걸음질치고 걸음아 날 살려라 하면서 달아났.
병이 들면 양약이 전혀 듣지 않았고 기도로 병을 치유했다.
아픈 병자들을 만나면 손으로 환부를 쓰다듬어 주었다.
한눈을 팔다가 구두 신은 발이 삐끗해서 다리를 삔 후에 울상으로 어기적거리면서 길을 가는 여자들을 보면, 그녀가 누구이든 다가가서 발목을 기도하면서 만져주고 통증을 낫게 해주었다.
혜인의 손길 한 번에 삔 다리가 신통하게도 고통이 가셨다.
배고프거나 가난하고 어려운 사람들을 만나면, 자신이 가진 것을 다 내어주고 그녀는 늘 빈손이었다. 그는 타인의 고통들을 모두 어깨에 안고 가느라, 자신은 불행하게 살았다. 남의 병과 슬픔을 온몸으로 대신 안고 과로로 허우적거렸다.

행락 철에 사람들이 많이 모이는 고속도로 휴게소에서, 혜인이 소매치기를 당하고는 오랫동안 추적해서 그 소매치기들도 잡아내었다. 그녀가 잡아낸 도둑 소매치기들이 부지기수였다.
소매치기 일당들도 혼자 나타난 그녀에게 대적하지 못하고 삼십육계로 달아났다. 늙은 노인이 혼자서 이사할 때, 인부 도둑이 값이 나가는 물건들을 골라서 훔쳐갔다가, 보살을 해꼬지 한 후에 무서운 사고를 자주 당하자, 겁이 나서 훔쳐갔던 물건을 몇 달이 지난 후에 다시 갖다놓기도 했다. 우스운 세상이었다.
그녀는 하늘과 교신할 수 있는 특수 안테나를 가지고 있었다. 뇌시티 사진 속에도 정수리 가운데 길게 뻗은 안테나가 뚜렷하게 나타나 있었다. 그녀는 강한 자석 기운을 가지고 있었다.
옥상에 방송국 안테나가 설치되어 있는 건물에서는 두통으로 하루도 잠을 잘 수가 없었다. 뇌신경이 예민했다. 도둑을 예방하는 설치기구를 방안에 장치했을 때도 두통 때문에 그 기구를 제거해야 했다. 몸속의 강한 자석이 잡아당기는 탓이었다.
벡스코 전시장의 컴퓨터 기기가 많은 곳에도 두통 때문에 들어갈 수 없었다. 겨울에 자동차 문을 열려고 차체에 손이 닿으면 강한 전기가 감전되듯이 손이 쩍쩍 달라붙었다.
그녀의 뇌는 쇳덩이처럼 무거웠다. 겉보기보다 체중이 5Kg이 더 나왔다. 장준호는 팔베개를 했다가, 여자 머리가 쇳덩이처럼 무겁다면서 화를 내고 팔에 쥐가 내린다고 빼내었다.
  김 여사는 둘째 아기를 낳았을 때, 시어머니가 하도 이상한 소리를 하는 것을 보고는, 갓난아기의 신체를 세밀하게 살펴보면서 조사했다. 머리가 유난히 컸다.

눈에서 샛별 같은 광채를 발하는 아기. 하얀 피부도 광채가 있었고 귀에서 금강석 같은 싸래기(?)가 만져졌다. 1.11.11한 일자들로만 가득 채워진 출생일에다 오른 손바닥에 한 일자 막금을 가지고 태어났다.
다른 자식들은 유아 때 신체를 살펴봐도 그런 것이 없었다.
　성인이 된 후에 혜인은 특수 안테나로 오지 않은 미래세상인 4차원 5차원 세계를 넘나들면서, 세상에 일어날 대형 사고들을 꿈속에서 보고는 그것을 글로 써서 예언했다. 예언서를 글로 써서 올리도록 작가는 타고난 전생 인연이었다. 하나하나 아귀가 맞았다. 그런 것을 공부하면 재미있다.
한국뿐만이 아니고 외국의 대형 사고들도 미리 꿈속에서 보았다. 인터넷에 글로 쓰면 외국인들도 그 글을 보았다.
2019년 2월에 코로나가 발생할 것도 혜인은 미리 꿈꾸었다. 새까만 저승사자들이 떼거리로 나타나서 집안 실내로 들어오려고 복도에서 문을 밀면서 위협했다. 혜인은 현관문을 결사적으로 밀면서 그들을 집안에 들이지 않았다. 꿈속에서 어린이들을 품에 안고 검은 사자들에게서 보호했다. 코로나가 어린이들에게는 호흡기 병을 주지 않았다.
그녀의 예언은 백발백중 정확했다. 외국의 수반들도 혜인의 존재를 알고 있었다. 혜인의 운명이 60대부터 대운이었다.
30년이 넘도록 대형 지진이나 건물 붕괴, 작은 지진까지도 감각으로 느끼고 제일 먼저 알았고, 정확한 예언을 하면서 국가공인예언자 라는 이름을 얻었다.
　북한의 유명인 교통사고도 꿈속에서 보았다.

훈장을 많이 단 사람들이 꿈속에 두 명 나타났다고 하자, 아시 안게임 때 북한 장군들이 2명 제복을 입고 한국에 왔다.
나라를 경영할 지도자들도 꿈속에 미리 나타났다.
꿈속에서 뚜렷하게 나타나는 것을, 예언으로 세상 사람들에게 전했다. 시간이 흐르면 그 예언의 정확함에 사람들은 전율했다.
김 여사가 예전에 만났던 철학관 점술가는 생일만 보고, 세인들과는 다른 하늘이 보낸 존재를 알았던 것이다.
훗날 그 증거는 혜인이 약물부작용으로 병들었을 때 대학병원에서 찍은 뇌시티 사진 속에서도 뇌가 특수한 구조로 나타났다.
보통사람들하고는 뇌의 구조가 달랐던 것이다.
그것을 가지고 〈마녀〉란 시디영화를 만든 사람들도 있었다.
〈카핑 베토벤〉 속에도 혜인의 젊은 시절 모습이 있었다.
많은 영화나 드라마 속에 그녀의 모습이 들어 있었다.
혜인은 그것을 척 보면 한눈에 알 수 있었다.
살아가면서 그녀가 필요로 하는 것들이 늘 눈앞에 나타났다.
교통사고 후에 오랫동안 다리를 잘 못쓰면서, 하늘 가까이 좋아하던 등산을 하지 못했다. 다리가 부실해서 여행지 산 아래서 위로 연결된 나무 계단을 오르고 싶어서 지팡이가 있었으면 좋겠다고 생각하자 눈앞에 나무지팡이가 보였고,
기차로 진주 역에 내렸을 때 폭우가 쏟아지고 있어서
　"우산을 파는 곳도 없는데 어쩌지? 낭패로다."
걱정하면서 화장실에 가 보면 휴지통에 성한 우산이 꽂혀 있었다. 폭우를 피하라고 관음보살이 도와주시는구나 생각했다.
깜빡 잊어버리고 두고 온 우산이나 보조가방도 다 찾아내었다.

한동안 단체에서 떠나 은둔자로 살았다. 혼자가 편했다.
그럴 때 시외에서 초청장과 여비로 혜인을 불러 주었다.
행위예술 분장에 쓸 도구로, 혹은 장신구들이 뭐가 필요한데 하고 나가보면 눈앞에 필요한 것들이 있었다. 천원, 이천원을 주고 맘에 드는 그것들을 아주 쉽게 구입했다. 행위예술에 필요한 고운 옷과 도구들을 지인들에게서 택배로 선물받기도 했다.
그럴 때마다 신의 사랑을 받고 있다는 생각에 행복했다.
싸구려 옷을 구하려고 남포동에 나가면, 초면의 의상실 여사장이 혜인을 보고는, 앞에서 관세음보살이 오더라면서 쇼윈도에 걸려있는 고급 의상을 억지로 선물해주었다. 아무리 사양해도 미소로 안겨 주었다. 혜인이 불우이웃을 평생 동안 조건 없이 도운 것이 더 큰 보답으로 돌아왔다.
노상에서 청소하는 사람들이 감기 기침을 하는 것을 보면, 배낭 속의 기침약을 꺼내서 선물로 주었다. 시장할 때 먹도록 간식도 챙겨주었다. 힘든 일을 하는 사람들이 더없이 고마워했다.
가는 곳마다 자연 속의 쓰레기를 줍고 치웠는데, 자연을 깨끗이 보존하는 그녀를 자연이 큰손으로 도와주는 것이었다.
부자가 아닌데도 부자였고 하나도 부족한 것이 없었다.
평소에는 가진 것이 없지만, 필요하면 즉시 눈앞에 생겨나는 행운. 그런 것을 대복이라 한다. 노년의 혜인은 더없이 행복했다.
날씨가 너무 가물다고 농사꾼들이 비명을 지르는 시기에 그녀가 부처님께 기도하면서 비를 부르면 비가 내렸다. 무궁화호 기차를 타고 가면서 창밖으로 내리는 촉촉한 비를 보면 행복했다.
그녀는 비를 부르는 여자였다.

죽음의 위기에서는 가는 곳마다 수없이 나타나던 기적의 손. 평생 동안 거짓말 같은 기적을 만난 횟수가 19회나 되었다. 위기의 순간에는, 혜인도 모르게 구원자들이 바로 그녀 뒤에서 미리 나타나 있었다.

미치광이 같은 남자에게서 도끼를 맞으면서도 그를 용서하고 참아낸 인내. 빈혈을 견디면서 병원에 가는 것도 포기했음에도 자연 치유력으로 회복된 건강. 혜인을 지켜주는 보이지 않는 기적의 손이었다. 세인들은 용서하지 못할 일도, 큰마음으로 용서한 대가였다. 점술가가 예전에 말했듯이, 부처님은 늘 위기에서 옆에 계셨다.

종교 지도자를 만나면 말했다. 내게 주오.
병든 사람을 만나면 말했다. 내게 주오.
불행으로 허우적거리는 사람이 말했다. 내게 주오.
지하도에 웅크리고 잠자는 노숙자도 말했다. 내게 주오.
길을 잃고 기로에서 허덕이는 사람도 말했다. 내게 주오.
예술을 하는 사람도 말했다. 내게 주오.
외로운 사람도 말했다. 내게 주오.
알코올중독자도 말했다. 내게 주오.
예언하는 사람도 말했다. 내게 주오.
도둑질을 손에서 놓지 못하는 사람도 말했다. 내게 주오.
혼탁함에서 헤어나고 싶은 사람이 말했다. 내게 주오.
따뜻한 인정이 그리운 사람이 말했다. 내게 주오.
심오한 지혜를 얻고 싶은 사람이 말했다. 내게 주오.

영어圖圖의 사형수도 말했다. 마지막 복음을 내게 주오.
관리들도 말했다. 현명한 지혜를 내게 주오.
정치하는 사람도 말했다. 다스림의 지혜를 내게 주오.
나중에는 최고 권력자도 말했다. 통치하는 지혜를 내게 주오.
내게 주오. 내게 주오. 내게 주오.
온 세상이 울리도록 메아리가 되어 동서남북 사방으로
퍼져 나갔다. 내게 주오, 내게 주오, 내게 주오.
 우주의 위대한 기운을 몸으로 받아, 세상에 전달하는 영적인 존재, 하늘이 선택한 보살이었다.
무시무종無始無終, 시작과 끝이 그로부터 생겨나고 있었다.

제2부
꽁트

〈꽁트〉

 푸른 여자

기수는 영업용택시를 운전하고 있었다.

그 전에는 중소기업인 다른 직장에 다녔는데, 경제 불황으로 회사가 부도를 내고 사장이 잠적해버리는 바람에, 몇 달 봉급도 받지 못하고 졸지에 실업자가 되었다.

국가적 경제 불황으로 유수한 대학을 나온 젊은 실업자들이 부지기수였다. 기수도 그 중의 하나였다.

집에서 살림만 하는 아내는 남편보다 더 불안해하며 짜증과 바가지가 심해졌다. 사정을 번히 알면서 애들 학원비를 달라면서 손을 내밀었다.

이력서를 써서 들고 다니며 이곳저곳 알아보았으나, 취직은 하늘의 별따기만큼이나 어려웠다.

기수 역시 정신적인 스트레스로 고통 받으면서 매사에 의욕을 잃고 근 이년을 허송세월 했다. 부모님도 속을 태웠다.

남자가 마냥 놀면서 세월을 보낼 수는 없었다.

아내와 두 딸을 먹여 살려야 했기에.

궁여지책으로 택시회사에 찾아가 운전기사로 취직했다.
운전을 하는지 어느새 삼 년에 접어들었다.
힘들기는 했지만 노는 것보다는 나았다.
　오늘도 야간 교대근무로 집을 나와서 시내를 돌았지만 별로 손님이 보이지 않았다.
2월 초순의 차가운 겨울밤은 온통 세상을 얼어붙게 한다. 기온이 더 떨어지고 있는지 손발이 시려서 장갑을 두 개나 꼈다. 거리에 손님이 없을 때는 시간도 마냥 더디게 간다. 몇 시나 되었나 하고 차안의 시계를 보자 새벽 두 시가 가까워지고 있었다.
　따끈한 커피 한 잔으로 추위를 녹이려고 그는 길가의 자판기를 찾아서 두리번거렸다. 조용한 주택가에 인접한 간선도로에 빨간색 자판기가 보였다. 반가운 마음에 차를 세우고 커피를 뽑으려고 내렸다.
　자판기에 동전을 넣으면서 보니, 가까운 골목에 어떤 물체가 웅크리고 있는 듯이 보였다.
한밤중에 문득 만나는 낯선 물체는 두려움을 유발시킨다. 작은 덩치로 보아 사람 중에서도 여자 같았다. 그는 시야를 좁히면서 고개를 빼고 유심히 살펴보았다.
　혹한의 겨울 추위에, 다들 구들장을 지고 누웠는지 길에는 개미새끼 한 마리도 보이지 않는데, 남들 다 잠든 시간에 길가에 쭈그리고 앉아있는 여자. 무슨 말 못할 사연이 있는 것일까?
　겨울철에는 취객들이 술 취해서 노숙을 하다가 동사자凍死者들이 종종 생겨난다. 오늘밤 날씨는 고춧가루처럼 맵다. 여자를 길가에 그대로 두면 동사할지도 모른다.

기수는 조심스럽게 여자에게로 다가갔다. 발자국 소리를 들었는지 무릎에 엎드린 채 여자가 몸을 움찔했다.
  "이 시간에 잠자지 않고 추운데 밖에서 뭐하세요?"
  "상관 말고 가세요. 집이 가까우니까요."
  여자의 목소리가 메마르고 허허로웠다.
가는 울음이 배어서 추위에 말소리가 파장을 일으키며 파르르 잠자리 날개처럼 떨고 있었다. 기수는 애처로운 생각이 들었다. 목소리나 행색이 자신과 나이가 비슷한 삼십대로 보였다.
  "아주머니, 무슨 사연인지는 모르지만, 이렇게 혹독한 추위에 길바닥에 앉아 있으면 얼어 죽어요. 남편하고 부부싸움으로 다투기라도 했나본데 그만 집에 들어가세요."
  여자는 얇은 옷으로 한데서 오래 석상石像처럼 앉아 있었던 듯, 추위에 어깨가 바들바들 떨리고 있었다. 달리는 차안에 둔 물병처럼.
  "저런! 벌써 바짝 얼었네. 아주머니, 우리 차로 갑시다. 차 속은 히터로 따뜻하니까 몸을 좀 녹일 수 있을 거요."
  그는 자판기에서 뽑은 커피를 여자에게 건넸다.
여자가 받지 않으려는 것을 억지로 손에 쥐어 주었다.
흑 – 하고 여자가 고개를 꺾었다.
  그는 여자의 굳은 몸을 잡아 일으키고 차안으로 인도했다.
뒷좌석에 앉혔다. 히터가 켜진 차안은 난로처럼 훈훈했다.
  따뜻한 커피를 마신 여자는 한결 추위가 가시는 듯 얼굴에 혈색이 돌았다. 허허로운 눈빛은 아직 그대로였지만. 굽었던 척추를 조금씩 펴고 있었다.

기수도 운전석에 앉았다. 여자는 한동안 말이 없었다.
"고맙습니다. 차안이 따뜻하네요. 어디든 가시지요."
한참을 침묵하던 여자가 비로소 입을 떼었다.
조용한 음성으로.
"어디든 이라고요?"
오랜 시간을 달린 뒤에, 미터기가 기하급수적으로 높은 숫자를 그려내고 난 뒤, 수중에 차비가 없다고 하면 어쩌나 하는 우려로 기수는 여자를 탐색하듯 살피면서 물었다.
"목적지가 있는 건 아니니까 어디든 갔다가… 참 바다가 가까이 있네요. 나중에 다시 이 자리로 데려다 주세요."
"고마운 아저씨께 차를 타는 것으로 보답하고 싶네요. 그러다 가슴속 답답함이 풀리게 되면 다행이구요."
여자의 표정은 아직도 하얀 백지처럼 허허로웠다.
"친정이나 형제 집에 가시지요? 친정이 여기서 멉니까?"
처음 본 여자가 누이처럼 가여워서, 기수는 길 잃은 미아迷兒 같은 여자를 가족들의 품에 인도해주고 싶었다.
부모형제 곁이라면 언 몸과 마음을 녹일 수 있겠지.
그러나 여자가 고개를 흔들었다.
"두 아이가 방안에서 자고 있어서 안돼요."
"잠이 깨어 엄마가 없으면 놀랄 테니까요. 부모형제들에게 걱정을 끼치고 싶지도 않고요."
고통을 혼자서 짐 지겠다는 여자. 기수는 하늘을 올려다보았다. 차가운 겨울밤 외기에 밖에 나앉아 혼자 떨면서, 잠자는 어린 자식들을 지키고 있는 여자는 밤하늘 푸른 별이었다.

부모형제들에게 걱정을 끼치고 싶지 않아서, 친정에도 못 가는 고운 마음씨가 가슴 아팠다. 고통과 슬픔을 혼자 삼키면서 인고로 살아가는 겨울여자였다.
기수의 아내는 그렇지 않았다. 선머슴애처럼 외향적인 성격으로, 부부간에 말다툼이라도 있는 날은 불만을 참아내지 못하고 친정이나 형제들 집으로 쪼르르 달려가기 일쑤였다. 며칠을 시위하듯 해서 아내를 데려오곤 했다.
"누구나 불행을 겪을 때가 있으니까요."
기수는 실업자가 되었을 때 아내와 말다툼하던 때를 떠올리면서 말했다.
"좀 전에는 죽고 싶은 마음이었는데… 아저씨 덕분에 위기를 넘기네요."
여자가 바람이 윙윙거리는 창밖을 보면서 자조하듯 중얼거렸다. 세찬 밤바람에 쓰레기들이 한 무더기씩 몰려서 을씨년스럽게 도로를 휩쓸면서 이리저리 날아다녔다.
"어이쿠! 그러지 마세요. 자식들을 봐서라도."
야간 운전하면서 고생하는 것도 자식들 때문이었다. 깡통이 떼구르르 굴러서 어딘가에 쿵 소리 내며 부딪히기도 했다. 사람들은 둥지에서 깃을 접고 잠들어 있는 시간, 바람은 한많은 영혼의 울부짖음 마냥 건물 모서리에서 웅웅거렸다. 여자의 울음을 대신 울고 있는 것 같았다.
여자는 고개를 들었다. '자식들을 봐서라도' 란 기수의 말에, 심연처럼 가라앉아 있던 기운을 되살리는 것 같았다.
"그래요. 그래서 살아 있었네요."

여자의 표정이 조금 누그러졌다.
차는 차가운 새벽거리를 달려갔다.
기수가 여자에게 자정이 넘은 새벽시간에 길에 나앉아 있는 애달픈 사연을 물었고 여자는 띄엄띄엄 얘기했다.

남편이 알코올중독자로 의처증까지 있어서, 술 취해 집에만 들면 살림살이를 때려 부수면서 아수라장으로 만들고, 폭력을 행사한다는 것이었다. 죽지 못해 사는 세월이 십년을 넘었다고 했다.
두 아이들과 잠들었다가, 밤늦게 귀가한 남편의 상습적인 취중 추태와 행패를 견디지 못하고, 입은 옷 바람으로 피해 나온 것이라고 했다.
아이들은 방안에서 자고 있다고. 요행히도 남편이 어린 아이들에게까지 행패를 부리지는 않는다고 했다.

여자가 얘기하는 동안 기수는 중간 중간 대화에 끼어들면서, 차안의 룸미러로 여자를 찬찬히 살폈다.
아담하고 적당한 몸매에 단정한 얼굴 생김새였다.
자다가 뛰쳐나온 부스스한 행색에도 불구하고, 화장하고 단장하면 고울 미인 형이었다.
여자 삼십대면 한창 가정적인 행복을 누릴 나이에, 커다란 불행 속에서 사는 그녀가 가련하기도 하고, 한편으로는 가랑비에 젖은 난초 잎의 물방울을 보는 듯 청순하고 알 수 없는 매력도 느껴졌다.

가까운 곳에 다대포가 있었다. 차는 어둠 속을 달려서 바닷가에 도착했다.

창밖으로 바다가 보이자, 먼 여행길에 지쳤다가 고향집에 들어서는 사람처럼 무거운 우울증이 가시고 여자의 표정이 한결 편안해졌다. 눈동자에 생기가 돋아났다.
바다를 몹시 좋아하는 것 같았다.
  남자에게는 여자가 필요한 한밤의 시간이라서일까. 야간운전을 하면서 아내를 안아본 지도 오래였다. 뒤에 앉은 여자가 야래 향처럼 룸미러로 자꾸만 그의 시선을 당겼다.   기수는 골목길을 지나서 한적한 바닷가에 차를 세웠다. 동서남북 어디를 둘러봐도 집이나 인적이라곤 없는 외진 곳이었다.
  여자가 경계하듯 기수를 바라보았다.
  "너무 많이 달리면 미터기의 계기판이 늘어나면서 차비가 자꾸 오르니까요."
  그는 여자의 입장을 배려해주는 것처럼 너스레를 떨었다.
여자는 침묵하면서도 행동을 함부로 하지는 않았다.
  "예에…"
  놀란 표정으로 눈빛을 곤두세웠다가, 그 말에 비로소 안심하는 듯 눈에서 긴장을 풀었다.
차가 주차하자 여자는 하염없이 바다를 바라보고 있었다. 기수는 차를 내려서 으슥하고 구석진 자리로 가서 소변을 보았다. 차로 돌아온 그는 운전석이 아닌 뒷좌석의 문을 열었다.
  여자가 동그란 눈으로 기수를 빤히 주시했다.
기수가 뒷좌석 문을 열자, 찬바람이 기다렸다는 듯이 몰려와 차문을 닫지 못하도록 반대쪽으로 강하게 밀어붙였지만, 여자는 찬바람 때문만은 아니게 몸을 새우처럼 웅크렸다.

여자가 긴장으로 바짝 굳어지고 있다는 것을 얼굴 표정과 피부로 느낄 수 있었다.

"추운데 함께 앉아 얘기도 하고 잠시 쉬어갑시다."

"영업하셔야 하잖아요. 날마다 사납금을 낸다고 하던데."

바닷가라서 시내보다 더 추웠다. 시간은 세 시를 넘어 있었다. 기수는 추위로 웅크린 채 손바닥을 싹싹 비볐다. 어깨도 으쓱 흔들었다.

"이렇게 추운 날은 아무리 다녀봐야 손님도 없어요. 추울 때는 남녀가 함께 앉아 있으면 체온으로 몸이 빨리 녹으니까요. 지남철 원리로."

목소리가 처음 여자에게 다가갔을 때와는 달리 유들유들해졌다. 자신도 모르게 흑심이 발동하고 있었다.

'오늘 택시비를 받지 않겠어. 당신은 지금 수중에 돈도 없어 보이니까…'

바닷바람은 시내의 바람보다 한층 더 차가웠다. 해변을 두드리는 파도가 하얗게 이빨을 드러내고 어둠 속에서 웅웅거렸다. 세찬 바람에 자동차도 파도를 타는 듯 출렁거렸다. 남자의 심기를 더욱 자극했다.

"이제는 춥지 않아요. 염려하지 않으셔도 돼요."

여자가 기수에게 보라는 듯 등을 꼿꼿하게 곧추세웠다.

"사람 사는 것 별 것 아니에요. 고통스러울 때는 다른 즐거움으로 그 고통을 잠시 잊는 방법도 있고요. 몸과 마음이 추위로 얼어있는 당신을 따뜻하게 녹여주고 싶네요."

기수는 여자의 어깨에다 팔을 돌리고는 지긋이 눌렀다.

"나는 그런 것 원치 않아요! 사람 잘못 봤어요!"
여자가 바람처럼 어깨를 세게 흔들면서 차갑고 단호하게 소리쳤다.
"남편이 원수처럼 밉다면서요? 그런 남편을 위해서 수절할 필요가 있을까요? 인생은 짧고 비탄 속에서만 살다 가기에는 한번뿐인 인생이 너무 아깝지요. 우리 둘뿐입니다. 아무도 보는 사람이 없잖아요."
기수는 최면을 걸듯이 여자를 옆구리로 바짝 눌렀다.
여자의 손을 힘주어 잡았다. 뜨거운 열기로 숨이 가빠졌다. 주변에는 아무도 없고 소리쳐도 소용없을 것이다.
한밤의 욕망처럼 파도소리만 크게 철썩였다.
욕망의 분출 앞에서는 체면도 없다. 앞 뒤 분간도 없다.
밤거리에서 위기에 든 여자인데 네가 어쩔 거냐는 심사가 지배적이었다.
기수는 영업용을 운전하면서, 종종 승객으로 만난 바람기 있는 여자들과 아내 몰래 인생을 적당하게 엔조이하기도 했었다. 즉석에서 욕망을 해소한 후에는 돈을 주기도 했다.
"후우— "
땅이 꺼지듯이 여자가 한숨을 내쉬었다. 고개를 좌우로 흔들었다. 차갑게 정색을 하고 눈을 똑바로 뜨더니 총알처럼 마구 쏘아대었다.
"도둑을 피하면 강도를 만난다고 하더니… 인정이 많은 분인 줄 알았는데 결국 욕망에 휘둘리는 남자였군요."
여자가 몸을 똑바로 세우고 큰소리로 떠들었다.

푸른 여자 239

"아무도 없는 외진 곳에서 힘센 남자가 완력으로 덤빈다면, 저항하다가 결국 약한 여자가 지겠지요. 그러나 아저씨는 잠시 후에 혀를 깨물고 죽어있는 여자를 보게 될 겁니다. 아까 죽고 싶었는데 시간을 조금 연장했을 뿐이네요!"

 자조하듯 여자가 피식 웃었다. 한없이 허허로워 보였다. 여자는 비장한 표정으로 입술을 잘근잘근 깨물었다.
눈동자에 파랗게 불길이 일고 있었다.

 기수는 여자가 두려워졌다. 그녀의 얼굴에 시선이 못 박힌 채 떼어내지 못했다. 날선 비수처럼 온몸에 푸른빛을 두른 여자가 귀신처럼 무서웠다. 유리알처럼 투명한 겨울바다 색깔과도 흡사했다.

 기수는 숨을 죽이고 몸을 사렸다. 깊은 한숨을 내쉬었다. 혹시 여자가 정말 혀를 깨물면 어쩌나 싶어서 부르르 몸이 떨렸다. 여자 앞에서 점점 작아지고 있는 자신을 느꼈다.

 "남편과는 추호도 정이 없어요. 처음부터 스토킹으로 잡혀왔으니까요. 그렇지만 불쌍한 우리 아이들은 목숨처럼 사랑해요. 내가 여태껏 살아 있어야 할 이유였지요. 되는대로 아무렇게나 살아가는 엄마는 되고 싶지 않아요."

 "눈물과 고통으로 점철된 세월이었지만, 두 아이에게 아빠 몫까지 하면서 빛으로 길을 밝혀주고 싶었는데… 불행하다고 쾌락과 욕망에 휘둘리면서 살면 어찌 좋은 엄마가 될 수 있겠어요. 엄마의 거울이 흐리면 애들이 어찌 바르게 자랄 수 있겠느냐고요. 남편을 사랑하지 않는 만큼 두 아이는 외로운 내 삶의 언덕이자 희망입니다!"

여자는 마지막으로 조용히 덧붙였다.

눈물을 글썽이고 있었다.

"눈에 보이지 않는다고 하늘을 속일 수 있을까요?"

차분하고 조용한 목소리였으나, 그것은 기수의 뇌 속을 해일처럼 마구 흔들었다.

번쩍! 하고 눈앞을 강타하는 뇌성벽력이었다.

지금 내 옆에 앉아있는 이 여자는 누구인가? 슬픔의 구렁텅이에 빠져 있으면서도, 대나무처럼 꼿꼿하고 푸르디푸르게 정신이 살아있는 이 여자는 과연 누구이며 어디서 온 것일까? 기수는 심장을 떨었고 고개를 푹 꺾었다.

그는 문을 열었고 밖으로 나갔다.

바다를 향해 섰다. 굳어있는 근육을 풀기 위해서 그는 제자리 뛰기를 했다. 훌쩍훌쩍 수탉처럼 뛰어올랐다. 폐부를 톡 쏘는 해풍이 머리 속을 차갑게 씻어주었다. 몸속을 분출하던 뜨거운 욕망은 씻은 듯이 사라지고 없었다. 대신 그 자리에 맑은 해수海水가 찰랑찰랑 옹달샘처럼 고여 들고 있었다. 기분이 더없이 상쾌해졌다.

운전석으로 돌아간 기수는 시동을 걸고 차를 돌렸다.

"내 아내도 아주머니 같은 여자였으면 좋겠습니다. 오늘 집에 가면 아내에게 아주머니 얘기를 꼭 들려줄 겁니다. 택시를 몰면서 수많은 여자들을 봐왔는데, 세상을 적당히 살려는 사람들이 너무 많았지요. 제가 사람을 잘못 봤습니다. 못난 제 실수를 용서해 주십시오."

그는 정중한 목소리로 여자에게 사과했다.

신성한 노동의 가치보다는 인생을 쉽게 살고 싶어 하는 재물 욕심이 많은 아내, 집안일에는 게으르고 쇼핑에 사치스러우며, 친구들과 어울려 고스톱 치면서 놀기 좋아하는 철없는 아내를 떠올렸다.

"저는 오늘 기분이 참 좋습니다. 앞으로 살아가면서 내 인생에 큰 지침이 될 것 같습니다. 아주머니가 참으로 존경스럽습니다. 고맙습니다. 어리석은 저를 깨우쳐 주셔서."

기수는 애초의 선량한 눈빛으로 돌아와 있었다.

"고맙습니다. 내 진심이 통했으니. 아저씨도 참 좋은 사람입니다."

기수는 운전석으로 들어가서 앉았고 시동을 걸었다.

여자를 처음에 태웠던 자리로 가서 차를 세웠다.

차를 내리면서 여자는 18금 금반지를 빼서 차비 대신이라면서 기수에게 내밀었다. 입은 옷으로 나와 몸에 지닌 현금이 없다했다. 낮에 찾아오면 택시비를 준비해 놓을 테니 그때 바꾸자고 했다.

술주정꾼 남편이 이제는 한잠에 들었을 거라면서, 조용히 들어가서 초등학생 아이들 등교준비를 해야 한다고 했다.

여자는 박꽃처럼 활짝 웃었다.

아까의 그 여자였나 싶을 만큼 확연히 달라진 표정이었다.

기수는 여자의 반지를 손바닥에 놓고 유심히 살펴보았다.

작고 단조로운 모양새가 소박한 주인을 닮아 있었다.

"이거 소중한 결혼반지 아닙니까?"

"아니에요. 제가 마련한 겁니다."

아까는 서슬 푸르게 눈빛에 비수처럼 파란 날을 세우던 여자가, 언제 그랬냐는 듯이 순하디 순한 미소를 짓고 있었다.
기수는 말없이 반지를 돌려주었다.
택시미터기는 칠천오백원을 그려놓고 있었다.
"내 잘못을 사과하는 의미로, 오늘 당신을 태워주었던 택시비를 받지 않으려 합니다. 좋은 스승을 만난 내 선물이니까요. 당신의 진실이 내게 통했듯이, 내 진실도 부디 당신께 통했으면 좋겠습니다."
기수는 간절한 눈빛으로 미소지었다. 눈동자의 대화였다.
"저는 공짜를 좋아하지 않습니다. 그러나 아저씨의 호의는 물리칠 수가 없겠네요. 지나다가 목마르거나 차 한 잔 생각나면 오십시오. 내가 추위 속에서 떨고 있을 때, 밤새 차안에서 친구 되어주신 것을 우리 가족들에게도 얘기할 겁니다. 너무 고마웠습니다."
여자도 눈물 젖은 눈동자로 말했다.
참으로 해맑은 표정이었다.
"진실한 삶이 신을 감동시켜서 하루속히 안정되고 행복해지시기 바랍니다. 오래오래 아주머니를 기억할 겁니다."
기수는 운전석에서 내려서 여자에게 깊숙이 절을 했다.
여자가 골목 안 집으로 들어가는 것을 한참 서서 바라보고서야 그는 차를 돌렸다. 희끄므레 여명이 밝아오고 있었다.
눈에 보이지 않는다고 하늘을 속일 수 있을까요?
조금 전 여자의 목소리가, 호수 위의 파문처럼 원을 그리면서 빙글빙글 번져가듯 메아리로 귓전을 울렸다.

"먼저 나 자신하고 약속하자. 이제부터는 나도 하루하루를 성실히 살겠다고."

여자의 불행한 삶과는 달리 처음부터 사랑으로 맺어진 아내였다. 집으로 돌아가면 기수는 어제보다 아내와 딸들을 더욱 사랑하게 될 것 같았다.

밤새도록 수입 없이 공쳤지만, 억만 금을 얻은 것보다 더 가득한 충만감이 가슴속에 밀물로 차오르고 있었다.

〈꽁트〉

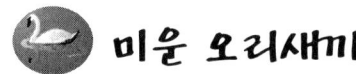 미운 오리새끼

아침부터 아파트광장이 부산하게 술렁이고 있었다.
"차를 좀 빼주세요. 이곳에 이사 차가 들어올 겁니다."
경비원이 출입구 가까이 주차해둔 차를 이동해달라고 방송했다. 15층에서 높은 사다리를 타고 가구들이 내려와 컨테이너 차에 실렸다.
"이것저것, 전축하고 컴퓨터는 싣지 마세요. 따로 모으세요."
여자가 손으로 가리켰다. 새로 분양 받은 고급 아파트로 이사가기 때문인지, 멀쩡한 살림살이들을 폐품으로 내놓았다. 경비원이 책상과 응접탁자, 고장 난 전축, 쓰다만 컴퓨터 등속을 수거비로 계산했다.
"컴퓨터를 왜 버려요?"
경비원이 아깝다는 표정으로 물었다.
"고장 나서 못써요. 애들이 전자오락하면서 함부로 사용해서. 새로 사야죠."
"책상이랑 탁자는 쓸 만한데……"

"누구 필요하면 가져가세요."

여자들은 고개를 흔들었다. 집안에 들였다가 버릴 때는 돈을 내고 처리해야 한다는 것을 알고 있었다.

가져갈 사람이 없다는 것을 알고 이사 가는 여자는 수거비를 지불하고 떠났다.

저녁나절 어둠이 내리자 맑은 하늘이 우중충하게 내려앉더니 빗방울이 듣기 시작했다. 복도에서 쿵쿵 하는 소리에 사람들이 내다보았다. 어둠 속에서 위층 여자가 이사 가는 사람이 버리고 간 살림살이들을 엘리베이터로 운반하고 있었다.

무거운 것은 바닥에 담요를 깔고 중년여자 혼자서 낑낑대면서 끌고 가는 것이 힘겹고 고난스러워 보였다.

아파트 내부를 고급스럽게 실내장식하고 살면서, 수영과 헬스, 피부마사지로 무장된 여자들 눈에 그 모습은 딱하고 한심하게 보였다.

"또 저 여자로구먼. 주워간 것들이 집안에 가득 차서 발 디딜 데가 없을 텐데 또 주워가네. 고물상 차리면 딱 맞겠다. 고물장사 하던 여자인가 봐."

"웬 거지근성? 아파트에 살면서 창피한 줄도 모르나봐. 고장난 컴퓨터를 어디에 쓰려고? 경비원들은 땡잡았네. 아까 폐품 가구 값 전부 계산해서 받았잖아요. 저 집에서 가지고 가면 폐품 수거비는 고스란히 남겠네. 저 여자 경비원한테는 구세주일세. 킥킥킥…… "

여자들이 수군대는 소리를 들었는지 말았는지, 그녀는 몇 차례나 낑낑대면서 일층 복도를 들락거렸다.

힘겹게 내뿜는 숨소리가 쌕쌕거렸다.
가로등 불빛에 빗줄기가 사선을 긋고 있었다.
　여자가 혼자 낑낑거리면서 가구들을 운반해간 출입구는 비로 쓴 듯이 깨끗해졌다.
여자는 이마에 흐르는 땀을 빗줄기로 씻어내었다.
　그날 밤 퇴근해서 돌아온 여자의 남편이 떠드는 소리가 복도를 울렸다.
　"당신 거지야? 왜 남들이 버리는 것을 주워오고 야단이야. 당장 밖으로 내보내지 못해?!"
　"비가 온다구요. 멀쩡한 가구들이 비를 맞으면 나무가 쭈글쭈글해지고 못쓰게 되잖아요."
　"남이 내버리는 게 못쓰게 되든 말든 무슨 상관이야? 내일 당장 내보내지 않으면 재미없을 줄 알아!"
　"비 그치면 내보낼게요."
　"할 짓도 없다. 당신 바보 아냐? 무거운 가구들을 낑낑거리면서 들었다가 내었다가. 그러면서 골병들어 몸살로 아프다지. 남이 버리는 고물이 뭐가 탐나? 한 번 두 번도 아니고 동네 망신스러워서 살겠나!"
　"미안해요. 처분할 테니 너무 화내지 마세요, 제발."
　여자는 훌쩍거리면서 울었고 울음 때문인지 남자의 목소리가 조용해졌다.
　"쯧쯧쯧… 내 저럴 줄 알았다니까."
　남자의 고함소리를 들으면서 여자들은 당연하다는 듯 입귀를 실룩거리면서 재미있어 했다.

일주일 후였다.

광장에서 화물차에 짐을 싣고 있는 사람들 곁에 그녀가 보였다. 중년남자들 서너 명이 여자에게 깍듯이 고개 숙여 인사하고 있었다.

"우리가 필요로 하는 물건들을 늘 구해주시니 고맙습니다. 전에 가져간 것도 참 유익하게 잘 쓰고 있답니다. 야아~ 책상에다 예쁜 그림장식까지 하셨네요. 손재주가 참 좋으십니다. 아이들이 많아서 일일이 새것으로 사려면 큰돈이 드는데요."

남자는 수리한 테이블의 모서리와 책상서랍에 곱게 붙여진 유리 테입 그림을 소중하게 손으로 쓰다듬었다.

베란다에서 내려다보던 여자들이 호기심과 궁금증으로 내려갔다. 화물차에 실린 것을 눈여겨보니, 전에 이사 간 집에서 버리고 갔던 폐가구들이었다. 꾀죄죄하게 먼지 앉아 우중충했던 책상과 탁자, 집기들이 새것처럼 반짝반짝 윤기로 빛나고 있었다. 구석구석 알뜰히도 수리하고 세제로 먼지를 닦아낸 흔적이었다.

여자가 미소로 말했다.

"허술한 곳은 손보았고 컴퓨터하고 전축은 수리기사를 불러서 고쳤습니다. 제품이 좋은 거라서, 고치고 나니까 우리 집에 있는 것보다 더 성능이 좋더라구요. 내가 갖고 있는 동요 테이프도 아이들이 좋아할 것 같아서 몇 개 넣었어요. 동화책을 모으고 있는데 책이 모이면 연락드릴게요."

"전에 보내주신 책으로 작은 도서관을 만들었습니다. 선생님이 오랫동안 후원해주시는 준휘가 제일 공부를 잘한답니다."

"준휘가 선생님이 보고 싶대요."

"원장님도 참 고마워하십니다. 내일은 강 총장님이 오시는데 선생님을 꼭 보자고 하시더군요. 따뜻한 인정에 감동 받아 총장님 댁으로 꼭 한번 초대하고 싶으시답니다."

"선생님, 내일 오실 거죠? 따뜻한 점심을 마련해놓고 기다리고 있겠습니다."

"제가 뭐 한 일이 있다고요. 초청해주시니 고맙습니다."

여자는 소녀처럼 얼굴을 붉혔고 해맑게 웃었다.

짐을 실은 화물차가 떠나고 난 뒤에 아파트 여자들은 멍해서 서있었다.

수년간 지하실 폐품창고에서 봉사를 하고, 그곳에서 나오는 옷들을 예사로 빨아 입으면서, 남들이 버린 물건을 주워 쓰는 여자를 〈고물상〉이란 별명으로 부르면서 비웃어대고 한껏 얕잡아 보았었다.

오늘 화물차를 가지고 여러 사람이 왔는데, 지식인 타입의 남자들과 나누는 대화로 보아 보통여자가 아니었다. 지식인들이 선생님이라고 높여 부르지 않는가.

지성인들과 교류하면서 정신적으로 대접받고 있었다.

대화로 듣자니 고아원 복지단체를 긴 세월 후원하고 있었던 것이다. 두 자식을 바르고 검소하게 키우면서, 성격이 불처럼 급하고 사나운 남편도 모르게.

하찮은 고물도 여자의 손을 거치면 빛나는 보석이 되는 이유를 비로소 알 것 같았다. 불우이웃을 향한 인간애, 따뜻한 사랑의 힘이었다. 수년간 같은 통로에 살고 있으면서도, 별로 내왕이 없어서 주민들은 여자가 무엇을 하는 사람인지 알지 못했다.

어쩌다 복도에서 만나는 수수한 차림새로 서민 형 별 볼일 없는 사람으로 생각해왔다. 성품이 은둔자로 보이면서 재력이 없다는 것 때문에 그녀를 무시하고 깔보기도 했었다.

몇 년 전에는 창고의 폐품 옷을 몇 개 챙겨간 여자에게, '치사한 도둑'이란 누명을 씌워서 여자를 울린 적도 있었다. 아픔을 인내하면서 가슴속 금계란을 품고 있는 여인.

복도를 걸어가는 여인의 뒷모습을 사람들은 한참동안 부신 듯 바라보았다. 미운 오리새끼가 우아한 학이 되어 푸르르 창공으로 높이높이 날아올랐다.

〈꽁트〉

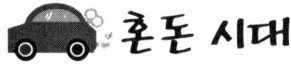혼돈 시대

지윤은 퇴근해서 돌아와 아파트광장에 차를 주차시켰다. 그가 타고 다니는 은색 승용차는 신형으로 반짝이는 광택이 눈부셔서 지나가면 한번씩 쳐다보는 고급형이었다.

결혼한 지 얼마 안된 새신랑이 새로 지은 고급아파트에 고급 차를 타는 것을 이웃들은 부러운 눈으로 바라보았다. 그것은 지윤이 결혼 전에 성실하게 일해서 월급을 꼬박꼬박 저축한 결과였고, 결혼할 때 부모에게서 어느 정도 재정적인 뒷받침을 받은 것이었다.

지윤이 현관 입구를 향해 가는데 경비실에서 경비원이 그를 불렀다.

"601호죠? 택배가 물건을 맡기고 갔으니까 가져가시죠."

경비원은 인상 좋고 잘생긴 지윤을 보면 유난히 친절했다. 지윤이 나이로 치면 그의 아들 또래였다. 사람들 중에는 인상이 남에게 호감을 주고 느낌이 좋은 사람이 있는데, 지윤이 그런 류의 젊은이였다.

그는 늘 온화한 미소를 짓고 있었다.

지윤은 경비실 안에서 검은 천 케이스에 든 유난히 큰 부피의 물건을 들고 나왔다. 워낙 무거운 것이라서 경비원이 함께 들어주었다. 그것은 옥장판 매트 같았다.

일년 전에 산 옥매트가 이상이 생겼다고 본사에 수리를 맡겨야겠다는 소리를 아내에게서 들었던 터라, 고장수리를 끝낸 것인 줄 짐작되었다.

"장판이 좁은 경비실 안을 다 차지하고 짐이 되었겠어요. 미안합니다."

지윤은 경비원 아저씨를 향해 환하게 웃었다.

"아닌게 아니라 그러긴 했지만, 맞벌이 부부들은 낮에 집을 비우니까 경비실에서 맡아둘 수밖에요."

경비원도 사람 좋게 웃었다. 시원시원한 성품이었.

그것을 들고 엘리베이터 입구까지, 내려서는 또 집까지 혼자 운반하느라 지윤은 팔이 뻐근하고 아플 만큼 기운을 다 소진했다. 겨우겨우 운반해서 거실에 두고 지윤은 땀범벅이 된 몸을 바로 샤워했다. 샤워 후에 아내가 올 동안 컴퓨터 앞에 앉았다.

잠시 후에 아내가 돌아왔다. 시장 봐온 짐을 들고 주방으로 가려던 수연은 거실에 있는 검은 물체에 시선이 갔다.

"오빠, 저게 뭐야?"

수연은 결혼을 하고서도 오빠라는 호칭을 고치지 못했다.

"옥매트잖아. 수리하라고 보냈었니? 경비실에서 택배 왔다고 좀 전에 주던데."

"아니, 고장 난 옥매트는 작은방에 있잖아요."

수연은 영문을 모르겠다는 듯 지윤을 밀어서 작은방으로 갔다. 구석진 곳에 검은 천으로 싸여진 옥매트가 있었다.

"그럼 저건 뭐야? 누가 우리에게 선물을 보낸 거야?"

"풀어봐요. 친구가 선물로 보내면서 속에 편지를 써두었을지 모르니까. 한데 누구지?"

결혼한 지 2년, 아직 아기도 없이 신혼인 그들은 친구들에게 종종 살림살이 선물을 받기도 했기에, 설레는 가슴으로 포장을 풀었다. 검은 천에는 분명히
「받는 사람---108동 601호」라고 써져 있었다.
검은 천 포장을 벗겨내자 속에서 은매트가 나왔다.
TV광고에서 요즘 한창 선전하는 제품이었다. 속에 황토성분이 입혀진 그것은 옥매트 보다 훨씬 더 무거웠다.

"이렇게 무거운데 오빠 혼자서 운반했어?"

"응, 어깨하고 팔이 다 우리하다."

수연은 선 채로 지윤의 어깨를 자근자근 주물렀다.

"이걸 누가 보냈지?"

지윤이 생각나는 친구가 없는 것으로 보아, 수연의 친구일지도 몰랐다. 수연은 가능성이 있는 친구를 떠올렸다.

"아! 그래! 유미일 거야. 선물을 못했다면서, 내게 뭘 사줄까 하고 물었었지. 그런데 유미가 이런 고가의 선물을?"

수연은 당장 여중 동창 친구 유미에게 전화를 걸었다.

"유미야, 니가 우리 집에 은매트 보냈니?"

"은매트? 그게 뭔데?"

유미는 금시초문이라는 듯 말을 쉽게 알아듣지 못했다.

"아니면 됐어. 나 지금 바빠서 전화 끊을게. 안녕."

유미의 궁금증을 뒤로하고 수연은 전화기에서 물러났다. 눈앞에 닥친 의문을 풀어야 했기에.

누가 선물로 장난을 치는 것일까?

수연은 경비실을 인터폰으로 연결했다.

택배 직원이 했던 말을 다시 한번 물었다.

"108동 601호라고 하던데요. 그렇게 써져 있지 않습니까?"

"그렇게 써져 있기는 한데 보낸 사람 이름도 없네요."

"그래요? 그것 참! 알아볼 동안 일단 집에 두고 기다리세요. 잘못 배달되었다면 택배 직원이 다시 올지도 모르니까."

다음날 아니나 다를까 택배 직원이 경비실로 찾아왔다. 이웃의 H아파트로 가는 물건이 동과 호수가 같은 S아파트로 잘못 배달되었다는 것이었다. TV 홈쇼핑을 통해 소비자가 구입한 물건이었다.

그들 부부가 함께 출근하느라 택배회사 직원을 만나지 못하고 어긋났다가, 밤중에야 인터폰으로 연락을 받았다.

"은매트를 경비실에 갖다 두라는데요."

퇴근 후의 피곤한 몸으로 무거운 것을 다시 경비실까지 갖다 주어야 하는 중노동을 겪었다. 가져가라, 가져 오라, 아닌 밤중에 웬 홍두깨 방망인지 혼란스러웠다.

온라인 선불을 내고 물건을 받지 못한 사람의 답답함을 생각하고 자청해서 돌려주고 나자, 수연은 찜찜하던 기분이 한결 개운해졌다.

며칠 후 대학 동창회에 나간 수연은 친구들 앞에서 그 얘기를 했다. 은매트가 배달되어 왔는데 알고 보니 다른 아파트에 갈 것이 엉뚱하게 우리 집으로 온 것이었다고.

"바람 빠진 풍선처럼 좋다 말았지. 둘 다 어깨에 담이 붙도록 운반하느라 죽을 고생만 했단다."

"어머! 수연이 너도 그랬니? 나도 그런 일이 있었는데…."

다대포에 인접한 아파트에 살고 있는 희주가 놀라서 정색을 했다. 그녀의 얘기를 다들 솔깃해서 들었다.

"그때가 추석 하루 전날이었어. 내가 퇴근해 오니 경비실에서 택배 온 거라면서 선물상자를 전해주더구나. 그것도 꽤나 무거웠단다. 상자에 붙은 주소를 보니 우리 집이었어. 집에서 개봉해보니 안에 커다란 우족이 들어있지 뭐니."

"우족? 야! 그거 수지맞았네. 그래서 먹어 버렸니?"

성미 급한 진이가 눈을 빛내면서 반색했다.

"선물치고는 굉장히 고가품이었어. 남편의 회사에서 보내준 건가 싶다가도 이런 값비싼 것을 직원들에게 다 돌린다는 것이 아무래도 믿어지지 않고 이상하더라구. 그이의 지위도 간부가 아니고 말단인데 말야."

희주의 이야기가 계속 되었다.

"그래서 우족을 꺼내 쓰지 못하고 남편이 오기만 기다렸지. 남편이 왔을 때 물어보니 회사에서 직원들에게 그런 것을 보낸 적이 없대. 달리 우리에게 그런 값비싼 우족을 보낼 사람이 아무리 생각해도 떠오르지 않았어. 밀쳐둔 상자를 당겨서 주소를 재차 확인했지. 수신인 주소 옆에 전화번호가 있더라구."

"그리로 전화를 걸어 보았더니 그곳은 이웃의 M아파트였고, 우족을 기다리는 사람이었어. 우리 것인 줄 알고 덤벙대며 음식을 만들어 먹어버렸더라면 진짜 주인에게 돌려주지도 못하고 도둑이 될 뻔했지."

"저런! 너도 좋다 말았구나! 우족 쇠고기를 좀 끊어내고 주지 그랬니."

진이가 아깝다, 아깝다를 연발하면서 말했다.

"남의 물건에 손을 대면 절도죄에 해당된다구."

"그 주인이 고기를 좀 나누어주지 않든?"

"주인을 바로 만나서 준 것이 아니고, 경비실을 통해서 택배직원한테 넘겨주었으니까."

"양심 나쁜 사람이었으면 그냥 먹어버렸을 거야. 우리한테 온 것인 줄 알았다 하면서. 그러면 도리 없이 택배회사에서 변상해야 했겠지?"

"자기들이 갖다 주었으니까 받은 사람이 먹은 것을 시비하지도 못할 거야."

진이는 끝내 미련을 떨치지 못했다.

유독 공짜를 좋아했다.

"그러면 남의 것을 먹어버린 나쁜 업이 남지 않을까? 그래서 자기 물건을 잃어버리는 일도 생겨날지 몰라."

수연이 웃으면서 조크했다.

"쟨 늙은 노파 같은 소리를 하네. 도사님처럼."

"하여튼 요새 택배회사들 문제다, 문제! 돈을 받고 배달하면서 그렇게 무성의하게 남의 것을 처리할 수 있을까."

"직원들을 잘 교육시켜야지. 그저 바쁘다, 바쁘다 하면서 신중하지 않고 무신경하니까 아파트 동쪽으로 갈 것이 서쪽에, 남쪽으로 가야 할 것을 북쪽에 갖다 주는 그런 일이 다반사로 생기는 거야."

여자들은 왁자지껄하게 떠들다가 밖으로 나왔다.

"어머! 여기 세워둔 내 차가 없어졌어!"

승용차를 운전해서 나온 진이가 눈이 동그래서 소리쳤다.

"아니? 누가 남의 차를?"

재빠르게 주변을 휘둘러보던 희주가 소리쳤다.

"진이 차를 견인해 갔나봐. 여기 바닥에 견인해간 종이가 붙어 있네."

희주가 길바닥에 초록 테프로 붙여둔 종이를 떼 내었다.

"너 남의 고기 안 돌려주고 먹은 적 있니?"

성희가 빙글빙글 놀리듯이 진이에게 물었다.

"남의 고기 택배 잘못 받은 적도 없어, 나는."

진이가 뿌루퉁해서 내쏘듯 신경질을 부렸다.

"세상사가 인과로 생긴다고 해서 말야. 좀 전에 수연이가 도사처럼 그랬잖아."

"에이, 오늘 재수 옴 붙었다. 한번 견인 당하면 금전적인 손해가 얼마니. 견인비, 무단주차 벌금고지서, 또 차를 찾으러 택시 타고 가야하고."

"잠깐인데 그 새 끌고 가버렸구나."

"견인 당해 가면서 차가 더러 손상을 입기도 한다더라."

옆에서 걱정스러운 표정으로 말하자 진이의 표정이 굳어졌다.

혼돈 시대 257

희주가 참고로 들어두라면서 말했다.

"나도 전에 차를 우리 동네 시장 앞에서 견인 당했는데, 비상 깜빡이를 켜두고 벼락같이 달려가서 오분도 안 되어서 돌아왔는데, 눈 깜빡할 새 견인해 가 버렸더라구. 밤 아홉시 경인데 말야. 견인하는데 일분도 채 안 걸리더라. 차 주인과 서로 밀고 당기는 전쟁터야. 곧바로 견인소에 택시로 달려가서 찾아왔는데, 티코 앞바퀴를 망가뜨려 놓았더라구. 밝을 때 보니까 비스듬하게 바퀴가 비뚤어져 있잖아. 그런데도 밤중이라서 견인소에서는 그걸 못 봤지."

"리모컨으로 작동시키는 견인차가 그랬어. 리모컨 스위치를 눌러서 양쪽에서 집게발로 바퀴를 조운다는데, 어두운 밤중에 벼락같이 달고 가면서 리모컨 조종인들 제대로 했겠어? 그저 견인비를 받아낼 욕심으로, 자동차 주인이 오기 전에 빨리 도망가야 하니까."

희주가 새삼 흥분해서 말했다.

"차안에 시장 본 짐과 핸드백이 있고, 비상 깜빡이를 켜둔 차니까 주인이 근처에 있거나 금방 올 건데도 그들은 전혀 배려해 주지 않아."

"그래서 차가 망가진 배상은 받았니?"

진이가 다급하게 물었고, 희주는 얼굴이 상기되었다.

"아니. 자기들이 그랬다는 증거를 대라고 하면서 며칠 동안 이리저리 조리를 돌리고 발뺌하는데, 싸우다 싸우다가 결국 포기하고 수리비만 날렸어. 그들이 지정한 정비공장에 가서 견인으로 피해 입었다는 소견서를 받아오라고 하더라구."

"그래서 그 정비소에 찾아갔지만 아무도 안 써 주려고 하는 거야. 자동적으로 그럴 수도 있다고 하면서. 그들은 한 패거리야. 지정한 정비공장과 미리 짜고서 말을 맞추는 지도 몰라."

"자기들이 밤중에 벼락같이 끌고 간 차를, 견인으로 망가진 증거를 대라니? 그런 증거가 어디 있어. 억지잖아."

"견인 당하기 전에는 운전할 때 차가 아무 이상 없었는데, 견인 당한 후에 차가 고속으로 달리면 굉장히 덜덜거리는 거야. 고물 화물차 소리보다 더 시끄럽게. 차를 견인해 가면서 작은 티코를 한쪽바퀴만 물고 비스듬한 채 끌고 갔으면서도 그들은 수리비를 물어주기 싫어서 끝끝내 부인하더라구."

"그래서 넓은 견인소 마당에서 그날 밤 견인한 상태대로 티코를 한번 물어보라고 해도, 견인기사가 전혀 무반응으로 고개를 돌리고 딴청을 하면서 그 요구조차 들어주지 않았어."

희주는 그날 일을 상세하게 말했다.

"티코를 견인차에 매달아보면 자기들 과실이 당장 들통이 날 테니까. 눈 가리고 아웅 하는 격이지."

"너는 제 것을 손해보고, 남의 것은 잘도 돌려주는구나."

친구들은 정직한 희주의 성격을 알기에 동정했다.

"남들이 내 차를 한 두 번 우그린 게 아냐. 그래도 한 번도 수리비를 보상받지 못했단다. 마음이 약해서. 닭 잡아먹고 오리발을 내밀면서 악착같이 시치미를 떼니까. 그러면서도 나는 주차하다가 남의 차를 표가 안 날만큼 약간만 긁어도 범퍼를 통째로 물어달라면서 죽일 듯이 설쳐대는 악바리를 만나기도 하고. 새 차도 아닌 헌차이고 군데군데 우그러진 상태인데도."

"도리 없이 그냥 물어주었지. 그것이 못가진자의 설움이더라. 세상에는 비양심적인 사람들이 너무 많더라구. 가진 자일수록 욕심은 하늘을 찌를 듯했고."

"양심을 내던지고 영악한 사람들은 남을 손해 입히고도 건재하고, 힘없는 민초들은 늘 손해 입으면서 사는 이상한 세상이야. 법적으로 소송을 해도 돈 없는 사람들은 재판에서 지고 만단다. 그래서 소송해본 사람들은 한국이 싫다고 다른 나라로 이민 가는 사람도 많아."

 여자들은 우울한 표정이 되었다. 험한 세상을 헤쳐 나가려면 그들도 악바리가 되어야 할 것을 생각하고 있었다.

"내 차도 끌고 가면서 손상을 입혔으면 어쩌지?"

"주차비 아끼려다가 바가지 된통 덮어썼다. 오늘 되게 재수 나쁜 날이다."

 진이는 동동걸음치면서 안타까워했다.

"기분 좋게 나왔다가 이 꼴이 뭐니."

"너 빨리 가봐야지. 누가 그러는데 견인비도 시간이 넘으면 추가되나 보던데."

 친구들은 미안해 하다가 하나 둘씩 빠져나갔다.
오늘은 여럿이 모여 앉아 세상의 무질서와 혼란에 대해서 토론을 벌였는데, 종류가 다른 또 하나의 상실감이었다.
고기를 돌려주지 말고 먹어버리지. 그 말이 신을 노하게 했나? 농담으로 했던 자신의 말을 상기하면서, 진이는 견인 당한 차를 찾으러 가기 위해서 허둥지둥 도로에 내려서서
"택시! 택시!"를 소리쳐 불렀다.

〈꽁트〉

 **빨간 구두**

세희는 퇴근 후에 남편 영호와 만나기로 한 찻집으로 갔다. 신혼 삼년 째였지만 아직 아기가 없어서 둘만의 신혼 재미를 만끽하고 있었다. 둘 다 맞벌이를 하고 있으니, 퇴근 후의 시간을 밖에서 종종 외식도 하고 함께 쇼핑도 했다.

세희는 걸으면서 발아래를 내려다보았다.
며칠 전에 백화점에서 구입한 빨간 단화는 보면 볼수록 앙증맞고 예뻤다. 가죽이 반짝반짝 빛나는 것이 신데렐라의 유리구두 같았다.

> 솔 솔 솔 오솔길에 빨간 구두 아가씨
> 똑~똑~똑 구두 소리 어딜 가시나
> 한 번쯤 뒤돌아 볼만도 한데
> 종소리만 하나 둘 헤며 가는지
> 빨간 구두 아가씨 혼자서 가네

길에 행인이 없는 것을 보고는, 혼자 콧노래를 흥얼거리며 나비처럼 무희처럼 힙을 흔들며 사뿐사뿐 걷는 것이 더없이 즐거웠다. 전부터 빨간 구두를 한 켤레 갖고 싶었다. 벼르고 벼르다가 이번 달 보너스를 받았을 때 큰맘 먹고 장만한 것이었다.

쇼핑의 행복, 그것이 쉽게 얻은 것이 아니고, 학교에 입학한 아이가 뜬눈으로 소풍날을 기다리듯, 오래 벼르다가 산 것이라면 기쁨이 곱절이다.

모양새가 예쁜 만큼 그것은 구만원이나 하는 고가품이었다. 매달 월급을 받으면, 장남인데도 살림을 따로 내어주신 시부모님 생활비를 먼저 떼어놓고, 두 분의 선물을 마련하는 등으로 지출하고, 나머지로 자신들의 신혼살림을 하기에는 늘 빠듯했다. 예상외로 경조사비가 많이 나가는 달은 적자였다. 그래서 몇 달을 별러서야 갖고 싶은 구두를 겨우 마련할 수 있었다.

"그 구두가 그리도 좋아? 세희는 아직 어린애 같네. 그러다가 신기도 전에 다 닳겠다."

현관에서 먼지도 없는 구두를 반질반질 윤이 나도록 천으로 닦고 있는 아내를 보면서 영호는 빙그레 미소 지었다.

"그 빨간 구두가 나보다 더 좋은 거야?"

"그래요, 그으래~"

세희는 영호를 향해 입을 오리주둥이처럼 쏘옥 내밀었다.

"나보다 더 좋다구? 그러면 내가 그 구두 없애 버린다?"

영호는 장난으로 구두를 빼앗으려는 시늉을 했다.

"아냐, 아냐, 자기가 훨씬 좋아!"

세희는 구두를 재빠르게 등 뒤로 감추었다.

남편의 뺨에다 입술도장을 찍었다. 귀엽게 눈을 흘겼다.
장난감 로봇을 동무에게 빼앗기지 않으려는 아이 같았다.
아침에 집에서 그런 실랑이를 치고 나온 길이었다.
신혼부부인 그들에게는 그런 것도 행복이었다.
　두 사람은 분위기 있는 찻집에서 만났고, 저녁을 먹기 위해 식당으로 갔다. 불고기를 잘한다고 소문난 집이었다.
구두를 벗어서 신장에 넣으려 했지만 신장은 이미 만원이었다.
월말이라서 회식이 많은지 방안 탁자마다 손님들로 바글거렸다.
　"신발을 그냥 바닥에 두시면 우리가 넣을게요."
　여자종업원이 나와서 말했다. 세희는 구두를 벗고 안으로 들어갔다. 밖은 차가운데 실내는 고기 굽는 열기로 후끈했다.
불고기를 주문하고 음식이 나올 동안 각자 사무실에서 있었던 일을 얘기하는 것으로 한담을 나누었다.
불고기를 먹었고 식사도 했다.
　"세희 너 배고팠구나. 많이 먹어."
　"이 집 고기 맛있다. 자기도 많이 들어요."
　인정이 많은 영호는 자신보다 아내가 더 많이 먹기를 바랐다. 고기에 곁들여 소주도 한 잔씩 했다.
　그들은 다른 사람들보다 늦게 들어온 탓으로 식사를 마쳤을 때는 홀이 반쯤 비어 있었다.
카운터에서 계산을 하고 현관으로 나왔다.
주변을 휘둘러보아도 세희는 자신의 구두를 찾을 수 없었다.
신장 안에도 없었다.
　"내 구두가 어디 갔지?"

당황하는 소리에 여자종업원이 나왔다.
"내 빨간 구두가 없어요."
"손님, 빨간 구두 저기 있네요."
그녀가 손짓하는 곳을 보니, 세희 것과 모양이 같은 빨간 구두이기는 한데, 낡고 먼지 낀 헌 신발이었다. 꺼내보니 사이즈도 컸다.
"내 구두는 새것인데 이건 헌 구두잖아요."
"손님이 나갈 때 착각했나 봐요. 우선 그 구두를 신고 가세요. 손님도 발에 맞지 않으면 자기 구두를 찾으러 오겠지요. 구두는 작은 것은 불편해서 못 신잖아요."
세희는 기분이 나빴지만, 당장 신발이 없으니 대용으로 그 구두를 신을 수밖에 없었다. 가죽이 늘어나서 발에 맞지 않고 헐렁거렸다.
"신어 보면 작은 구두는 신기도 힘든데 몰라볼 리 있을까? 내 것은 광나는 새 구두인데……?"
전화번호가 찍힌 식당 명함을 받은 뒤 돌아섰다.
올 때의 기분과는 달리, 불고기를 먹은 것도 소화되지 않았다.
"아이, 이럴 줄 알았으면 헌 구두를 신고 오는 건데."
부루퉁한 세희를 보면서 영호는 미안했다.
"우리 옆 탁자에 앉았던 아줌마들 같다. 모르고 신고 갔겠지. 내일은 연락이 올 테니까 너무 속상해 하지마, 세희야."
영호는 아침에 집을 나설 때 '나보다 그 구두가 더 좋으면 내가 없애 버린다?'라고 했던 것을 생각해내고, 입이 보살인가 싶어 기분이 씁쓰레했다.

264 푸른 여자

남의 신발을 꿰어 신고 소태 씹은 표정이 된 세희는, 아침의 농담을 문제 삼지는 않았다. 유난히 착한 성품이었다.
　날이 샌 뒤에 밝은 곳에서 보는 붉은 색 구두는 밤에 볼 때보다 더 초라했다. 보기만 해도 스트레스를 유발했다.
헌 구두를 벗어놓고 값비싼 새 구두를 신고 간 것은 계획적인 행동 같았다. 며칠이 지나도 그 식당에서 구두를 바꾸러 왔다는 전화 연락은 오지 않았다. 출근할 때 신고 다니던 빨간 구두가 보이지 않자, 여사무원들이 물었고, 얘기를 듣고는 너도나도 입방아를 찧어대었다.
　"며칠도 신지 않은 구만원짜리 새 구두 아니니. 식당에 가서 변상 받아라. 똑같은 경우를 당한 사람이 소비자 고발센터에 알아보니까, 주인이 팔십 프로는 변상할 의무가 있다더라. 자기 집에 온 손님이니까 신발을 잘 관리할 책임이 있대. 신발주인에게도 나머지 이십 프로의 책임을 전가한다나. 그것이 법적 해석이란다."
　세희는 빨간 구두를 잃어버린 마음의 상처가 더 컸다.
　속상해서 내내 가슴이 아렸다. 그것을 신고 가버린 여자가 미웠고, 그 식당에도 출입하고 싶은 마음이 싹 가셨다.
퇴근 후 집에서도 울적한 마음을 달랠 길 없어 투덜거렸다.
　"속상해서 견딜 수가 없어. 나 그 집에 가서 새 구두 변상해 달라고 할거야. 다시 살 형편도 아니니까. 그렇지만 팔십 프로 배상은 너무 무리해 보여. 손해를 반반씩 나누자고 해야지."
　영호는 묵묵히 듣고 있었다. 세희가 그 구두를 갖고 행복해하던 모습을 떠올리면, 투덜거림도 이해되었다.

매사에 똑 부러지게 행동하는 당찬 성격이니 손해를 쉽사리 포기하지는 않을 것이다.
　세희는 다음날 헌 구두를 종이박스에 넣어서 그 식당을 찾아갔다. 주인을 만나서 구두를 바꾸러 왔더냐고 물었지만 고개를 흔들었다.
　"아저씨, 저 이 구두 도저히 못 신겠어요. 낡은 데다 내 발에 커서 헐렁거리는 것을 어찌 신겠어요? 내 새 구두를 변상해 주세요."
　세희는 소비자고발센터에 전화해 보았다고 하면서, 그것을 믿지 못하겠으면, 이 자리에서 바로 그곳으로 전화를 걸어보라고 말했다. 주인은 세희의 얘기를 묵묵히 듣기만 했다.
　"식당주인의 변상은 팔십 프로라고 했지만, 아저씨도 손해 보는 거니까 반반씩 나누기로 해요. 구만원짜리 구두니까 사만 오천원인데, 사만원만 주세요."
　남자주인은 가타부타 말도 없이 카운터의 금고에서 돈을 꺼냈고, 세희 앞으로 돈을 밀었다.
　"오만원 드릴게요. 가져가세요."
　세희는 갑자기 말문이 탁 막혔다. 새 구두 값을 받아내려면 주인과 실랑이를 해야 할 거라고 생각하고, 전쟁터에 나가는 병사처럼 만반의 준비를 하고 나온 터였다.
그것이 새 구두인지 어찌 아느냐? 오래 신던 구두를 새 구두라면서 우리한테 바가지 씌우려는 것 아니냐? 손님이 바꾸어 신고 간 신발을 다 물어주다가는 어떻게 식당을 할 수 있겠느냐 하면서 못 물어준다고 하겠지.

그런데 식당주인은 너무나도 수월하게 돈을 오만원 선뜻 내주는 것이었다. 세희는 죄인처럼 얼굴이 빨개졌다. 주인이 이렇게 선의로 나오면, 자신은 돈을 받아가야 하는지 말아야 하는지, 얼른 감이 잡히지 않았다.
식당주인의 입장이 되어서 생각해보니 너무 미안했다.
 "아저씨, 제가 부자였으면 변상 받으러 오지도 않았을 거예요. 너무 미안하네요. 그 구두가 워낙 비싼 거라서. 사만원만 받을게요."
 세희는 쥐구멍이라도 있으면 들어가고 싶은 심정으로 우거지상이 되어, 만원짜리 한 장을 주인에게 되밀었다.
"글쎄 오만원 다 가져가시라니까."
 주인은 사람 좋게 또 그 돈을 세희 쪽으로 밀어주었다.
 "이러면 안 되는데… 너무 미안해서 안 되는데……"
 세희가 어쩔 줄 모르고 쭈뼛거리자, 주인은 안쪽에서 종업원이 부르는 소리를 듣고 들어가면서 뒤돌아보았다.
 "오만원 드렸습니다. 그걸로 새 구두 사 신으세요."
 "예에… 아저씨, 정말 미안합니다……"
 세희는 낡은 구두를 신장에 넣고 식당을 나왔다.
돈으로 변상 받기는 했지만 영 마음이 편치 않았.
울고 싶었다. 구두를 잃어버리지 않았더라면, 식당주인에게 사정할 일도 없었을 거고, 남을 손해 보이는 일도 없었을 텐데 하면서. 퇴근해 돌아온 남편에게 그 얘기를 했다.
 "주인이 수월하게 돈을 주더라구요. 참 좋은 아저씨야."
 남의 돈을 빼앗은 것처럼 마음이 무거웠다.

새로운 상처였다.
"그랬어? 좋은 사람이네. 이제는 됐지? 그 돈으로 보태서 다시 빨간 구두 사."
영호는 세희에게 웃으면서 한마디하고는 컴퓨터가 있는 방으로 들어갔다.
세희는 다음날 백화점에 나가서 똑같은 구두를 샀다.
하루 종일 신발을 벗지 않는 날에만 빨간 구두를 신었다. 발바닥에 본드로 붙인 것처럼 빨간 구두가 있는지 확인해보는 병적인 불안감이었다. 자라보고 놀란 가슴 솥뚜껑보고 놀란다는 속담처럼. 그 식당에는 자연히 발길이 멀어졌다.
미안해서 두 번 다시 주인남자를 볼 면목이 없었던 것이다.
시일이 흘렀다. 영호는 술이 거나하게 취해서 귀가했다.
"세희야, 그 빨간 구두는 보물단지처럼 잘 모셔놨니?"
"오자말자 구두 안부부터 묻는 거야? 아내는 뒷전이고?"
"우리 집의 보물, 제일 우선순위는 그 빨간 구두잖니. 세희야 안 그래?"
"그렇게 말하니까 좀 슬프다."
세희는 시무룩해서 입을 삐죽거렸다.
"슬퍼하지 마. 어떻게 해서 다시 마련한 빨간 구두인데."
허허허… 허허허… 영호는 자꾸 혼자 헛웃음을 웃었다.
"그 빨간 구두의 비밀? 허허허… 허허허…… "
남편 영호가 아무래도 오늘따라 이상해 보였다.
"자기 왜 그래? 그 구두에 무슨 비밀이 숨겨져 있는 거야? 자기 말을 들으니까 뭔가 수상하다. 빨리 말해요! 말하라구!"

세희는 영호가 말할 때까지 겨드랑이를 간지럼 태우고 꼬집었다. 간지럼을 조용히 참을 수 있는 사람은 없었다.

"아야, 아야! 말할게 그만해."

영호는 두 손을 들었다. 세희는 정색을 하고 마주앉았다.

"세희야, 그 돈은… 식당주인이 주었던 그 오만원은, 하루 전날 내가 가서 맡겨둔 돈이야. 장사꾼인 식당주인이 그런 돈을 호락호락하게 내주겠니. 돈을 받으려다가 싸우면 너는 크게 상처받을 거고, 또 돈을 받지 못하고 그냥 나오면 너는 더 크게 상처받을 테니까."

허허허… 허허허…

영호의 웃음소리가 미소 뒤편에서 공허로웠다.

"뭐라구? 자기가 먼저 가서 맡긴 돈이라구?!"

세희는 또 한번 하늘이 샛노래졌다.

구두 값 이분의 일 변상금 오만원은 꼬시래기 제 살 뜯어먹기였다.

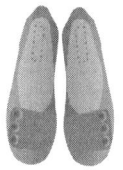

〈꽁트〉

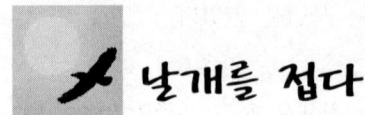 날개를 접다

전화벨이 계속 울려대고 있다.
　침대에 누운 채 숨쉬기조차 답답한 혜인은 전화를 받고 싶지 않다. 몸이 침대에 붙어버린 듯이 기운이 없어서다.
겨우 팔을 뻗어 송수화기를 들었다가 그대로 놔버린다.
전화벨이 한 번 두 번 세 번 또다시 울리다가 가라앉는다. 전화벨 소리가 멈추었다고 해서 마음이 편해지는 것도 아니다. 물속 같은 정적이 안개처럼 실내에 깔린다.
　바깥은 날이 새었는지 말았는지 어둠침침한 것이 희뿌연 새벽 같다. 아니 한낮일 지도 모른다. 밤새 잠을 잔 것인지 불면으로 지새운 것인지도 감이 잡히지 않는다.
가위눌린 것처럼 가슴이 답답한 상태가 오래 지속된다.
눈을 감았다가 뜨면 천장이 스르르 가슴 위로 내려앉는다. 주변이 더 어둑해진다.
　짙어가는 어둠이 목을 조르듯 답답해 와서 혜인은 기운 없이 눈을 감는다.

자각증상으로도 느낄 만큼 우울증은 점점 그 정도가 심해지고 있다. 때로는 손이 후들후들 떨리기도 한다.
컵이나 그릇을 들었을 때 와사증처럼 떨리는 손을 보고 놀라서 불현듯 그릇을 놓아버린 적도 있다. 그녀는 바닥에 엎질러진 음식을 치우면서 스스로 허망했었다.
　그런 증세들이 나타나기 시작한 것이 언제였을까.
몇 달은 지난 듯하다. 외로움으로 더 숨이 막힌다.
갑자기 눈물이 왈칵 쏟아지는가 하면, 아무도 없는 벽을 향해서 "거기 누구 없어요?!"울음으로 소리치고 싶은 순간도 여러 번이었다. 정신적인 불안의 한계점에 도달해 가고 있는지도 모른다.
집안에만 있으면 숨이 막힐 것만 같은 답답함에 혜인은 생각 없이 집을 뛰쳐나간다.
　아파트광장에 내려와 보니 자동차 키를 가져오지 않았다.
소지품 가방도 챙겨오지 않았다. 외출하겠다고 내려왔을 텐데도 두서가 없다. 두서를 생각하는 일조차 귀찮은 상태다.
외출을 하려면 손가방은 가져와야 하기에 혜인은 엘리베이터를 타고 집으로 올라간다.
현관문을 당겨보니 문도 잠기지 않은 채다.
방에 들어가서 손가방을 갖고 열쇠도 챙기고 이번에는 현관문을 잠그고 나온다.
일층 복도를 나서자 광장에 부슬부슬 비가 내리고 있다.
조금 전에도 내려왔었건만 그때 왜 비를 보지 못했단 말인가.
허공을 보면서도 눈동자 초점은 다른 곳에 가있었나 보다.
다시 우산을 가지러 집으로 올라간다.

도대체 몇 번을 들락거려야 제대로 외출준비가 될 것인지 알 수 없다. 병색일 때는 더 심하다. 한심해서 조소가 나온다. 예전에는 총기가 남달랐다고, 그런 얘기를 해서는 안 될 것 같다.

 차안에 앉아서 비로소 손가방 속을 살핀다.
전에 가벼운 접촉사고가 났을 때, 상대편 남자 운전자가 요구하는 운전면허증이 가방 속에 있지 않아서 당황했던 기억이 있다. 표 나지 않을 만큼 살짝 긁힌 것이었는데도, 그 남자는 혜인에게 운전면허증을 보자면서 으름장을 놓았다.
미리 겁을 주자는 것인지도 몰랐다.

 오늘은 정신상태가 맑지 않으므로 운전면허증을 꼭 갖고 나가야 한다고 혜인은 생각한다.
뇌 속이 흐릿할 때는 신호등을 안 보게 되거나, 혹은 신호등 색깔을 착각했던 적도 있었으니까. 교통경찰에게라도 걸리게 되면 면허증이 있어야 하는 것은 당연지사다.
어쩌면 오늘 외출했다가 사고를 당할지도 모른다고 그녀는 생각한다. 사고를 당하면 좋겠다.
마음속으로 자학적인 생각을 하고 있다. 그래서 더욱 운전면허증을 챙기고 있는지도 모른다.

 집안에 딸이 있었다면, 엄마가 병자 같은 창백한 얼굴로 차를 몰고 나가는 것을 완강히 만류했을 것이다.
나이답지 않게 성격이 어린이처럼 순수한 엄마가, 부산에 첫눈이 펑펑 내리던 날, 반가움과 기쁨으로 밖으로 나갔다가, 내리막길 맨홀 뚜껑 위에 덮인 눈을 식별하지 못하고, 뒤로 쾅 넘어져서 뒤통수에 커다란 혹이 생기고 크게 다쳤던 때가 있었다.

혜인이 넘어진 후에 또 다른 남자도 그 자리에서 쭈루룩 미끄러지면서 뒤로 벌렁 넘어졌다. 맨홀 뚜껑에 눈이 쌓이면 도로보다 훨씬 미끄럽고 위험하다고 사람들이 말했다.

혜인은 다음날 딸에게 크게 야단을 들었다.

"엄마는 철없는 아이가? 노인이 돼가지고 눈이 많이 오는 날 밖에 나가면 미끄러지고 넘어진다는 것도 모르나?! 한쪽 다리도 교통사고 당해서 걸음도 시원찮으면서!"

평소와는 달리 딸이 흥분해서 반말로 마구 소리 질렀. 그만하기 천만다행이라면서. 뇌에 이상이 생겼으면 어쩔 뻔 했느냐고.

그날 혜인도 머리가 멍~하고 혹이 크게 생겨서 걱정이 되어서 다음날 병원에 가서 뇌를 시티 촬영해 보았는데, 다행히도 혹이 불거진 것 외에는 다른 증상은 없었다.

천만다행은 폭설 속에 커다란 장우산을 들고 눈의 냉기로 추울까봐 두꺼운 털모자를 두 개나 머리에 포개서 쓰고 파카를 입고 눈길에 나갔던 탓이었다.

"부산에는 귀한 하얀 눈이 펑펑 쏟아져서… 집에 가만히 있을 수가 없었단다."

"그러다가 눈길에서 미끄러져 죽을 수도 있다구요."

딸은 천만다행을 몇 번이나 되풀이했다. 노인이 눈에 미끄러진 후에 장애인이 된 사람도 보았다면서.

일류대학을 나온 딸은 매사에 신중하고 어미의 스승 같은 존재였다. 하나 딸은 이제 집에 없다. 공부를 좋아해서 대학을 우수한 성적으로 졸업한 뒤, 몇 달 전부터 외국에 나가 있다.

날개를 접다

하고 싶은 공부를 맘껏 하고 싶어서다.

혜인은 지난한 삶 속에서도 딸을 하나 낳기를 소망했었다.
남편을 보고는 아들은 별로 원하지 않았다.

오늘 딸이 보고 싶다, 간절히.

시동을 걸면서도 혜인은 막상 갈 곳이 생각나지 않는다.
친구들도 형제들도 다들 이 시간 열심히 자기 일에 충실하고 있을 것이다. 그들에게는 각자 자신들 일이 있다. 해서 우울증 같은 못나고 사치스러운 병은 앓아본 일도 없으리라.
친구 중에 할 일 없이 한가한 사람이 있다고 해도, 오늘은 누구하고도 만나고 싶지 않다.

앞으로 뻗은 길을 따라서 한참을 가다보면 바다가 나온다. 바다로 가자고 생각한다.
혜인이 우울할 때 바다는 곧잘 친구가 되어주는 상대다.
슬픔으로 눈물이 차오를 때도 바다는 너그러운 가슴으로 다 받아 주었다. 한동안 시장에 가지 못해서 집안에 일용품들이 떨어진 것을 생각하고, 가는 길에 시장에 들러서 물품을 사갈 생각이었지만, 귀찮아서 시장 통을 그냥 지나친다.
온몸이 흐느적거리듯이 기운이 없는 것으로 보아 아침도 먹지 않은 공복상태라는 것을 비로소 느낀다.
그럼에도 거식증처럼 전혀 음식을 입에 넣고 싶지 않다. 입안에는 까칠까칠한 혓바늘이 돋아나고 입맛을 잃은 지 오래다.
영양실조로 골다공증이 심해지나 보다.
이빨이나 팔목도 표 나게 시큼 거린다. 팔목을 못 쓰게 되면 빨래나 설거지, 행주를 짜는 일도 불가능해진다.

팔목이 더 기운을 잃어서 자동차 핸들도 조작하지 못하게 될까 봐 혜인은 불안해진다. 온몸의 기능들이 퇴화현상으로 바쁘게 달려가고 있다.

  갱년기 증상을 겪지 않으려면 산부인과에서는 손쉽게 홀몬제 처방을 해주지만, 홀몬제가 누구에게나 다 적용되는 약이 아니다. 그 약을 먹으면 노화현상은 더디게 올지 모르지만, 유방암이나 부인과적 암을 유발할 수 있는 가능성을 내포하고 있다.

  혜인도 예전에 산부인과 의사의 처방으로 두 달간 홀몬제를 먹고 극심한 하혈로 부작용을 겪은 적이 있었다.
약물부작용이 있다고 미리 말했지만, 의사는 우선 약을 먹어보라고 했었다. 홀몬제를 먹은 후에 가슴에도 전에는 없었던 단단한 멍울이 생겨났다. 유방암 전조처럼.

  대학병원에 가서 다시 검진을 받았는데, 원로 의사 선생님이 홀몬제를 중지하라고 했다. 그 약을 중지하자 얼마 후에 젖가슴도 멍울이 풀리고 극심한 하혈 상태도 완화되었다.
고생한 뒤에 이제는 양약을 멀리 두고 먹지 않으려 한다.
다른 여자들도 홀몬제를 먹은 후에, 같은 후유증을 일으켜서 의료분쟁으로 번진 사례들을 뉴스에서도 종종 보아왔다.
쉽사리 약을 의지하기 보다는 운동요법과 자연식품, 음식물로 치료하고 정신력으로 참아 내어야 한다.

  바다를 향해서 달려간다.
신호등을 보기보다는 앞차의 뒤꽁무니를 그대로 따라간다.
앞차가 가는 대로 따르고, 앞차가 정지하면 그녀도 정지한다.
신호등을 일일이 살피는 일도 오늘은 귀찮다.

만약 다른 때 아들딸이 그런 태만한 신경으로 운전한다면, 그녀는 나무라고 소리쳤을 것이다. 평소 빈틈없는 성격이라는 평을 들어왔는데, 우울증 앞에서는 맥을 추지 못한다.

  사람들이 없는 곳만을 찾는다.

  해변 가에 위치한 산으로 오르고 그 산자락 끝까지 나가보지만 가슴 답답함이 쉬 풀리지 않는다. 붉은 황토로 다져진 언덕 길이 빙그르르 맴을 도는 듯이 어지럽다.

현기증을 털어내려고 혜인은 세차게 머리를 흔든다.

머릿속이 지구를 탄 듯이 빙글빙글 빠른 속도로 회전하다가 슬그머니 멎는다. 눈앞에 뿌우연 안개가 낀다.

  절벽 아래 푸른 파도가 넘실대고 있다.

  앞에서 딸이 걸어오고 있다.

  딸의 미소는 언제 봐도 햇살처럼 따뜻하고 환하다.

  구름을 잡듯이 혜인은 딸을 향해 두 팔을 벌린다.

딸의 미소를 따라서 끝없이 가노라면 그곳에 딸이 있을 거라고 생각한다. 딸의 품에서 지친 날개를 쉬고 싶다.

딸의 팔을 베고 오래 못잔 잠을 청하고 싶다.

딸이 부르는 은은한 자장가를 들으면서.

▲ 감사패(부산광역시 시설관리공단)

▲ 국사편찬위원회 발행 연감들. 하현옥 문화계 인물 수록

추천사

혼魂을 저당 잡혀 쓴 인간의 이야기

하현옥씨의 소설은 저당 잡힌 혼魂의 노래이다.
문학에 영혼을 저당 잡힌 사람만이 상상하고 만들어낼 수
있는 서사적 인생사이다. 숨죽여 속삭이고 싶은 사랑과,
광기의 고함으로 토하고 싶은 아픔이 서로 어울려 장대한
변주곡을 울린다.
일단 손에 쥐면 마지막 페이지에서 손을 떼게 되는 마력은,
풍부한 상상과 자유분방한 상상력과 거침없는 문장력에 마음
을 빼앗기기 때문이다. 고통을 함께 아파하고 그 아픔을
대신하여 말한다.
그러므로 작품마다 가슴을 아리게 하는 감동이 짙게 배어
있다. 실의에 빠진 사람들을 위로하며 어떻게 살아야 할까
를 가슴으로 말해준다.
어둠이 깊을수록 그의 작품이 빛나는 이유가 여기에 있다.

- 박양근 (수필가 · 문학박사) -

추천사

고뇌 속에서 핀 눈물꽃

하현옥의 작품들을 깊은 관심으로 읽었다.
하현옥의 글은 마디마디 피의 절규가 스며있는 듯하다.
삶의 통증과 인생의 고뇌를 통하여 고귀하게 얻어지는
눈물 꽃이다. 시궁창 같은 진흙 속에 뿌리를 박고,
물위에 뜬 잎새들 사이를 절묘하게 핀 수련처럼,
처절하고 암담한 절망의 계곡에서 뜨거운 열정을 뽑아
내는 작가의 세계관이 희망적으로 진술되고 있다.
하현옥의 수필적 소설적 우주관은
언제나 그 기저에 삶의 아픔이 녹아 있다.
하현옥의 문학에 대한 시선은 근본적으로 절망의 피울음
을 통해서 영그는 인간 사투요, 미래 지향적 꿈의 의식
이다. 삶의 현장에는 언제나 견디기 어려운 고해바다가
도사리고 있다. 그런 척박한 환경에서 살아남기 위해
하현옥의 눈초리는 환상과 꿈을 향해 있지만,
그의 문학적 본질은 언제나 현실을 떠나서는 상상할 수
없는 상징적 리얼리즘으로, 인간의 실상과 삶의 현장을
철저히 사수하고 있다 하겠다.

강영환 (시인·수필가)

후기

경제적 어려움으로
또 집안의 환자를 장기간 간병하면서 한동안 책을 내지
못했다가 내 카페에 모아둔 원고들이 자꾸만 없어지는
바람에 내 원고들을 있는 대로 모아서 책을 묶었다.
건강에 부대껴도 글을 쓰는 순간은 내 영육이 행복하다.
<문학은 나의 생명> 속의 내 수필 내용이다.
"니 정말 죽을 끼가?!"
단식 일주일째, 삶의 끈을 가차 없이 놔버리고 물 한모금도
마시지 않은 채 피골이 상접한 나를 보면서 남편이 물었다.
눈빛에는 두려움이 드러나 보였다.
"글을 못 쓰고 숨 막혀 죽으나 굶어서 죽으나……"
허허로운 눈빛은 삶을 거부하는데 추호의 미련이 없었다.
처참한 내 꼴에 남편은 결국 두 손을 들고 말았다.
"글을 못 쓰면 굶어 죽겠다니까 내가 한 발 양보하겠다.
나도 여태까지 싸움에서 한 번도 져본 적이 없는 사람인데,
니 참 지독하구나! 한데 조건이 있다! 글 같은 글을 써라.
시시한 글 말고, 노벨 문학상을 받을 수 있는 진짜 글다운
글을 써라!"
남편은 큰소리로 호통을 치고는, 현관문을 부서져라 꽝 –
소리 나게 닫고 밖으로 나가버렸다. 어쩔 수 없이 양보하긴
하면서도 끝까지 화를 내고 있었다. 현관 밖으로 나가고 없는
그의 뒤통수에다 대고 나는 절을 했다.
그렇게라도 허락해주는 남편이 고마워서 울었다.
그래, 그의 말처럼 그런 글을 쓰자.
피를 토하듯, 하나뿐인 내 생명을 소지 올리듯이
신께 바쳐서, 세상의 오욕들을 씻어내는

청정한 물이 되고 바람이 되자.
어두운 곳을 찾아서 불행한 사람들을 가슴에 안으면서
밝은 빛으로 등불을 켜자. 나의 문학에 최선을 다하자.
어렵게 허락 받은 일인 만큼 이 생에서 꼭 문학으로
성공하는 여자가 되자!
시도 때도 없이 가슴속에서 뇌 속에서 분출되는 이야기를,
식음을 전폐하다시피 하며 미친 듯 써 내려갔다.
남편의 말처럼 글 쓰는 미치광이(?)가 나는 좋았다.

남편이 2년 전에 84세로 수명을 다하고 떠나갔다.
2년간 가까이 살면서 나는 그를 혼신으로 간병했다.
이제 늦게나마 나는 온전한 자유를 얻었다.
잠자는 시간도 아끼면서 밤낮을 가리지 않고 한꺼번에
3,4권의 책을 내 손으로 직접 편집하느라고 과로해서
몸살을 앓고 있지만, 내가 죽기 전에 내 원고들을 책으로
내어야겠다는 결심을 한 후에는 강한 의지력으로 해내었다.
이번에 두 권의 책을 한꺼번에 출간한다.
『가을편지』 수필집도 작년 12월에 내었다.
여러 편의 단편소설들과 문예지에 4년간 연재했던 대하장편
소설 <미완성 교향곡>이 남아 있다.
이 책을 발간할 수 있도록 도와주신 세종출판사에
크게 감사드립니다.
삽화가 김미정 님의 삽화 그림들도 감사합니다.

　　　　　　　　　　　　　　　2024년 1월 31일
　　　　　　　　　　　　　　　河淨 하현옥

하현옥 약력

수필가·소설가·시인·시낭송가·행위예술가.
1948년 12월 13일 경남 진양군 일반성면 진양하씨 집성촌 출생.
초등학교 때부터 백일장에서 수상 경력.
부산여중 때 방송·신문에 작품이 실림.
30대 신문에 투고하는 수필마다 수록되었고 방송 수상.
1987년부터 3년간 백일장 참가 수필 15회 장원 차상 등 수상.
1990년 「월간에세이」 2회 천료. 수필가.
2003년 「한국문인」 소설 등단 소설가.
2006년 대전엑스포 전국창작육성시낭송대회 금상 수상.
2007년 알로이시오 신부님 전기 씀 (송도 알로이시오 학원).
2010년 부산불교문인협회 소설부문 실상문학상 받음.
부산문인협회·부산수필문인협회·부산불교문인협회·사하문인회·한국문인협회·
한국수필가협회·국제펜클럽 한국본부 회원 역임.
국사편찬위원회 발행 <한국을 움직여온 대한민국 현대인물사> 문화계 인물 수록(1998년)
20세기공훈사 발행 <20세기공훈인사총람> 인물편 수록(1999년)·국가상훈편찬위원회
<현대사의 주역들> 인물편 수록 (2009년)·한국민족정신진흥회 <현대 한국인물사> 수록
(2013년)·연합뉴스 인물 수록 (2010년).
숙명여자대학교 발행 <한국여성문인사전> 수록 (2006년).
한국문화예술진흥원 일천만원 창작지원금 받음(2001년)『인동초를 아시나요』
『꿈꾸는 여자』 전국 국립도서관에 선정도서로 비치됨.
2005년 오마이뉴스 기자 역임·2006년 미국한인신문 코리아웹 6개월 작품 연재함.
여러 월간지·문예지 20년간 전문 편집장 역임·백일장 심사위원 역임.
오랜 세월 동안 꿈속에서 미래를 보는 예언자. 신문 잡지 기자·전문 모니터.
저서 수필집『겨울 해바라기』『유랑의 강』『꿈꾸는 여자』『가을편지』
『너의 사랑이 통했어』·소설집『환상의 꽃』『인동초를 아시나요』
『애국자의 혼』『푸른 여자』·시집『환상무도회』상재.
장편수필 <가을편지> 서울 창작수필에 3년간 연재함.
대하장편소설 <미완성 교향곡> 부산 문예시대에 4년간 연재함.